고양이가+
쥐를+먹는다

고양이가+쥐를+먹는다
소설동인회 『소설작당』 문제작 선집

초판 1쇄 발행 2022년 7월 29일

지은이 정영택, 임수진, 은애숙, 윤상영, 강순덕, 이성수, 허여경, 이성직, 안 휘
펴낸이 안재휘
펴낸곳 상상마당
출판등록 제2018-000068호

교정 한지현
디자인 정윤솔
편집 정윤솔
검수 양수진, 이현
마케팅 고은빛, 정연우

전화 010-9260-1880
이메일 ahahwi@naver.com

ISBN 979-11-965489-9-5(03810)
값 13,000원

- 이 책의 판권은 지은이에게 있습니다.
- 이 책 내용의 전부 또는 일부를 재사용하려면 반드시 지은이의 서면 동의를 받아야 합니다.
- 잘못된 책은 구입하신 곳에서 바꾸어 드립니다.

소설동인회 『소설작당』 문제작 선집

고양이가+
쥐를+먹는다

정영택
임수진
은애숙
윤상영
강순덕
이성수
허여경
이성직
안 휘

상상마당

여는 글

오래 생각했습니다.
수없이 토론하고 다듬었습니다.

읽을 만한 작품이 귀한 시절에
정성을 다하여
문제작 단편소설 아홉 편을 조심조심
한 그릇에 담아냅니다.

이 시대에 한 번쯤 고민해볼 만한
다양한 주제들을 다뤘습니다.

열정을 다해 빚어낸 우리의 작품들이
독자 여러분들로부터
사랑받기를 소망합니다.

– 2022년 7월

동인회 『소설작당(小說作黨)』 대표 안 휘

목차

여는 글 ··········· 4

1. 고양이가+쥐를+먹는다 **정영택** ··········· 7
2. 매미의 시간 **임수진** ··········· 33
3. 연련지의 기적 **은애숙** ··········· 59
4. 백장미 **윤상영** ··········· 87
5. 흰 바람벽 **강순덕** ··········· 115
6. 신기루 공주 M **이성수** ··········· 141
7. 가장무도회(This masquerade) **허여경** ··········· 169
8. 퉁가리 **이성직** ··········· 203
9. 이솝을 찾아서 **안 휘** ··········· 229

동인회 『소설작당』 자선 문제작 모음 – 01

고양이가+쥐를+먹는다

"잘 안 보여요. 그런데 무언가를 먹고 있어요."
"앗! 쥐예요!"
혜원이 기겁하며 진우의 품속에 안겼다.
조금 지나, 진우가 혜원의 어깨를 감싸 안으며 입을 열었다.
"고양이처럼 생기고, 고양이 울음소리를 내며,
쥐를 잡아먹으면 모두 고양이라고 할 수 있을까요?"
진우의 말에서 깊은 뜻을 찾아내기 위해 애쓰는
혜원의 귀에 대고 진우가 다시 속삭였다.
"혜원, 눈에 보이는 것에 집착해선 안 돼요.
아니, 어쩌면 그게 무엇인지는 중요하지 않을 수도 있어요."

정영택 소설가

2013년 계간 『스토리문학』 등단
동인·문예지 발표작 : 2014년 소설동인
회 스토리소동 동인지에 「터키인 코렐리
방한기」 (중편) 外 다수

고양이가+쥐를+먹는다

정영택

　배우 소피 마르소가 근 이십 년 전 양평 두물머리에서 국내 화장품 회사의 광고를 찍은 건 널리 알려진 사실이다.
　긴 시간 촬영이 이어지자 소피가 급해진 그녀가 억새 풀밭에 숨어 소피를 보았고, 이건 촬영 스탭과 마침 구경 나온 극소수의 주민만이 알고 있는 비밀이다. 그러나, 그때 얼떨결에 그녀의 음모를 눈앞에서 훔쳐본 사람이 있었는데, 이건 이 세상에 딱 둘만이 알고 있는 극비다. 당시 중3이었던 진우는 '세계 4대 요정'을 가까이서 보기 위해 촬영 스탭 몰래 두물머리 억새 풀밭에 숨어들어 있었다. 동네에서 소문난 개구쟁이로 커온 진우에게 그건 그저 긴장감을 즐기기 위한 '장난'에 불과했다. 촬영 감독과 이런저런 얘기를 주고받으며 이리저리 자세를 잡아보는 소피 마르소는 정말 예뻐서, 진우는 자기가 두 시간 동안이나 억새 풀밭에 쪼그리고 앉아 그녀를 바라보았다는 사실조차 모를 정도였다.

　두물머리 억새 풀밭에서 두 시간을 넘게 촬영하던 소피 마르소는 돌연 급한 표정으로 촬영 스탭들과 뭔가를 상의했고, 200여 미터 떨어진 간이 화장실과 지척의 억새 풀밭을 번갈아 쳐다보던 촬영 스탭은 손가락으로 억새 풀밭을 가리킨 뒤 뒤돌아섰다. 이내 다급한 표정의 소피 마르소는 진우가 몸을 숨긴 억새 풀밭 쪽으로 뛰어왔다. 진우는 깜짝 놀라 몸을 납작 엎드렸다. 진우 코앞까지 억새 풀밭을 헤치고 들어온 소피 마르소가 사방을 두리번거렸다. 주변에 보이는 것이라고는 사람 키를 웃도는 억새 풀밭과 하늘에 떠 있는 먹장구름뿐이란 걸 확인한 그녀는 안심하고 팬티를 내렸다. 납작 엎드려 있던 진우는 그때 두어 걸음 거리에서 금빛 억새풀의 색깔과 매우 비슷한 그녀의 음모를 보았다. 그녀의 음모를 훔쳐본 건 진우와, 우연히 가을 하늘을 지나던 먹장구름, 딱 둘뿐이었다.

　낮 열두 시에 상봉 버스터미널을 출발한 시외버스가 두물머리 억새 풀밭을 지날 때, 이십 년 전 소피 마르소와 진우의 얼굴을 기억하는 먹장구름이 슬그머니 나타났다. 놈은 그녀의 눈동자처럼 파란 시월 하늘을 헤집고 다니며, 그녀의 음모처럼 우거진 금빛 억새 풀밭을 더듬고 쓸어 눕혔다. 두물머리 금빛 억새 풀밭이 보이자 진우는 그녀를 떠올렸다.

'평생의 큰 추억으로 남았지.'

시외버스는 주변 일곱 개의 읍면이 한눈에 내려다보인다는 칠읍산을 지나 이윽고 용문면 중심가에 들어섰다. 두물머리에서 음험한 손길로 억새 풀밭을 쓰다듬던 먹장구름은 어느새 버스보다 먼저 도착해 숨을 골랐다. 바랑과 밀짚모자를 걸친 비구가 진작부터 일어나 흔들리는 시외버스 안에서 중심을 잡기 위해 몸을 휘청거렸다.

"앉아 계세요. 내릴 시간 충분해요."

셔츠 앞주머니에 과민성 대장 증후군 알약을 넣어둔 버스 기사가 예민한 눈길로 룸미러 속의 비구를 힐끗거리며 말했다. 훤칠한 키에 탄탄한 골격의 비구는 그런 참견 따위 말고 운전이나 잘 하슈, 하는 표정을 지으며 앞쪽으로 턱짓을 했다.

"땡추처럼 생겨가지고……."

기사는 바로 뒷자리에 앉은 진우 귀에만 살짝 들릴 정도로 혼잣말을 한 뒤 끄응, 하며 고개를 내저었다. 이어 태극권을 하듯 온몸을 휘감아 핸들을 꺾었다. 버스는 터미널 건물을 휘돌아 승강장에 거대한 덩치를 멈춘 뒤에야 피식, 하고 긴 한숨을 내쉬었다.

"손님, 용문산 가시는 마을버스는 세 시간 터울로 운행하시는데요. 방금 전 두 시에 막 떠나셨습니다, 손님."

선어말 어미를 적절히 활용해야 하는 직업보다는 누에를 치는 게 더 어울릴 것 같은 얼굴의 터미널 창구 여직원이 벌그죽죽하게 달아오른 뺨을 손등으로 식혀가며 설명했다. 진우는 할 수 없다는 듯 창구 여직원에게 코를 찡긋해 보이고 터미널을 나왔다.

시간을 메우기 위해 용문 재래시장과 역사 뒤쪽 흑천 강변을 한참 동안 거닐었다. 그러다 문득 허기를 느껴 번화가에서 조금 떨어진 장어구이 집 문을 열고 들어섰다. 가게 문을 열고 들어서는 진우의 머리 위로 먹장구름이 얼굴을 핥을 듯이 낮게 다가왔다.

주인 품에 안겨 졸던 고양이가 이방인의 출현에 화들짝 놀라 계산대 밑으로 모습을 감췄다. 천장 구석에 매달린 브라운관 TV에서는 개그 프로그램이 흘러나왔다. 진우는 TV가 잘 보이는 길가 쪽 식탁에 자리를 잡았다.

잠시 후 TV 아래 구석 식탁에 앉아 장어를 굽는 손님을 발견했고, 그가 조금 전 시외버스 안에서의 그 비구라는 사실을 알아차렸다.

'장어구이 먹는 불자라…….'

비구는 정발한 지 한 달도 넘어 보이는 몹시 불량한 머리칼이었고, 살면서 한 번도 사람을 믿어본 적이 없었을 것 같은 눈빛으로 토막 난 장어를 노려보고 있었다. 장어를 씹을 때마다 불끈거리는 저작근으로 보아 악다구니깨나 쓰면서 살아온 인생임을 짐작할 수 있었다.

 비구는 쪽, 소리 나게 소주잔을 입에 털어 넣고 장어 한 점을 소스에 꾹꾹 찍어 입 안에 넣었다. 진우는 이십 대 후반 정도로 보이는 비구를 보며 지난날 자신의 모습을 떠올렸다.

 '나도 수시로 정학을 먹던 불량 학생이었지.'

 그랬던 진우가 전통 무술 관장으로 새 삶을 찾게 된 계기는 군 입대였다. 한국 전통 무술 사범 출신이었던 선임을 통해 학창 시절 수련했던 태권도나 합기도보다 훨씬 위력적인 전통 무술을 접할 수 있었던 건 큰 행운이었다. 제대 후 선임의 소개를 받고 찾아간 도장에서 수련생부터 시작해 차근차근 지도자 코스를 밟았고 마침내 5년이 지난 이십 대 후반에는 집 근처에 도장을 차릴 수 있었다. 그리고 불과 몇 년 전까지도 그 도장을 운영했었다.

 "스님이 곡차 마시는 거 처음 보슈?"

 진우가 회상에서 빠져나와 상황을 인식했을 때, 이미 비구는 도부수(刀斧手) 같은 눈으로 이쪽을 노려보고 있었다. 진우가 TV로 눈을 돌렸지만, 비구는 한번 꽂은 눈길을 쉽게 거둘 생각이 없어 보였다. 진우는 TV로 도피시켰던 시선을 천천히 비구에게 돌리며 미소를 지어 보였다.

 "용맹 정진하는 스님을 뵈니 그만……."

 진우는 마찰을 피하려고 온화한 표정으로 말했으나, 비구는

품 안의 도끼자루로 서서히 손을 가져가는 사람처럼 말했다.

"뭔 소리요? 느굴 땡추로 알아?"

'상대가 치고 들어올 때 한두 걸음은 물러날 수 있지만 계속 물러나선 안 되는 이유는 간단하다. 링 밖으로 떨어지기 때문이다.'

진우가 이런 생각을 하며 목소리를 단단하게 만들어 말했다.

"스스로에 대한 의문을 자신에 대한 다른 사람의 시선으로 믿는 사람이군요."

비구의 동공이 크게 흔들렸다.

"그럴듯하군."

비구는 시큰둥하게 고개를 끄덕여 절반의 동의를 표한 뒤 말을 이었다.

"일탈은 수행의 한 과정이지만 세상은 구도자의 일생 전체를 보지 않고 일탈의 순간만을 기억하고 비난하지."

반말을 섞어 말하는 버릇이 있는 비구는 갑자기 취기를 느꼈는지 중지로 눈곱을 찍어낸 뒤, 손바닥에 쓰윽 문지른 술잔을 진우에게 건넸다.

"근데, '용맹 정진'이라 하신 걸 보니 말빨이 좀 통할 것 같은데, 이쪽에서 같이 한잔하쇼. …보살님, 소주 하나 더!"

이미 소주 두 병이 바닥난 것을 확인한 주인댁은 TV 개그 프로그램과 눈앞의 해괴한 광경을 번갈아 바라보며 냉장고로 향했다.

"아이고, 젊은 스니임! 낮술을 이렇게 자시면 어떡해요? 속인들 이목도 있구먼……."

주인댁이 물방울 맺힌 소주 한 병과 구시렁 소리를 탁자에 내려놓고 사라졌다. 어느새 식당 바닥에 다시 고양이가 나타나 낯선 이들을 여전히 경계했다. 비구는 일탈과 탈선을 구분하지 못하는 속인 때문에 잠시 당황스러웠지만 이젠 이런 상황도 이골이 났다는 표정을 지으며 말했다.

"성속(聖俗)을 구별하는 것은 예수쟁이나 하는 짓이지. 부처님에게 그런 분별심 따위는 무의미한 것이었으니까."

비구가 소주병을 기울이며 말했고, 진우는 잔을 들며 말을 받았다.

"부처가 된 후엔 아마 그랬을 겁니다."

말뜻을 살피며 소주병을 내려놓던 비구의 눈과, 이를 지켜보던 고양이의 눈이 동시에 가늘게 변했다. 비구의 눈빛에 개의치 않은 듯, 진우가 시외버스 안에서 처음 비구를 봤을 때를 떠올리며 물었다.

"스님은 어디를 다녀오시는 길이었습니까?"

비구도 진우의 급속한 화제 전환에 개의치 않겠다는 듯 대답했다.

"깨달음을 좇아 밤새 율려의 세계를 노닐다 왔쇠다."

"어디에 있습디까, 그런 세계가?"

"홍대 앞에 지천이요."

비구는 묻지도 않았는데, 바랑을 열더니 노란 가발과 알록달록한 옷가지를 보여주며 말을 이었다.

"속의(俗衣)로 갈아입고 음률에 몸을 맡기면 어느 순간 율려의 세계를 지나 절대적인 공(空)을 경험할 수 있지. 불가에서 말하는 최상의 경지라고나 할까."

고양이가 무언가를 발견한 듯 뒷간으로 연결된 좁은 복도 어딘가에 한동안 집중하더니 살그머니 몸을 일으켰다. 눈 한번 깜박이지 않고 천천히 앞발을 내디뎠다. 뒷간 앞에 무언가가 있는 것이 틀림없었다.

"일각에선 스님이 클럽에 가서 놀았다고, 나를 땡추라고들 합디다. 그쪽도 내가 그렇게 보이우?"

"글쎄, 눈에 보이는 건 중요하지 않을 수도 있겠죠. 그보다는, 그래서 지금 스님은 마음에 걸리는 게 아무것도 없는 경지에 이른 건가요?"

"거의. 하나 빼고는."

그것이 무엇인지 진우가 궁금해하자 비구가 깊은 한숨을 내쉰 뒤 말했다.

"홍대엔 젊고 예쁜 외국 여자들이 많이 놀러 오는데……."

비구가 눈치를 살폈고, 진우는 괜찮으니 계속 말해도 좋다는 몸짓을 했다.

"말빨이 통할 것 같으니 형씨한테만 말해주는 건데, 내 아직 백마를 타본 적이 없어서……."

고양이가 눈 깜짝할 사이에 무언가를 덮쳤다. 앞발로 움켜쥔 채 물고 있는 건, 역시 쥐였다.

"그게 좀 걸림이 있소. 그거만 넘으면 되는데……."

비구의 말에 진우는 뭔가 공감이 가는 표정을 지었다.

'요즘 나도 기도의 불씨가 꺼져 깊은 고민에 빠지지 않았는가.'

하지만, 기도의 불씨가 꺼진 이유에 이르러서는 도무지 그 원인을 알 수 없어 막막할 따름이었는데, 지금 비구의 말을 듣고 보니 뭔가 짚이는 게 있었다. 그 이유가 혹시 지난 이십 년 동안 자신의 해마 어딘가에 찰거머리처럼 달라붙어 있는 그 기억 때문일지도 모른다는 생각이 슬그머니 들기 시작했다.

"정신 들게 콩나물국들 드시우."

주인댁이 냉장고에서 막 꺼낸 콩나물국 두 사발을 놓고 갔다.

진우는 시원한 콩나물국 한 사발을 다 비운 뒤 비구에게 물었다.

"그래, 스님은 어쩌다 이렇게 강행군을 하십니까?"

"난 용문산 무봉사(無棒寺) 스님이요. 주지께서 내려주신 공안을 풀지 못해 여러 달째 이러고 있쇠다."

"무슨 공안입니까?"

"'고양이처럼 보이고, 고양이처럼 울며, 쥐를 잡아먹는 물건이 있다. 그것은 무엇인가?'라는 물음인데, 한 치도 나아가지 못하고 있쇠다."

"고양이처럼 보이고, 울며, 쥐를 잡는…. 그럼, 고양이 아닐까요?"

비구는 발을 구르고 박수를 치며 한동안 크게 웃더니, 눈물을 찍어내며 말했다.

"이건 공안이요. 설사, 그게 고양이라고 칩시다. 주지께서 왜 그런 공안을 내게 주셨냐는 거요."

진우는 언뜻 그 의미를 이해하기 어려웠다. 비구는 진우의 얼굴에서 눈을 떼어 시계를 보았다.

"다섯 시에 버스가 있어요. 난 무봉사로 돌아가겠시다."

"같은 버스를 타겠군요. 나도 용문산에 갑니다."

둘이 가게 문을 나서는 소리를 들으며, 고양이가 집중을 통해 포획한 결과물을 맛보고 있었다.

먹장구름이 논 사이에 난 시멘트 도로를 거침없이 달리는 마을버스에 바짝 따라붙었다.

"용문산은 음산(陰山)이오, 음기가 강해. 그래서인지 무봉사보다 하곡암(下谷庵) 기운이 훨씬 좋지. 하곡암이 비구니 사찰인 건 그 때문이야."

"기운이 좋으면 뭐가 어떻게 다릅니까?"

"스님들 공부도 빠르고, 재가불자 기도도 잘 들어요. 하다못해 하곡암 비구니들 피부도 무척 고운데, 지금 하곡암 주지는 본사 법회에 참석 중이고, 젊은 외국인 비구니 혼자서 도량을 지키고 있지."

"외국인이요?"

"한국학을 전공한 프랑스인인데, 몇 년 전 무슨 연구차 한국에 왔다가 느낀 바가 있어 머리를 밀었답니다."

비구는 말을 마치고 나서 멀찌감치 육감적인 능선을 드러낸 용문산으로 고개를 돌렸다.

'소피 마르소. 그녀도 프랑스 여자였지.'

추수를 앞둔 금빛 논벌이 달리는 마을버스를 따라 양쪽으로 갈라지는 광경을 보며 진우는 잠시 생각에 잠겼다.

두 사람은 용문산자락 첫 마을 연수리 종점에서 함께 내렸다.

"좋은 인연이었쇠다. 성불하쇼."

진우보다 대여섯 살이나 어려 보이는 비구는 끝까지 반말을 한 뒤 술기운에 휘청거리며 산 굽잇길로 사라졌다. 기도원, 무봉사, 하곡암 화살표가 각각 표시된 이정표를 살피던 진우는 잠시 후 발걸음을 옮겼다. 먹장구름을 살짝 걸쳐 입은 용문산이 밤샘 준비를 하고 있었다.

붉은 단풍과 푸른 녹음이 어우러진 하곡암에서 아까부터 어수선한 소리가 들려왔다.

"잠깐 눈만 붙이고 가겠다니까."

비구가 술에 말린 혀로 언성을 높였다. 무봉사로 떠나겠다던 그 비구였다.

"안 됩니다. 돌아가세요."

이십 대 중반의 비구니가 요사채 마루 위에서 또박또박 말했다. 파란 눈도 그렇지만 치즈처럼 하얀 피부가 유독 눈에 띄었다.

"왜 안 돼?"

"스님 술 마셨어요. 또, 비구입니다. 들어오면 안 됩니다. 네버-ㄹ."

법복 상의 앞주머니에 두 손을 찔러 넣어 유난히 가슴이 도드라져 보이는 비구니가 단호하게 거절했다.

"잠깐 눈 붙이고 술 깨면 무봉사로 간다니까!"

비구는 갈증으로 하얗게 말라버린 침을 내뱉은 뒤 비구니를 쏘아보았다. 초점이 흐려 어디를 바라보는지 정확히 알 수 없지만, 늘씬하면서도 굴곡 있는 비구니의 몸 어딘가인 건 틀림없었다. 여기까지 간신히 참으며 따라온 먹장구름은 배설 욕구가 한계에 이른 듯 금방이라도 비를 쏟아낼 것처럼 치근거렸다.

"뭐 이렇게 융통성이 없어. 출가승끼리 비구는 뭐고 비구니는 무슨 지랄할……."

아무래도 비구는 자신의 의사를 표현하는 데 서툰 것 같았다.

"지랄…. 왓?"

단어의 뜻을 기억해낸 비구니가 상큼한 눈매를 살짝 찡그렸다.

"말, 아무렇게나 하면 안 돼요. 스님 지킬 오계(五戒) 있어요. 계율 어겼습니다. 아무튼, 무봉사 멀지 않아요, 돌아가요."

뜻대로 되지 않는 현실을 받아들이는 데 익숙지 않은 비구가 욱, 하며 법복 상의를 벗어 던졌다. 왼쪽 팔뚝 위에 담뱃불 흉터 서너 개가 드러났다.

"야, 이년아, 니가 나한테 술을 줬어, 씹을 줬어? 니가 뭔데 이래라저래라 지랄이야, 엉?"

비구니는 몇 개의 단어를 알아듣지 못했지만, 비구의 표정과 목청만으로도 상황을 짐작한 듯 뒤로 한걸음 물러섰다. 마루 안쪽에서 부엌문을 붙잡은 채 눈치를 살피던 늙수그레한 공양 보살이 놀란 눈으로 뛰어나왔다.

"난, 스님의 그 답답한 심정을 이해해요. 국물 따끈하게 데워 드릴 테니 여기 앉아 훌훌 드시면서 마음 좀 가라앉히시우, 네?"

공양 보살은 자비심과 공포감의 경계쯤으로 짐작되는 거리에 어정쩡하게 서서 번갈아 양쪽을 쳐다보았다. 비구는 일단 그쯤에서 보살의 지혜로운 중재를 받아들이기로 했는지 보살이 집어주는 윗도리를 못 이기는 척 받아 들었다. 그러나 비구니가 공양 보살의 팔을 끌어당기며 딱 잘라 말했다.

"노우. 아니요. 저 스님 그런 배려 필요 없어요. 스님, 돌아가세요."

좋게 흐르려던 분위기가 갑자기 틀어지자 비구의 아래턱이

싸움 상대를 만난 투견처럼 밀려 나오는가 싶더니 한순간에 고무신을 신은 채 마루로 뛰어 올라왔다. 비구니가 비명을 지르며 뒤로 물러났다. 그녀가 머물러 있던 공간에서 땅콩버터를 바른 빵 냄새가 났다. 비구가 멈칫하더니, 암내를 맡은 수캐처럼 코를 벌름거리며 거친 숨을 내쉬었다. 비구의 시큼한 입내에 구역질이 목젖까지 올라왔지만, 비구니는 이제는 물러서지 않고 똑바로 비구를 쏘아보았다. 비구는 그녀의 파란 눈과 오똑 솟은 콧날에 살짝 당황한 것 같기는 했는데, 뭘 좀 말해야겠다고 생각을 추스르기도 전에 손이 먼저 올라갔다. 비구의 손날치기에 울대를 맞은 비구니가 컥, 소리와 함께 주저앉았다.

"에구구! 스님, 왜 이러시우!"

공양 보살이 자기 머리를 감싸며 두 사람 사이에 끼어들었다.

"속인은 비켜!"

비구가 거칠게 공양 보살의 어깨를 밀었다. 둔중한 소리를 내며 마룻바닥에 넘어진 공양 보살은 차라리 정신을 잃는 게 낫다고 생각했는지 그대로 누워 꼼짝도 하지 않았다.

목을 움켜쥐고 기침과 구역질을 하는 비구니를 노려보며 비구가 한발 다가섰다. 말버릇과 융통성을 프랑스에 두고 온 파란 눈의 비구니에게 어떤 형태의 가르침을 줄 것인지 갈등에 휩싸인 것 같았다. 비구의 눈에 이제 비구니는 같은 길을 걷는 불제자가 아니었다. 점령군의 야성을 일깨우는 패전국의 아녀자에 지나지 않았다. 비구는 이종(異種)의 여자를 끌고 옆방으로 들어가 뭔가 다른 형태의 교훈을 주고 싶은 충동을 느끼는 듯했다. 그러나 의도와 행동을 연결하는 데 미숙한 비구는 어이없게도 비구니에게 달려들어 멱살을 잡고 흔들었다. 그때 비구니의 법복 상의와 그 안의 하얀 내의가 북, 하고 찢어졌다. 그 바람에 내의보다 더 하얀 가슴이 철렁, 하고 반쯤 드러났다.

멈춰버린 남자의 시선에서 자신에게 가해질 폭력의 종류를 짐작해 내는 것은 여자에게 어려운 일이 아니었다. 비구니는 두 손으로 앞섶을 여미었다. 내의가 위로 말려 올라가며 잘록한 허리가 언뜻 스쳤다.

머릿속이 아뜩해진 비구는 이상한 신음을 내며 시야를 방해하는 장애물과 다투기 시작했다. 마침내 아찔하게 솟은 가슴과 잘록한 허리, 떡 벌어진 골반 일부가 드러났다. 비구의 시선이 호흡과 함께 멈춰버렸다. 산소가 공급되지 않아 어지러움을 느낀 비구가 그다음 해야 할 행동을 기억해내기 위해 애쓰고 있을 때, 퍽 소리가 요사채 안을 울렸다. 비구가 푹 고꾸라졌다. 그 옆에 한 사내가 서 있었다. 진우였다.

"아이고, 이를 어째. 죽은 거요, 이 양반?"

어느새 정신을 차린 공양 보살이 멀찌감치 떨어져 비구가 숨을 쉬는지 확인하기 위해 쉴 새 없이 눈알을 굴렸다.

"마혈(痲血)을 찍어 잠시 기운을 끊어놓은 겁니다."

진우가 비구의 혈을 몇 군데 누르자 그는 꺼억, 하며 숨을 크게 내쉬더니 일어나려고 허우적거렸다. 그리고 이내 다시 의식을 잃었다.

 "이제 술기운이 빠질 때까지 잠을 잘 겁니다. 그나저나 스님은 괜찮으십니까?"

 진우가 염려의 눈길을 비구니에게 건넸다. 파란 눈의 비구니는 휘둥그레진 눈을 황망히 돌리며 옷가지로 몸을 가렸다. 진우는 근심 가득한 얼굴로 한동안 비구니를 바라보았다. 비구니의 얼굴이 금세 하곡암 단풍처럼 붉어졌다.

 짧은 침묵이 흐른 뒤 진우가 공양 보살에게 고개를 돌렸다.

 "급한 상황은 넘겼으니, 전 이만……."

 "어, 어딜 가시려구? 이 인간을 두고……?"

 공양 보살은 다급한 목소리로 쓰러져 있는 비구를 가리키며 말을 이었다.

 "하곡암 주지 스님이 비록 비구니지만 엄하고 무서워 여태껏 이런 일이 없었다우. 그런데 지금 출타 중이시고 내일 돌아와요. 이 사람이 깨어나서 여자 둘이 감당할 수 없는 상황이 일어나면 어쩌우?"

 공양 보살이 널브러져 있는 비구를 흘끔거리며 몸을 한번 떨더니 머뭇거리는 진우를 향해 말했다.

 "좀 쉬고 계시우. 내 무봉사에 전화해 이 중생 데려가라고 할 테니."

공양 보살이 말을 마치고 방으로 들어갔다.

비구니가 몸을 가린 옷가지를 꼭 쥔 채 천천히 일어섰다. 눈매가 촉촉이 젖은 그녀는 진우에게 고개를 숙이고 나서 행여 속살 한 줌이라도 보일까 조심하며 뒷걸음으로 사라졌다.

진우는 곯아떨어진 비구를 뒤로하고 마루에 걸터앉아 산사 풍경을 바라보았다. 하곡암을 품에 안은 먹장구름이 더는 참기 힘든 듯 빗물 몇 모금을 질금거렸다.

"큰 도움 받았습니다. 음, 저는 법명 혜원입니다. 보살이 저녁상 차립니다. 무봉사에서 사람 올 동안 공양하세요."

건넌방에서 법복을 새로 갈아입은 혜원이 다가와 다소곳이 말했다. 진우가 옅은 웃음을 지으며 고개를 끄덕이자 비구니는 안심이 되었는지 한 손을 가슴에 얹으며 수줍게 미소 지었다.

"재가불자이신가요?"

궁금한 것이 많은지 혜원이 이것저것 물었다.

"진우라고 합니다. 기도하는 사람이고, 그냥, 같은 길을 걷는 사람이라고 보시면 됩니다."

진우가 식사를 마치고 얼마 지나지 않아 무봉사에서 남자 둘이 찾아왔다. 감색 옷깃 승복을 입은 사미승이 합장하며 비구니에게 수없이 고개를 숙이는 동안, 허름한 옷을 입은 늙은 처사는 술 취한 비구를 지게에 실었다. 두 사람은 아직도 여기가 어딘지 분간하지 못하는 비구와 함께 서서히 짙어가는 숲길을 따라 무봉사 쪽으로 사라졌다.

얼마 후 진우가 주섬주섬 마을로 내려갈 채비를 마쳤을 때, 마침내 먹장구름이 온종일 참았던 욕구를 쏟아내기 시작했다. 산 전체가 한순간에 질펀하게 젖어 들었다.

"굵은 비라도 조금 긋거든 가시우."

설거지를 마치고 나온 공양 보살이 앞치마에 손을 닦으며 천연덕스럽게 말했다. 비구니는 보살 옆에서 파란 눈을 깜빡이며 진우의 기색을 살폈다. 진우는 손목시계를 들여다본 뒤 난처한 표정으로 날씨를 살폈다. 굵은 비는 그런대로 가늘어졌다. 그러나 날은 이미 완전히 어두워 있었다.

"산신령님 무서워 밤길은 주지 스님도 삼간다우. 행랑방 내드릴 테니 묵고 가시라고 해요, 스님."

공양 보살이 저녁 드라마를 보러 큰방으로 들어가며 혜원에게 타이르듯 말했다. 혜원은 진우와 마룻바닥을 번갈아 쳐다보며 고개를 끄덕였다.

드라마가 끝나고 아홉 시 뉴스가 시작되자 공양 보살은 TV를 끄더니 이내 잠이 들어 코를 골았다.

아홉 시 뉴스가 끝날 때쯤, 행랑방에서 마루로 나오던 진우는 혜원이 거처하는 건넌방에도 불이 꺼져 있는 것을 보았다. 바람을 쐬기 위해 마루에 걸터앉아 신발을 신다가 마루 밑에 있어야 할 혜원의 고무신이 보이지 않는다는 사실을 알았다.

요사채를 나온 진우는 법당 쪽을 향하기 위해 몇 걸음 걷다가 창호지를 바른 작은 문을 발견했다. 혜원이 있는 건넌방쯤으로 짐작되는 위치였다. 아마도 스님들이 건넌방에서 요사채 마루를 거치지 않고 바로 법당으로 갈 수 있도록 배려하기 위해 만든 쪽문 같았다.

진우의 눈길이 쪽문 아래 섬돌로 향했다. 섬돌 위에도 혜원의 신은 없었다.

건넌방 쪽문에서 법당으로 난 작은 길옆에는 조경용 석등이 띄엄띄엄 서 있었다. 가늘어진 가을비 냄새를 맡으며 진우는 석등이 밝힌 길을 따라 걸었다. 얼마 지나지 않아 법당 옆 조금 떨어진 곳에 아담한 연못이 나타났다.

혜원은 거기에 있었다. 그녀는 연못가 벤치에 앉아 수면을 바라보고 있었다. 진우는 적당한 크기의 발소리와 함께 그녀에게 다가갔다. 혜원은 인기척을 느끼는 것 같았지만 고개를 돌리지는 않았다.

가는 비가 연못에 속삭이는 소리를 들으며 진우가 혜원 옆에 앉았다. 향내인지 살 내음인지 알 수 없는 알싸한 냄새가 풍겨왔다. 석등 여린 불빛에 모습을 드러낸 혜원의 파란 눈에는 수정처럼 맑은 눈물이 맺혀 있었다.

진우는 혜원의 지금 심정을 이해할 수 있을 것 같았다. 한국이 좋아 프랑스에서 한국학을 공부했고, 한국에 와서는 한국 불교에 매료되어 출가를 결심하기까지 얼마나 많은 주위의 반대에 부딪히고 얼마나 깊은 고민을 거듭했을지, 마침내 말사에 배속되어 신도들로부터 '스님' 소리를 들으며 구도심을 키워 나가고 있었는데, 웬 술 취한 비구에게 욕설도 모자라 폭행까지……. 지금 혜원은 얼마나 크게 마음의 상처를 받고 괴로워할지 넉넉하게 짐작이 되고도 남았다. 진우는 담담한 눈으로 혜원을 바라보다 어렵사리 입술을 뗐다.

"저는 오래된 한이 있습니다."

고개를 갸웃하는 혜원에게 진우는 아주 오래전 두물머리의 한을 떠올리며 말을 이었다.

"파계승 지족 선사를 아십니까?"

"프랑스에서 한국 공부할 때 배웠어요. 기생 황진이 유혹에 넘어가 파계승이 된……."

진우의 입가에 씁쓸함이 묻어나왔다.

"그렇게들 알고 있지요. 하지만 깨달음의 긴 여정에서 보면 지족 선사와 서화담을 구분 짓는 것은 별다른 의미가 없습니다."

말뜻을 이해하기 위해 집중하는 혜원의 귀에 진우의 목소리가 계속 들려왔다.

"화담은 송도삼절로 꼽힐 만큼 격조 높은 학자였지만, 격물을 중시하여 책보다는 사물과 직접 마주하기를 즐겼고, 이 때문에 이성(異性) 간의 접촉에도 거리낌이 없었습니다. 이미 여체(女體)를 경험했기에 황진이의 유혹을 이겨낼 수 있었습니다."

먹장구름이 호기심에 조용히 비를 멈추고 다음 말을 기다렸다.

"반면, 지족은 당대의 고승이었지만 평생 경험해보지 못한 감정의 한 축으로 인해 깨달음의 큰 단계를 뛰어넘지 못하는 자신의 처지에 한을 품고 있었지요."

"깨달음을 위해 파계할 수 있는가, 그거군요?"

"깨달음은 큰 앎이고 앎은 경험을 전제로 하기에, 성(性)을 경험하지 못하고 깨달음의 큰 단계인 본성(本性)을 찾을 수는 없었습니다. 결국 지족은 깨달음을 얻기 위해 황진이의 유혹을 받아들인 것이죠."

혜원의 얼굴 위로 이십 년 전 두물머리 갈대밭에서 보았던 그녀의 얼굴이 겹쳐졌다.

"결국 지족은 파계를 수단으로 삼아 깨달음이라는 목적을 얻었지만, 세상은 파계의 순간만을 기억하고 지족을 폄하했으니 오명도 함께 얻었습니다."

진우는 길고 깊은 한숨을 내쉰 뒤, 차분하게 혜원을 바라보았다.

"오늘, 혜원 스님을 통해 제가 무슨 연유로 그동안 기도의 불씨가 사그라져 있었는지 분명히 알게 되었습니다."

혜원은 눈을 감고 생각에 잠기는 듯하더니, 그리 오래지 않아 진우의 한을 도두 이해했을 뿐만 아니라 어쩌면 그 한을 해결해 줄 수도 있는 방법까지 떠올린 자신에게 놀라 눈을 떴다.

혜원의 눈물에 고인 별빛이 찰랑거렸다. 눈을 질끈 감자, 가득 고여 있던 별빛이 그녀의 뺨으로 주르르 흘러내렸다. 진우는 두 손으로 그녀의 얼굴을 감싸 쥐고 엄지로 눈물을 닦아주었다. 혜원은 두 팔로 진우의 목을 감싼 뒤 진우와 입술을 맞추었다. 그리고 이내 벤치 위에서 두 남녀는 한 몸이 되어 움직였다.

새벽이 건넌방 쪽문을 파랗게 적실 때까지, 진우는 이십 년 전 두물머리의 한을 반복해서 풀었다.

마침내 호흡을 되찾은 혜원이 진우의 가슴에 턱을 괸 채 퀭해진 눈길을 연못에 드리웠다. 진우가 나뭇잎 사이로 드러난 파르스름한 하늘을 응시하며 말했다.

"혜원, 덕분에 이제야 비로소 지족을 넘어 화담처럼 큰 걸음을 나아갈 수 있게 되었어요. 고마워요. 그리고 미안해요."

"아니어요. 사실 저도, 떠올리기도 싫은 치욕스러운 상황에서 멋지게 저를 구해주신 처사님께 어떻게 마음의 빚을 갚아야 할까 고민하고 있었어요."

그렇게 말한 뒤 혜원은 물끄러미 연못을 바라보았다. 진신 사리처럼 빛나던 별빛들이 점점 옅어지는 하늘 속으로 하나씩 스며들기 시작했다.

얼마나 지났을까. 연못을 바라보던 혜원이 갑자기 긴장한 말투로 말했다.

"저기 연못가에 뭐가 있어요."

"뭔데요?"

"잘 안 보여요. 그런데 무언가를 먹고 있어요."

"어떻게 생겼나요?"

"아마도 고양이처럼 생겼어요."

"울음소리는 어떤가요?"

"고양이처럼 울어요. 들리죠?"

"뭐를 먹고 있나요?"

"먹고 있는 건…."

진우의 가슴 위에 턱을 괴고 있던 혜원이 갑자기 벌떡 일어나 앉으며 소리쳤다.

"앗! 쥐예요!"

혜원이 기겁하며 진우의 품속에 안겼다. 조금 지나, 진우가 혜원의 어깨를 감싸 안으며 입을 열었다.

"고양이처럼 생기고, 고양이 울음소리를 내며, 쥐를 잡아먹으면 모두 고양이라고 할 수 있을까요?"

"선문답인 것 같은데, 그래도 고양이가 아닐까요?"

진우의 말에서 깊은 뜻을 찾아내기 위해 애쓰는 혜원의 귀에 대고 진우가 다시 속삭였다.

"혜원. 눈에 보이는 것에 집착해선 안 돼요. 아니, 어쩌면 그게 무엇인지는 중요하지 않을 수도 있어요."

"아! 그렇군요. 역시."

혜원은 역시 한국에 오길 잘했고, 스님이 된 건 훌륭한 선택이었으며, 도반 진우를 만난 건 행운이었다는 생각에 행복한 표정이었다. 그때, 새벽의 고요한 공기를 가르는 목소리가 두 남녀를 긴장시켰다.

"스님!"

늙은 공양 보살이었다.

"오, 마이가쉬!"

혜원이 급히 옷을 주워 입었고, 진우는 그보다 더 빠르게 움직였다. 연못가 벤치에서 두 남녀를 찾아낸 공양 보살이 성큼성큼 다가왔다. 늙은 공양 보살은 시각과 후각을 동원해 상황을 파악하면서 손에 들고 있던 물건을 불쑥 진우에게 내밀었다.

"전화기 받으슈. 연수리 기도원 청년 부흥회서 오늘 새벽 설교하러 오신 목사님이시라며? 목사님 어디 계시느냐고 꼭두새벽부터 전화기 불이 났슈."

"목사님이라고요? 처사님, 법사님 말고 불가에 목사님도 있나요?"

뭔가 이상한 듯 연못만큼 커진 혜원의 파란 눈이 진우를 응시했다.

"아, 그, 그건……."

진우가 급히 자리에서 일어나더니 혜원에게 합장하며 말했다.

"주님의 이름으로 성불할지어다, 아멘."

"새벽에 예서 뭐하셨어, 둘이?"

공양 보살이 혜원에게 물었다.

혜원은 허겁지겁 산을 달려 내려가는 진우의 뒷모습에서 눈을 떼지 못한 채, 달아오른 뺨을 손바닥으로 가리며 말을 더듬었다.

"공, 공안에 대해 얘기했어요."

"무슨 공안?"

"그게, 뭐였냐면…, 응! 고양이처럼 생기고, 고양이처럼 울며, 쥐를 잡아먹는 물건이 있다. 그게 뭘까요?"

공양 보살이 시답잖은 소리 집어치우란 표정을 지으며 내뱉었다.

"그게 고양이지 뭐요, 나 원 제기!"

동인회 『소설작당』 자선 문제작 모음 - 02
매미의 시간

"저 착하지 않아요. 사실 아빠랑 놀이동산 간 거,
비 내리는 날 우산 들고 교실 앞에 서 있던 일,
그거 다 지어낸 이야기예요.
그 사람은 제가 태어난 줄도 모를걸요.
아니, 알면서도 안 왔어요. 돈만 보냈죠.
바보 같은 엄마는 그런 남자를 그리워하다 죽었어요.
왜 있지도 않은 추억을 가공해서 읽어준 줄 알아요?
죄책감 느끼라고요.
당신이 얼마나 무책임하고 나쁜 놈이었는지
깨닫게 해주고 싶었거든요."

임수진 소설가

『수필문학』 등단, 현진건 문학상(신인상)·경북일보문학다전대상(소설) 수상, 수필집 『나는 여전히 당신이 고프다』 외 1, 기행수필집 『팔공산을 걷다』, 단편소설집 『언니 오는 날』, 수원예술지 편집위원

매미의 시간

임수진

 귀를 어지럽히는 고주파 쇳소리와 눅눅한 끈적임에 잠이 깼다. 꿈속에서 나는 매미처럼 울었다. 흠뻑 젖은 몸 위로 방범용 창살이 결박하듯 드리워졌다. 뭐야. 두 시간밖에 못 잤잖아. 아침 여덟 시에 퇴근해서 와플파이와 우유를 먹고 겨우 잠들었는데 채 한 시간도 안 돼 잠이 깼다. 사각의 작은 창문으로 들어온 햇살은 굴절되었고 몸은 물먹은 니트 티셔츠 같다. 땅속 생활을 너무 오래 한 탓이다.

 매앰매앰…. 소리는 점점 커진다. 귀를 막아도 들린다. 한 놈이 시작하면 다른 놈이 소리를 보탠다. 매미의 울음이 정신세계를 교란시킨다. 울고 싶은 게 누군지 모르겠다. 좀 더 자고 싶은 마음에 안대를 하고 잠을 불러들이지만 눈은 따갑고 머리는 아픈데 잠은 이미 멀어졌다. 한 시간을 뒤척이다가 결국 안대를 집어 던지고 텔레비전을 켰다. 리모컨을 들고 채널을 이리저리

돌리다가 매미의 일생에 관한 다큐멘터리를 보았다. 고작 2주를 살기 위해 어둡고 깊은 땅속에서 7년을 버티는 매미의 이력이 반지하에서 판지하로 옮겨 다니며 살아온 내 삶의 자취를 반추하게 만든다.

방바닥이 서혀 갯벌 같다. 각설탕처럼 중독성이 있어 몸이 대책 없이 빠져든다. 러닝셔츠와 삼각팬티도 축축하다. 손가락 하나 까딱하기 힘든데 외부와 연결된 곳은 휴대폰 액정만 한 창문뿐이다. 그곳에서 빛과 바람이 들어온다. 나는 따끔거리는 눈을 비비며 창가로 가 신선한 공기를 허겁지겁 빨았다. 오가는 행인의 신발이 보인다. 매년 이맘때마다 듣는 고주파 쇳소리 때문에 이명이 생겼다. 놈들이 떠난 겨울에도 매미 소리가 들린다.

"그만, 그만!"

소리치자 방 앞을 지나던 빨간 샌들이 걸음을 멈춘다. 나는 창틀 아래로 슬그머니 몸을 낮췄다. 여름이 끝나야 소음도 가라앉을 것 같다.

그래, 마음껏 을어라. 목이 찢어지도록 울어봤자 네 생명은 2주다. 소음을 견디는 것도 오늘이 마지막이다. 수년을 견뎠는데 까짓거 하루를 못 참겠냐. 이사만 하면 하늘이 보이는 쾌적한 방에서 깊이 잘 수 있고 야간 근무 때 잠에 매몰되는 고통을 당하지 않아도 된다.

여름만 되면 토굴 같은 방에 갇혀 듣는 매미 울음소리로 수면 장애에 시달렸다. 성격도 날카롭고 예민해졌다. 매미의 우렁찬 울음에서 묘한 열등감을 느낀다. 이런 자신이 쓰레기 같다. 수컷 매미에게는 짝짓기라는 뚜렷하고도 확실한 사명이 있지만 내겐 미래에 대한 확고한 밑그림조차 없다. 여자 친구인 지원이도 대학 동기인 민우한테 뺏겼다. 보낸 건지 방관한 건지 그 자체도 이젠 애매해졌다.

*

어제는 이사할 집에 다녀왔다. 커다란 창이 낯설었다. 온전한 창문을 가져본 적이 없던 나는 하늘을 가질 수 있다는 게 신기했다. 하늘에서 비가 떨어지고 햇볕이 내리쬐고 천둥이 치고 번개가 치는 걸 마주할 수 있다는 게 꿈만 같았다. 지난 몇 년간 비의 뿌리만 보았다. 빗방울이 땅에 떨어져 여기저기로 튀어 올랐다. 저렇게 한번 뛰어 봤으면 좋겠다 싶었다. 지금껏 내가 가진 창은 방범 창살이 있는 손바닥만 한 것이었다. 그곳으로 하늘이 들어올 리 만무했다. 그 세계에서 내가 본 건 오가는 사람들의 종아리와 신발뿐이었다. 때때로 웅크린 내 모습을 고양이와 개가 훔쳐보았다. 그 애들과 눈이 마주칠 때면 멸시나 모멸감 따위의 감정보다는 쇠창살에 갇힌 원숭이가 된 심정이었다.

다행히 이사할 집은 4층이라 탈피에 성공한 셈이다. 그곳에서 만난 햇볕은 특별했다. 무엇보다 내려다볼 수 있는 위치에 있다는 게 실감 나지 않아 계속 창에 매달려 있었다.

"나 내일 이사 간다!"

창문에 붙어 서서 소리쳤다. 그동안 햇볕이 고팠다. 겨울엔 따스한 햇볕을 배식처럼 받아 피부에 흡수시키며 차디찬 냉기를 견뎠고, 여름엔 타들어 갈 것 같은 무더위로 감정에 마비가 올 지경이었다. 대학 졸업을 하던 날 엄마는 안성 본가로 들어와서 취직 공부를 하라고 했지만 엄마 집이라고 해서 널찍한 것도 아니고 지하가 아니란 것만 빼면 더 나을 것도 없었다.

*

대학 병원 중환자실 관리 요원으로 근무한 지 오늘로 1년째다. 취직 소식을 처음 알렸을 때 엄마 반응은 시큰둥했다.

"에그, 취직이라고 한 게 하필이면 중환자실 문지기냐?"

엄마는 내가 공무원이 되는 꿈을 아직도 놓지 않고 있었다.

"문지기가 뭐예요? 관리 요원이지."

"이놈아, 관리 요원이라고 하면 격이 높아지냐? 아픈 사람 속에서 얻을 게 뭐 있다고."

"편의점 아르바이트만 안 했으면 좋겠다던 때는 언제고?"

나는 능청을 떨었다.

엄마는 공무원 시험 준비를 하던 놈이 갑자기 대학 병원 중환자실 야간 병동 관리 요원이 되자 마음이 상한 듯했다.
"손바닥만 한 공간서 옷 수선해가며 길러놨더니, 쯧쯧."
　툴툴대던 엄마는 출근일이 다가오자 정장 두 벌을 사 주었다. 그놈의 병원은 중환자실 문 지킴이 하는데도 정장이냐? 구시렁대면서도 말쑥한 내 모습이 싫지 않은 듯했다.
"누구 아들인지 차암 잘생겼다. 공무원만 되면 일등 신랑감인데."
　출근하던 날 엄마는 또 본심을 드러냈다. 취직만 하면 결혼해서 딸 둘에 아들 하나를 두길 바랐다. 물론 이 모든 건 엄마 혼자만의 각본이다. 그 때문에 엄마는 늘 상처를 받았다. 결혼할 생각도 없는데 손자를 셋이나 욕심낸다니. 나는 왜 결혼을 하고 자식을 낳아야 하는지 그 답을 아직 못 찾았다. 미래가 암흑이라 탈출은 꿈도 못 꾸는데 가족을 만들라는 엄마가 제정신일까 싶다. 사실 내일이라는 불투명한 그물에서 탈출하더라도 결혼할 생각은 없었다. 둥지를 만들었을 때 따르는 책임과 의무가 부담스럽고 무엇보다 새끼를 기르는 일에 에너지를 쏟아 붓고 나면 짝짓기를 끝낸 수컷 매미처럼 죽어야 한다는 게 싫었다. 그 삶이 순리고 태곳적부터 이어온 순환이라 할지라도 저항 없이 물려받긴 싫었다. 자기 앞가림도 못 하는데 결혼은 무슨. 나는 아버지가 췌장암 치료를 받다 죽은 뒤 집안에 생긴 무수히 많은 균열을 보았기에 가정을 만드는 데 부정적이었다.

중환자실 환자인 이호상 씨의 보호자인 이지은 씨가 측은해 보인 것도 그 때문이다. 그녀는 나보다 두 살 아래이고 나처럼 가족이 둘뿐이다. 그녀의 아버지인 이호상 씨가 간암 말기로 중환자실에 들어온 건 2주 전이다. 그녀는 다른 보호자와 달리 면회 때면 사각이 빳빳한 검은색 노트를 가슴에 안고 병원 복도에 서 있었다. 지난밤에도 이호상 씨는 위중했다. 보호자가 여러 번 호출되었다. 새벽 두 시에도 위급 상황이 있었다. 이지은 씨는 슬리퍼를 질질 끌며 보호자 대기실에서 나왔다. 심장 기능이 급격히 떨어져 잠깐 동안 긴장이 고조되었지만 다행히 자가 호흡이 가능해졌다.

이지은 씨는 며칠 전 자신의 아버지가 위급해지면 심폐소생술을 하지 않겠다는 각서에 사인했다. 이유를 물었다. 그녀의 대답은 이랬다.

"사실… 동의를 하지 않으려 했어요. 살아있는 게 지옥이란 걸 알려주고 싶었거든요."

"그게 무슨…?"

그녀의 말이 선뜻 이해되지 않았다. 하루에도 몇 번 생사를 오가는 중환자를 대하니 헛말도 나오겠구나 싶었다.

죽음이 유예되는 건 이곳에서는 흔한 일이었고 환자 자신이나 보호자에게 위안일 수도 아닐 수도 있었다. 모든 죽음은 고요하면서도 직접적이었고 때로는 단호했다. 병실 내 침대는 항상 만원이었고 한 사람이 죽거나 일반 병실로 옮겨가야 대기자가 들어갈 수 있었다. 대부분 환자는 내일이란 시간을 욕심낼 수 없는 처지였다. 내가 아직 오지 않은 시간을 섣불리 말하지 않는 것처럼 의사들은 보호자에게 낙관적인 말을 해주지 않았다. 그들은 늘 최악의 상황에 대해 먼저 말했고 소생 가능성에 대해서는 말을 아꼈다. 어떻게 보면 이곳은 저쪽 세상으로 건너가기 직전 잠깐 머무르는 간이역과 같은 곳이었다.

오래전 아버지가 투병 중일 때였다. 극명하게 운명이 갈리는 중환자실이 무서웠던 엄마는 일반 병실로 갈아타는 사람들을 무척 부러워했다.
"우리는 어떻게 살아요? 아이고, 우리는 어떻게 살아."
엄마는 아버지가 위급할 때마다 눈물과 한숨을 쏟았다. 아버지의 책임감이 내 어깨로 건너오는 것 같았다. 죽음을 막 이해하기 시작한 때였다. 불안하고 두려웠다. 가족 중 한 사람이 사라진다는 건 무서운 일이었지만 지금 생각해보면 엄마의 행동은 숨 쉬는 일도 힘들던 아버지께 할 짓은 아니었던 것 같다.
장맛비가 그치고 매미가 바락바락 울던 날 밤, 아버지는 죽었다. 이별은 가혹했다. 이후 엄마와 내 삶은 가늠하기 힘든 바닥으로 추락했다. 떨어짐의 공포 앞에서는 아버지를 보낸 슬픔보다 살아내야 할 미래가 더 무서웠다. 어쩌면 아버지는 내게 번식에 대한 욕망을 내려놓게 한 최초의 장본인인지 모른다. 지원을 뺏어간 민우가 천적으로 여겨지지 않는 이유일지 모른다. 보내길 잘했다는 생각도 들었다. 그녀와 헤어진 후에는 마음에 드는 여자가 있어도 적극적으로 다가가지 않았다. 얄팍한 지갑과 불안정한 미래가 생각을 멈추게 했다.

*

아이들이 자전거를 타며 노는 소리와 젊은 엄마들의 잔소리가 집 안까지 들렸다. 매미 소리는 귀에 찰싹 달라붙어 떨어지지 않았다. 잠에 대한 강박을 벗어던진 나는 이삿짐을 챙겼다. 창문으로 나를 훔쳐보는 도둑고양이의 야릇한 시선도 용서가 되었다. 지상에만 올라가면 너희들 다 죽었어! 괜히 기분이 좋아져 편의점으로 달려가 맥주 한 캔을 사서 쭉쭉 빨았다.

"이것들아. 이제 나도 성충이 되어 땅 위로 올라간다!"

나는 도로변 플라타너스에 붙은 매미에게 소리쳤다. 편의점 파라솔 아래를 끼웃대던 고양이가 내 목소리에 놀라 골목 안으로 잽싸게 튀었다. 눅눅하고 어두운 삶이 끝나는 듯 보였다. 변두리 반지하를 전전하는 내게 부동산 중개인은 땅 기운을 받고 사는 게 건강에 좋다며 위로했다. 그러더니 4층 원룸을 소개할 때는 말을 바꿨다.

"역시 사람은 높은 데 사는 게 좋지. 높이 나는 새가 먹이도 잡는다잖아. 올라가면 공기도 좋고 하늘도 가깝고. 허허."

예전에 한 말은 그의 기억에서 사라진 듯했다. 천연덕스러운 능청이 싫지 않았다. 다 먹고살자고 하는 짓이니까. 먹고사는 일이 얼마나 안간힘을 써야 하는 일인지 알기에 살기 위해 안간힘을 쓰는 사람을 보면 이해가 되었다. 늙은 중개인을 보면 그에게 딸린 가족이 상상되면서 생존을 위한 본능이 위대해 보였고 누대의 치열한 진화 과정이 그려졌다. 그가 정직하고 틀에 박힌 사고만 하였다면 진즉에 천적에게 물려 죽거나 소멸했을지 모른다.

이사할 원룸은 필로티 건물이었다. 포항 지진 때의 일이 생각나서 망설이는 내게 중개인은 이렇게 말했다.

"아따 젊은 친구가 소심하긴. 내가 말이여, 칠십 평생 살아오면서 경험한 건데 사람은 아무 때나 안 죽어. 명을 다해야 죽어. 그런 거 겁나면 대문 밖에 못 나가."

사실 삶의 영원성에 회의를 느끼던 나는 목숨 따위에 별 애착이 없었다. 가족도 만들지 않을 것이므로 죽음이 두려울 이유가 없었다. 단지 필로티 구조를 내세워 십만 원이라도 깎고 싶었을 뿐이다.

중개인은 수수료를 오만 원 깎아주며 남향이라 아침부터 저녁까지 해가 쨍쨍하게 들어올 거라고 했다. 반지하를 전전하는 사람에게 햇볕은 그야말로 생명줄과 같은 은총이란 걸 그는 알고 있었다. 나는 햇볕에 굶주린 마음을 굳이 감추지 않았다.

*

대학 시절 내 별칭은 '정사각형'이었다. '틀에 박힘'을 뜻했다. 하나 더하기 하나는 둘이어야 안심하는, 예의 수는 인정하지 않았다. 딱 떨어지는 것에만 반응했다. 필로티 구조를 내세워 중개료를 깎는 건 상상조차 할 수 없었다. 면접에서 매번 떨어진 것도 그 때문일 것이다. 재학 시절엔 공부와 아르바이트밖에 몰랐다. 나는 개천에서 난 용이 되고 싶었다. 먹고 싸고 아르바이트하는 시간 이외에는 도서관에 틀어박혀 있었다. 그러나 웬걸, 사회에 나오니 더 중요한 게 많았다. 성적보다는 예외 수와 무리수를 사용할 줄 아는 친구들이 취직도 빠르고 승진도 빨랐다. 지원을 뺏어간 민우는 그런 면에서 나보다 우월했다. 그의 배경은 화려하고 탄탄했다. 외교관인 아버지 덕분에 초중고 시절을 미국에서 살았다. 현지인처럼 영어를 잘했고 친구 관계도 다양했다. 열린 마음을 가져서 예외 수와 무리수도 거부감 없이 받아들였다. 내가 그보다 우월한 건 성적부에 없었다. 개뿔, 개천의 용은 무슨. 원서를 넣는 곳마다 떨어졌다. 꽝, 다음 기회에…. 꽝, 다음 기회에…. 나의 20대는 꽝으로 시작해서 꽝으로 마무리됐다. 지원이 민우를 선택한 건 당연한 일이었다.

  서른이 되자 여기저기서 결혼 소식이 들렸다. 예쁜 아기 사진을 첨부한 모바일 백일잔치 초대장을 보내오는 선배도 있었다. 오랜만에 조우한 그들의 모습은 대학 시절 고만고만하던 모습이 아니었다. 몇 년 사이에 삶의 패턴이 확연히 바뀌었다. 아무렇게나 툭툭 쳤던 동기의 어깨가 함부로 건드릴 수 없는 위치에 가 있었다. 반가워서 들어 올렸던 손을 슬그머니 내려 바지 주머니에 넣을 땐 밑창이 닳은 구두를 신고 빗길을 걷다가 여러 사람 앞에서 미끄러진 기분이었다.

  그중엔 민우도 있었다. 지원이도 함께. 그녀는 민우의 팔짱을 끼고 환하게 웃고 있었다. 헤어진 지 3년 만이었다. 지원이는 나와 만날 때보다 훨씬 화사하고 세련된 차림이었다. 구두와 가방과 반짝이는 귀고리는 내가 몇 년을 일해도 사 줄 수 없는 것이었다. 나와 만날 때보다 민우 곁에 있을 때 그녀는 더욱 빛났다. 나는 붉은빛이 도는 촌스러운 넥타이를 만지작거렸다. 넥타이가 목을 죄어왔다. 핑크빛 스커트 아래로 드러난 지원의 다리는 여전히 예뻤다. 그녀의 발을 감싸고 있는 구두는 대개의 여자가 갖고 싶어 하는 명품이었다. 나는 그녀에게 중저가 운동화 한 켤레 사 주지 못했다. 민우는 외제차에 지원을 태우고 근사

한 바에 가서 칵테일을 마셨고 고급 음식점에 가서 마블링이 있는 최상급 한우를 먹은 이야기를 스스럼없이 했다. 그 말을 들으며 나는 식사 후에는 호텔 커피숍에 가서 차를 마시고 예약해 둔 객실에서 우아하고 고급스럽게 섹스했을지 모른다는 상상을 했다. 물론 민우가 내가 상상하는 것처럼 격이 있는 섹스를 했는지는 모른다. 5성급 호텔에서 자본 적이 없는 나로서는 그쪽 사람들의 잠자리는 분명 다를 것이라고 믿었다. 다만 지원이가 민우와의 잠자리에서 나를 낡은 모텔의 눅눅한 침구로 기억하지 않길 바랐다.

습도는 높고 날씨는 후텁지근하다. 이런 날씨는 누가 시비 걸면 한판 붙기 딱 좋다. 나는 방 여기저기에 뒹구는 책을 박스에 넣다가 창틀에 얼굴을 올려놓고 개처럼 혀를 빼물고 숨을 헐떡였다. 해는 등 굽은 노파처럼 서쪽으로 뉘엿뉘엿 지고 있지만 매미는 지친 기색이 없다. 아직도 암컷을 못 만났나 보다. 포기를 모르는 저 에너지가 부럽다. 짝짓기를 끝내고 나면 곧 죽을 텐데 그게 교미든 번식의 욕구든 7년여의 땅속 생활에 대한 보상 심리는 분명 아닐 것이다.

잡다한 가재도구를 정리하고 나니 배가 고프다. 아침에 와플파이와 우유를 먹고 지금껏 물과 커피만 마셨다. 가스레인지 위에 냄비를 올리고 물을 끓였다. 가스 불 때문에 가뜩이나 달아

오른 집이 더 후끈하다. 라면을 넣자 면발과 면발 사이에 기포가 생기면서 물이 맹렬히 끓어오른다. 그 속에 달걀 하나를 깨 넣었다. 라면 냄새가 방 안에 퍼졌다. 땀을 뻘뻘 흘리며 나무젓가락에 면발을 감아올리는 순간 스마트폰이 울렸다. 엄마였다.

"아들, 휴지는 내가 사 주마."

"그 말 하려고?"

"꼭 '잘 풀리는 집' 휴지만 써야 해."

"제발 좀!"

엄마는 항상 '잘 풀리는 집' 휴지만 썼다. 내가 이사 다닐 때마다 사 들고 왔다.

"그래서 뭐 달라진 거 있어?"

반발심에 '땡큐'나 '깨끗한 나라'를 샀다. '잘 풀리는 집' 휴지를 그만큼 썼으면 나는 벌써 공무원 시험에 합격해야 했고 엄마는 옷 수선을 하며 바늘에 손가락이 찔리는 삶을 접어야 했다. 애당초 잘 풀리는 집이 되긴 글렀다. 복권을 사도 살 때마다 꽝이었다. 차츰 오기가 생겼다. 이놈의 꽝 인생, 그 끝이 어딘가 보자….

엄마는 그릇이랑 잡다한 생활용품 살 때도 같이 가자고 했다. 서른이나 된 놈이 엄마랑 함께 다니는 것도 부끄럽지만 가는 곳이 분명 '다이소'일 것이다.

"바구니에 마음껏 담아도 몇 만 원이면 되잖아. 백화점에 가면 위축되는데 거기서는 이래도 소비층이다."

엄마는 홍조까지 띠며 말했다. 나는 작게 한숨을 쉬었다.

*

몇 개월 전 본가로 배달된 택배를 가지러 안성에 간 적이 있었다. 엄마는 없었다. 그냥 오려다가 가게에 잠시 들렀다. 수선집 불이 환했다. 엄마는 젊은 여자랑 무슨 말인가를 주고받고 있었다. 나는 건물 벽에 기대서서 손님이 가기를 기다렸다. 잠시 후 문이 열리고 여자가 나왔다. 곧이어 엄마가 다급하게 따라 나왔다.

"자신이 없으면 수선을 말아야지, 이게 얼마나 고급진 원피슨데…."

"아이고, 죄송합니다. 잘 고쳤는데 어디가 마음에 안 든다는 건지…."

"뭐라고요? 이 아줌마 좀 봐. 원하는 모양으로 고쳤다는 게 이 꼴이에요? 아줌마 눈 없어요? 눈 뒀다가 얻다 써요?"

여자는 원피스를 엄마 얼굴에 들이대며 눈을 부라렸다. 종일 재봉틀 앞에 앉아 있어서일까. 엄마 키는 더 작아 보였고 머리칼에는 실밥이 붙어있었다. 간혹 수선비를 내지 않으려고 생떼를 쓰는 손님이 있다는 말은 들었다. 다른 건 몰라도 엄마의 섬세하고 꼼꼼한 바느질 솜씨는 나도 인정하는 바였다. 낡은 내 옷을 유행하는 디자인으로 수선해줄 때는 뿌듯함마저 들었다.

"이것 보세요. 아줌마. 원피스 솔기가 우둘투둘하잖아요. 밑단도 너무 잘라냈고요."

여자는 원피스를 땅바닥에 내팽개치며 소릴 높였다. 엄마는 얼른 원피스를 주워 먼지를 털었다.

"돈 안 받을게요. 그냥 가져가세요."

상대해서는 안 될 사람이라는 걸 눈치챘는지 엄마는 여자의 등을 떠밀었다. 그제야 여자는 팔짱을 풀었다.

"내가 마음이 넓어서 참는 거예요. 이거 아주 비싼 거라고요. 딱 봐도 명품 같죠? 아줌마 오늘 백만 원 번 줄 알아요."

여자가 엄마 앞에서 사라졌다. 명품이면 매장 가서 A/S를 받을 일이지, 뭐 하러 동네 수선집에 맡기나. 그 말을 해주려고 여자 뒤를 쫓았다. 분명 골목으로 사라졌는데 어둠은 여자를 토해내지 않았다.

다음 날 전화했을 때 엄마 목소리는 착 가라앉아 있었다.

"어디 아파?"

모른 척 물었다.

"아프긴. 감기 기운이 있는지 목이 가라앉아서 그래. 그건 그렇고 우리 아들이 웬일이고? 전화를 다 하고?"

엄마가 왜 '잘 풀리는 집' 휴지에 집착하는지 나는 안다. 밝은 척하는 게 가슴이 더 아프다.

*

 출근하는데 컨디션이 바닥이다. 잠을 제대로 못 잔 탓이다. 지상과 연결된 계단을 오르는 게 힘이 든다. 한 계단 오르는 게 한 생애를 지나는 것 같다. 낮 동안 달아오른 아스팔트를 터벅터벅 걸어 전철역으로 향했다. 퇴근하는 사람들과 교차하며 걷는 게 삶과 죽음이 공존하는 중환자실 풍경 같다. 죽음과 마주한 사람을 자주 봐서인지 죽는 게 일상적인 일로 여겨진다.
 낮 근무자와 교대한 후 데스크에 앉았다. 새로 중환자실로 올라온 환자가 있었는지 복도를 오가는 보호자 중 낯선 얼굴이 많다. 전등불이 환해서 낮인지 밤인지 구분이 안 된다. 종일 형광등 아래 있는 건 집이나 병원이나 같다. 언제 한번 자연광을 실컷 쬐어보나. 병원 복도엔 창문이 없다. 하늘을 보기 위해서는 밖으로 나가야 한다. 마음만 먹으면 하늘은 언제나 볼 수 있을 줄 알았는데 그 또한 착각이었다.

 데스크 옆에 설치된 커피 자판기에 동전을 넣었다. 잠을 못 자 눈은 따가운데 이사할 생각만 하면 힘이 난다. 나도 모르게 입꼬리가 올라갔다. 복도를 지나던 환자 보호자가 이런 나를 쳐다보았다. 나는 손등으로 흘린 웃음을 닦았다. 반지하 생활 7년 만이니까 땅속에서 7년을 버틴 매미와 동격이다. 같이 땅속 생활을 한 사이이므로 천적이라기보다는 동지에 가깝다. 마음을 바꾸니 동병상련의 감정까지 생긴다. 나는 틀렸지만 너는 힘차게 울어서 암컷을 만나 개체를 번식시키라고 응원해주었다.

  면회 시간이 되자 복도는 사람들로 가득 찼다. 이지은 씨 모습도 보였다. 면회할 사람들에게 출입증을 나눠주었다. 가슴에 다이어리를 안은 이지은 씨는 손 소독을 하고 마스크를 꼈다.
"감기 환자나 노약자는 면회가 불가합니다."
나는 언제나처럼 마이크를 들고 주의 사항을 말했다. 매일, 톤 하나 다르지 않았다.
여덟 시가 되어 자동문 버튼을 눌렀다. 문이 양옆으로 열렸다. 사람들이 중환자 병동으로 밀려들어갔다.
"저기 잠깐만요."
두 살쯤 된 아이를 안은 젊은 부부가 사람들 틈에 끼어있다.
"아이는 면역성이 약해 병실 출입 금집니다."
"우리 아버지가 마지막으로 손주를 보고 싶다고 하셔서."
아이 아빠가 간절한 눈빛으로 나를 쳐다보았다.
"안 됩니다."
"오 분만요."

"그래도 안 됩니다."

"저러다 돌아가시면 당신이 책임질 거요? 그러니 제발…."

알아듣게 말했는데도 계속 조른다. 피곤하고 난감하다. 이곳에 근무하면서 나는 어떻게 안 될까요? 라는 말을 싫어하게 됐다. 안 되면 안 되는 거지 무슨 요행을 바라는 건지. 규정이라고 말하는 내게 아기 아빠는 융통성이 없다고 오히려 성질을 냈다.

"봐. 안 된다잖아. 자기는 아버님만 중요해?"

부부가 토닥거렸다. 잠시 후 아기 아빠만 병실로 들어갔다. 이래서 예외 수는 없어야 하는 거야. 나는 그의 뒷모습을 보면서 중얼거렸다.

*

이지은 씨 아버지는 간이식을 해도 회복이 힘들다고 했다. 환자의 체력이 그만큼 떨어져 있었다. 그녀는 태연했다. 나는 어린 여자의 강단에 놀랐다. 입원 초기 이호상 씨는 눈을 가늘게 뜨고 이지은 씨가 움직이는 동선을 따라 시선을 돌렸다. 딸을 쳐다보는 심경이 몹시 복잡해 보였다. 혼자 남게 될 딸에 대한 걱정이 많은 것 같았다. 이호상 씨 병세는 하루가 다르게 나빠졌다. 얼굴과 몸이 까매지더니 며칠 전부터는 위급 상황이 더 자주 생겼다. 간호사가 큰 소리로 이름을 부르면 간신히 눈을 떴다가 이내 감았다. 눈꺼풀 무게도 감당하기 힘든 듯했다. 그러거나 말거나 이지은 씨는 면회 시간만 되면 그 짧은 시간 동안 병상에 붙어서 나직이 일기를 읽었다. 처음엔 의식도 없는 환자에게 무슨 짓인가 싶었지만 그녀는 그 일을 멈추지 않았다. 때때로 이지은 씨는 외부에 나갔다가 돌아올 때 카페라테를 사와서 내게 주었다. 지원에 대한 감정과는 달랐지만 귀엽게 생긴 외모가 싫지 않았다. 무엇보다 목숨이 간당간당한 부친에게 하는 짓이 요즘 20대 같지 않게 곰살맞아 호감이 영 없는 건 아니었다.

중환자실 앞이 조용해졌다. 면회를 마친 사람들은 눈물과 슬픔이 채 가시기도 전에 전화를 받거나 지하 식당으로 내려갔다. 사는 게 뭔지, 하면서도 옆 사람과 커피를 마셨고 주문한 밥이 나오면 이런데도 밥이 넘어가네요, 하면서 숟가락을 들었다. 산다는 건 그런데도 밥이 넘어가는 것이었다. 매일 생사를 넘나드는 사람들만 봐선지 바득바득 살고 싶은 마음이 사라졌다. 어떤 상황에서도 밥이 넘어가는 건 나도 마찬가지였다. 공무원이 목표가 된 마음에도 균열이 생겼다. 다른 삶으로 넘어가기 위한 이행기가 길어지고 있음에도 불안하거나 조급하지 않았다.

밤이 깊었다. 보호자들이 대기실 의자 사이사이에 매트를 깔고 누워 잠을 청했다. 수면 부족이라 몹시 피곤했다. 눈꺼풀에 농구공을 걸어둔 것 같다. 잠을 쫓기 위해 데스크에서 일어나 자판기 앞으로 갔다. 커피를 뽑아 마셨다. 복도를 걸었다. 빈 종이컵을 쓰레기통에 던져 넣었다. 기지개를 켰다. 새벽 한 시다. 화장실에 가서 찬물로 세수를 하고 나왔다.

*

승강기에서 내리는 이지은 씨와 마주쳤다.
"어디 다녀오세요?"
"잠깐… 밖에. 잠이 오지 않아서요."
약간 쉰 목소리다.
"일기를 읽어주면 반응은 하시나요?"
내 말에 그녀가 애매한 미소를 짓는다. 눈꺼풀에 달렸던 피로가 아래로 툭 떨어졌다.
"속눈썹이 파르르 떨리는 걸 봤어요. 손끝도 움직이고. 전 그게 아빠가 제게 보내는 메시지라 믿어요."
"다 듣고 계신다는 거네요."
"그럼요. 옛날에 우리 할머니가 그랬어요. 사람은 아파서 죽은 듯이 누워있어도 귀는 열려있다고요."
아, 그렇구나. 순간 내 의식은 과거로 흘렀다. 아버지 생각이 났다. 마지막을 아름답게 정리하도록 추억을 읽어주는 그녀와 달리 엄마는 누워있는 아버지 곁에서 우리 살 일만 걱정했다. 이지은 씨 말이 맞는다면 아버지는 죽는 순간까지 가족을 부양하지 못한 죄책감에 시달렸을 것이다. 그녀는 이호상 씨와 놀이동산에 가서 롤러코스터를 타며 마음껏 소리 질렀던 때, 비 내리는 날 우산을 들고 교문에서 기다려준 때, 그가 아빠로서 최선을 다해주어 고맙다고 말하고 있는 것이다. 착한 딸을 두어 그는 참 행복할 것 같았다. 만약 미래에 실수로 결혼이란 걸 하게 되면 그녀를 닮은 딸을 낳고 싶다는 생각마저 들었다.

"지은 씨는 의연해요. 혼자 남아 무섭고 슬플 텐데 아버지가 가슴 아파하실까 봐 울거나 내색도 하지 않고, 참 착해요."

내 말을 가만히 듣고 있던 그녀가 느닷없이 웃음을 터뜨렸다.

"저 착하지 않아요. 사실 아빠랑 놀이동산 간 거, 비 내리는 날 우산 들고 교실 앞에 서 있던 일, 그거 다 지어낸 이야기예요. 저는 아버지와 눈곱만큼의 추억도 없어요. 아버지는 제가 태어나기 전부터 집에 없었어요. 그 사람은 제가 태어난 줄도 모를걸요. 아니, 알면서도 안 왔어요. 돈만 보냈죠. 바보 같은 엄마는 그런 남자를 그리워하다 죽었어요. 멍청하게. 이제 병들어서 갈 곳 없으니 제게 온 거예요. 그나마 다행인 건 피붙이는 저뿐이었네요. 고맙게도."

나는 그녀가 나처럼 수면 부족이라서 헛소리를 한다고 믿었다.

"왜 있지도 않은 추억을 가공해서 읽어준 줄 알아요? 죄책감 느끼라고요. 당신이 얼마나 무책임하고 나쁜 놈이었는지 깨닫게 해주고 싶었거든요. 아버지로서 한 게 아무것도 없었다는 걸, 추억은 돈으로 살 수 없다는 걸. 씨만 뿌린 고통이 뭔지 알라고요. 울지도 못하고 미안하다는 말도 못 하는 심정이 어떤 건지 똑똑히 기억하라고요. 죽기 전엔 알아야 할 거잖아요."

그녀의 독한 말에 나는 말문을 잃었다.

"…그래도 아버지잖아요."

더듬대는 내게 그녀가 조각상 같은 미소를 지었다.

"심폐소생술을 하지 않겠다고 사인해준 것만 해도 자비를 베푼 거예요. 고통이 멈추니까요."

그 말을 한 뒤 이지은 씨는 보호자 대기실로 들어갔다.

귀가 멍했다. 매미 소리를 너무 많이 들은 후유증 같았다. 혼란 상태에서 시간은 느리게 흘렀고 복도는 고요했다. 창백한 전등불을 바라보며 차라리 무슨 일이라도 일어났으면 싶었다. 오늘은 중환자실로 올라오는 환자도 없었다. 찬 공기를 마시면 정신이 맑아질 것 같은데 데스크를 비울 수 없다. 자비를 베풀었다는 이지은 씨의 말이 지워지지 않았다.

데스크에 앉아 이사할 때 챙길 것과 버릴 물건 목록을 적었다. 버릴 게 더 많았다. 동시에 새로 사야 할 품목이 늘었다. 지출 초과다. 어지간한 것은 다시 사용해야 할 것 같다.

*

　새벽 세 시. 이지은 씨의 아버지가 죽었다. 바퀴 달린 침대에 누워 입원한 지 2개월 만에 그가 복도에 모습을 드러냈다. 죽어서야 밖으로 나온 것이다. 나는 나지막이 솟은 하얀 시트를 물끄러미 바라보았다. 워낙 앙상해서 성인 남자가 누워있다는 생각이 들지 않는다. 그 뒤를 이지은 씨가 따라 나왔다. 그녀와 잠깐 눈이 마주쳤다. 동그랗고 큰 눈이 새빨갛다.
　"괜찮아요?"
　가까이 다가가 조심스레 물었다.
　"피곤해서 실핏줄이 터졌을 뿐이에요."
　그녀는 손바닥으로 눈두덩을 누르며 건조한 목소리로 말했다.
　나는 데스크 앞에 서서 승강기 속으로 사라지는 그들을 지켜보았다. 생의 마지막 과정을 수료한 자의 모습은 고요했다. 평생 가족을 돌보지 않고 산 사람처럼 보이지 않았다. 이지은 씨는 이호상 씨의 손을 마지막 순간에도 잡지 않았을까? 승강기 속으로 사라지기 전 그녀가 잠깐 뒤돌아보았다. 나는 고개를 끄덕여주었다. 아버지가 없는 세상이 어떤 건지 그녀는 알까. 어쩌면 원래 없던 자리였으니 빈자리로 느껴지지 않을지도 모른다. 매미가 우는 것 같아 손등으로 허공을 쳤다. 이명이다.

*

 이사하는 날이다. 아침부터 햇볕은 정수리를 녹일 듯 이글대고 매미는 무섭게 울었다. 짐을 빼서 나오다가 방범 창살이 검게 드리운 방안을 훑어보았다. 마지막까지 눅눅했던 곳. 누군가 또 이곳에 갇혀 탈피를 꿈꾸겠지….

 짐을 채 풀기도 전에 엄마가 왔다. '잘 풀리는 집' 휴지를 들고 와서 화장실에 풀어놓았다. 그런 다음 한눈에 스캔할 수 있는 넓이의 방을 50평짜리 감상하듯 살폈다.

 "우리 준기 공무원 되어 예쁜 색시도 얻고 새끼도 여럿 치게 해주세요."

 엄마는 빈 벽을 보고 손바닥을 비볐다.

 "아, 좀!"

 내 짜증에 엄마는 주방으로 가더니 커다란 쇼핑백을 거꾸로 들고 흔들었다. 내용물이 쏟아졌다. 수세미, 비누, 주방 세제, 그릇, 몽땅 다이소 제품이다. 나는 못 본 척했다. 천 원, 이천 원짜리 그릇과 컵을 정리하는 엄마 손이 진지하다. 바늘에 손가락이 찔리고 손님에게 수모를 당하며 번 돈으로 산 것들이다. 어쩌면 나는 앞으로도 엄마의 노동을 빨아먹고 살지 모른다.

 "엄마 이제 가요. 가게 비우면 안 되잖아."

 나는 두루마리 휴지를 풀어 코를 풀며 말했다.

"이놈아. 한 칸씩 뜯어 써라."

엄마가 기겁을 하며 내게서 휴지를 빼앗는다.

"왜 술술 잘 풀리고 있는데."

엄마가 한숨을 쉰다. 팔자 주름이 깊다. 엄마 팔자가 저 속에 갇히기라도 한 것 같다. 짐은 정리를 해도 끝이 없다. 햇볕은 오후로 갈수록 뜨겁다. 선풍기는 터덜터덜 돌아가고 열린 창으로 들어오던 바람은 순환을 멈추었다.

매미가 운다.

"아, 매미."

나는 책상을 정리하다 말고 창밖을 내다본다. 지나가는 사람들의 정수리가 보인다. 신발이나 종아리를 볼 때와 큰 차이가 없다. 발 아니면 정수리인 세상. 여러 마리의 매미가 합창하듯 운다. 짝짓기에 대한 열망이 도심을 끓어오르게 한다. 나는 선풍기의 뜨거운 열기 앞에서 러닝셔츠를 펄럭여 바람을 일으킨다. 밝아서, 환해서 더 덥다.

동인회 『소설작당』 자선 문제작 모음 – 03
연련지의 기적

삶의 무게에 짓눌려 잔뜩 찌푸린 마음으로
암울했던 지난날들이 뇌리를 스친다.
최악이라고 느껴지는 순간조차 사노라면 언젠가
행복한 날이 올 것이라는 믿음을 놓치지 않으려고 버둥거렸던 세월들.
병든 남편이나마 그녀 옆에 있음을 다행이라고 여기며
자족했던 시간을 되새겨 본다.
사람의 뇌는 에너지원과 연결될 때 비로소 충전된다고 한다.
그녀에게 우 사장은 에너지원처럼 느껴진다.
전화를 받은 후 그녀의 마음이 풍선처럼 부풀고
달짝지근한 백일몽 속으로 빠져든다.

은애숙 소설가

2014년 월간 『문학공간』 등단, 스토리문학상(소설) 수상, 단편소설집 『마리아의 환상 사용법』 外, 동인·문예지 발표작 「신부님과 여동생」 外 다수

연련지의 기적

은애숙

  남 여사는 피곤한 몸을 뒤척이다가 끙, 소리를 내며 눈을 떴다. 새벽 어스름이 깔린 창밖이 어두컴컴하다. 잠에서 깬 남편이 아내를 계속 불렀다. 그녀는 천천히 몸을 일으켜 남편 곁으로 다가갔다. 남편의 기저귀를 갈고, 몸을 일으키려고 용을 쓰는 남편을 부축해 요 위에 앉혔다. 허옇게 말라있는 입술을 물 적신 수건으로 닦아낸 후 물을 마실 수 있도록 빨대 꽂은 컵을 가져다주었다.

  당신, 오늘 멀리 가야 하나? 미안하네. 여행 한 번 보내 주지 못해서……. 남편은 초점 없는 멍한 눈으로 바닥을 응시하며 나지막하게 말했다. 당신 드시기 편하게 죽을 쒀 주발에 담아놨어. 안성댁 오면 천천히 잡숴요. 남 여사가 말을 마치자 종종걸음으로 건넌방을 향한다. 아직 잠이 덜 깨 있는 딸을 일으켜 화장실로 데려가 오줌을 누였다.

"수정아, 엄마가 밥 차릴 동안 옷 입을 수 있지? 우리 수정이 참 예쁘다!"

딸은 음식을 씹지 않아 죽을 쑤거나 밥을 말아 먹을 수 있게 국을 준비해 놓곤 했다. 딸아이가 식사를 대충 마치자 숱 많은 머리털을 하나로 묶어 외출 채비를 마쳤다.

"여보, 미안해요. 오늘은 센터 차를 탈 수 없어 마음이 급하네."

남 여사는 말을 마치자 딸과 함께 집을 나섰다.

수정아, 오늘은 택시 탈 거야. 남 여사가 말하자 수정이가 입을 커다랗게 벌리며 좋아했다. 지적 장애를 가진 딸은 오랜 훈련과 교육 덕분에 그런대로 사람들과 의사소통을 할 수 있었다. 특히 바늘과 실처럼 함께 붙어 있다 보니 엄마인 남 여사와 이심전심으로 통했다. 그녀의 형편을 잘 알고 있던 동네 권사가 발품을 팔아 교회에서 운영하는 주간 보호 센터에 다닐 수 있게 다리를 놓아 주었다. 저소득층을 위한 주거 사업인 매입 임대 주택을 소개해 주어 방 두 칸짜리 아파트에서 살게 된 것도 권사의 배려와 관심 덕분이었다. 권사가 도와주지 않았다면 남 여사 가족은 종일 해가 들지 않는 지하실 방에서 살았을 것이다.

센터와 집을 오가는 통원 버스가 있지만 오늘만은 예외였다. 평시보다 이른 시각 관광버스를 타야 했기 때문이다. 오늘은 교회의 복지 재단에서 여행 계획을 세운 날이기에. 센터 이용자들의 부모와 성인 장애우들이 강원도의 섬으로 나들이를 할 수 있도록, 세세한 부분까지 신경을 써준 관계자들의 마음을 알게 되자 남 여사의 마음이 뜨거워졌다. 택시를 잡자 딸은 예전의 습관대로 뒷좌석에 올라탔다. 흥흥 콧노래를 부르며 어깨를 들썩이는 딸을 보며 그녀가 환하게 웃었다. 우리 수정이, 기분 좋구나. 수정이는 엄지를 위로 올리며 소리쳤다. 캡이야! 기분이 업된 딸을 쳐다보던 남 여사가 속이 매스꺼운지 살짝 인상을 찌푸렸다. 서둘러 여행 준비를 하고 남편과 딸의 시중을 드느라 정작 본인은 밥 한 술 뜨지 못한 걸 깨닫고 그녀가 피식, 어색하게 웃었다. 그녀는 연신 박수를 쳐대는 딸을 지그시 바라보다가 말문을 열었다. 수정이 밥 먹을 때 꼭꼭 씹어 먹어야 해. 몇 번 씹어야 되지? 이시입 버언… 수정이는 양 손을 쫙 펴더니 머리 위로 손을 뻗으며 대답했다.

교회 주차장에 도착하니 대형 버스 한 대가 미리 와 대기하고 있었다. 센터 교사에게 딸아이를 인계한 후 차에 올랐다. 익숙한 얼굴이 보여 목례를 나눈 뒤 좌석에 앉았다. 잠시 후 버스가 출발하자 남 여사의 마음이 설레기 시작했다. 남 여사는 가끔 집이나 밖의 상황이 그녀를 죄이는 듯 압박감에 힘들어했다. 잠시 상념에 잠겨 들다가 창밖에 펼쳐진 형형색색의 가을 나무에 눈을 주고 있는데 옆에 앉은 사람이 슬며시 말을 건넸다.

"누군가 그러던데요. 여행을 하고 싶어질 때는 마음이 허전한 거라고."

"그럴 거예요. 혹시 남이섬에 가봤어요? 나는 처음이라 마음이 설레네요."

"수정이 어머니시죠? 같은 반, 송이 엄마예요. 이번 나들이에 참가하려고 며칠간 땀나게 움직였더니 맥이 풀리네요. 섬에는 젊을 때 가봤어요."

송이 엄마가 건넨 이어폰을 받아 귀에 꽂았다. 익숙한 노래가 귓속으로 빨려들었다. 시월의 어느 멋진 날에.

'눈을 뜨기 힘든 가을보다 높은 / 저 하늘이 기분 좋아 (…) / 네가 있는 세상 살아가는 동안 / 더 좋은 것은 없을 거야 / 시월의 어느 멋진 날에'

성악가의 음성이 그녀의 귀를 울리며 마음 깊이 파고들었다. 머리가 어질어질해진 순간 눈을 지그시 감았다. 도대체 내가 살아가는 이유가 무엇일까? 엉망진창으로 굴러가는 나의 삶은 내가 꿈꿀 수 있는 시간조차 허락하지 않았는데. 만약 내가 새롭게 꿈꿀 수 있다면 사라졌던 기쁨과 설렘이 날 다시 찾아올까?

딸이 태어난 기쁨도 잠시 그 아이가 일평생 장애를 안고 살아야 한다는 사실 앞에 머릿속이 하얘졌었다. 세상이 무너져 내리는 느낌. 속수무책일 수밖에 없는 자신의 무능력에 절망하며 시간을 죽이던 나날들. 우연히 본 책에서 세계적인 작가 펄벅에게 지적 장애를 앓는 딸이 있음을 알게 되었다. 달랠 수 있는 슬픔과 결코 달래지지 않는 슬픔이 있는데 후자의 슬픔은 영원히 안고 살아가야 한다고 하지 않던가. 그런 종류의 슬픔은 사라지지 않지만 지혜로 바뀔 수 있고 그 지혜는 행복을 허락해준다고 했던가.

들어가던 시름을 잠시 접고 지인의 소개로 직장을 얻어 적은 월급이나마 손에 쥐게 돼 생활의 재미를 알아갈 무렵 건강했던 남편이 쓰러졌다. 병원 응급실에 실려 간 남편을 본 순간 남 여사는 억장이 무너져 내렸다. 전부터 몸에 이상 신호를 느꼈지만 건강 하나는 자신 있다고 큰소리쳤던 남편이었기에 그 충격 또한 대단했다. 남편은 고집 세기로 치면 챔피언 감이었다. 그의 자신감은 납득할 수도 이해할 수도 없는 종류의 것이긴 했다.

"장애 자식 태어났을 때 내 언제 화낸 적 있나. 그 자식 키우려면 우리 부부 건강해야 할 거 아닌가. 나나 당신 가운데 누군가 중병에 걸리면 우리 수정이는 어쩔 거냐고. 재수 옴 붙은 일 생기면 전능자라고 뻥치는 분과 맞장 뜰 거야. 납작 엎드려 사는 내게 뭔 유감이 있느냐고 따질 거야."

 남편의 모진 말은 현실이 되었다. 남 여사에게 영원히 안고 살아야 할 슬픔에 남편의 중병이라는 불행이 더해졌다. 굴곡진 삶의 모퉁이에서 예기치 못한 상황 속에 내던져진 남 여사는 엎드린 채 눈물을 쏟아냈다. 뜻밖의 불행이 빠른 속도로 내달려 가느다랗게 이어지던 행복의 끈마저 끊어질 듯한 극한의 두려움에 빠져들었다.

 겨우 몸을 추스른 남편이 옛 직장을 찾아가던 날, 남 여사는 그녀의 가정에 꺼져가는 마지막 불씨가 살아나기를 간절히 빌었다. 어둑어둑 어스름이 질 무렵 귀가한 남편의 표정이 씁쓸했다.
"문을 닫아 걸었더먼."
 남편은 허깨비라도 본 듯 팔을 힘없이 내저으며 중얼거렸다.
"부도로 문 닫은 지 오래된 것 같더군."
 방바닥에 털썩 주저앉아 멍한 표정을 짓는 남편에게 시원한 물을 갖다주며 그녀가 위로의 말을 건넸다.
"속에서 불이 일면 냉수가 최고야. 세상이 미쳐 돌아가는데 그 회사라고 온전할 리 있겠수……."
 IMF사태로 생각지 못한 일들이 연달아 터지던 때였다.

 남편은 충격을 받아 한동안 집 밖으로 나가지 않았다. 그녀는 자기 연민에 빠진 남편을 일으켜 밤마다 산책길에 나서곤 했다. 동네에서 알고 지내던 사람이 마트 일을 소개하자 어렵사리 남편에게 말을 꺼냈다. 오기를 부릴 줄 알았던 남편은 순순히 그 일을 수락했다. 마트에 나가던 남편이 어느 날 출근을 거부했다. 한시름 놓고 있던 그녀가 의아해하자 남편이 쐐기를 박듯 말했다.

"아무리 후임자라 해도 제 형님뻘인데 매번 트집을 잡는 게야. 힘들어도 내색 안 하고 열심히 했단 말이야. 그랬으면 됐지 뭘 더 바라는 거야?"

사사건건 인상을 쓰고 호통을 일삼는 관리자에게 넌더리가 난 모양이다. 남 여사가 애걸복걸 사정을 했건만 남편은 방안에 장승마냥 뻗대고 앉아 출근할 의사가 없음을 분명히 했다. 통장 잔액이 바닥을 보일 때까지 남편은 고집을 꺾지 않았다.

외골수에다 자의식이 강한 남편은 빠르게 변화하는 시대 조류에 맞춰 반응하고 적응하기는커녕 이제까지 살아온 삶의 방식을 쉽사리 바꾸려고 하지 않는 고루한 남자였다. 방에 박혀 있는 남편을 대신해 남 여사가 생활비를 벌어야 했다. 특수 학교에 다니는 딸의 등·하교를 남편에게 일임한 후 직업소개소를 통해 가사 도우미 일을 얻을 수 있었다. 나이 많고 전문 기술이 없는데다가 학력까지 낮은 그녀가 할 수 있는 일은 그리 많지 않았기 때문이다. 생활비가 떨어진 어느 날 자존심을 굽히려고 하지 않는 남편 몰래 시댁 어른들에게 도움을 청했다. 부모에게 어깃장만 놓던 아들이기에 아무리 우는 소리를 해 봤자 시큰둥한 말만 돌아왔다. 수정 아범, 내 자식으로 생각한 적 없어. 이제껏 그놈 때문에 얼마나 마음고생 했는지 몰라.

사람들이 술렁거리는 소리가 들렸다. 와! 섬에 도착했구나! 누군가 소리치자 여인네들이 아이같이 싱글벙글 함박웃음을 지었다. 나미나라공화국이라고 쓰여 있네. 그래요? 저기 공화국 국기도 있어요. 물속에 서 있는 국기가 바람에 나부끼는 거 보세요. 남 여사는 들뜬 기분을 억누를 수 없어 자리에서 벌떡 일어나 눈을 동그랗게 뜨며 웃었다. 가평나루에 긴 줄이 늘어섰다. 남이 나루터에 닿자 온갖 도자기와 조각 파편으로 만든 독특한 모습의 정자가 눈에 띄었다. 사람들이 즐거운 표정으로 전기 차에 올라탔다. 벚나무와 편백나무들이 두 팔을 흔들며 사람들을 맞았다. 섬 서쪽으로 접어들자 화려한 노랑 원피스로 갈아입은 은행나무들이 그들을 향해 손짓하기 시작했다. 꽃 이름을 따서 명찰을 붙인 아담한 집들이 오종종 모습을 드러냈다. 작은 집들을 지나치자 아카시아와 잣나무가 나타났다. 차에 동승한 이들이 거의 동시에 감탄사를 토해냈다. 사람들이 손짓하는 곳을 쳐다보니 높이 솟은 메타세콰이아 나무들이 하늘을 찌를 듯이 열을 맞춰 도열한 모습이 눈에 들어왔다.

떨어진 잎들이 땅에 뒹구는 모습마저 아름다웠다. 섬은 숨바꼭질하듯 숨어 스러질 가을 숲을 벗 삼아 추억을 만드는 사람들로 인해 시끌벅적했다. 황홀한 아름다움으로 서 있는 나무들이 남 여사에게는 결코 퇴색되지 않을 한 장면으로 추억의 갈피 속에 채워졌다. 그녀는 행복한 시선으로 스쳐 지나는 풍경들을 마음에 담느라 여념이 없었다. 죽은 듯 몸을 사리는 겨울이 오기 전, 꽃보다 화려한 모습으로 삶의 불꽃을 피워내는 가을 숲을 감상하던 남 여사가 가지런히 두 손을 모았다. 칼바람이 몰아칠 겨울날, 황량하게 변할 숲을 떠올리며 그녀가 환영 속으로 빠져들었다.

누군가 그녀의 팔을 잡는 바람에 상념에서 깨어났다.
"수정 어머니, 점심 식사를 하고 나서 자유 시간을 주겠다고 하네요."
송이 엄마가 환하게 웃으며 팔짱을 꼈다. 춘천의 명물 닭갈비를 먹고 난 뒤 일행과 함께 섬의 이곳저곳을 구경하며 즐거운 시간을 보냈다. 버스 옆 좌석에 앉았던 송이 엄마와 그녀의 오랜 친구 박 집사가 단짝이 돼 함께 움직였다.
"저쪽에 재미있는 조각이 있네. 우리 가볼까요?"

일행은 경쾌하게 발길을 돌려 검은 조각상 앞으로 다가갔다. 장강과 황하의 동상이라는 설명이 붙은 조각은 뚱뚱하고 우람하게 표현된 엄마와 등에 매달려 젖을 빠는 아기, 앞에 선 채 엄마를 바라보는 사내아이로 구성된 코믹한 느낌이 드는 조각이었다.

"송파 은행나무 길도 유명하잖아. 거기도 가보죠."

쾌활한 성품의 박 집사가 한 걸음 앞서 걸으며 말했다.

"결혼한 딸 부부와 왔을 때 사진 찍지 못한 게 많이 아쉽더군요."

박 집사가 소녀처럼 재잘대며 밝게 웃었다. 세 여인은 피곤함도 잊은 채 은행나무 길로, 강변 오솔길로 부지런히 돌아다녔다.

"삶의 짐들을 어딘가에 벗어둔 채 자연의 모습으로 진정한 자유를 누리세요."

박 집사가 연극 대사를 읊듯 나지막하게 읊조렸다. 이제 보니 시인이었구나! 박 집사의 친구, 송이 엄마가 놀랐다는 듯 입을 벌리고 눈을 휘둥그레 떴다. 박 집사가 까르르 웃으며 손뼉을 쳤다.

남 여사는 화장실을 가려고 일행과 헤어졌다. 강변 오솔길이 끝나는 곳에 자리한 화장실에 들렀다가, 즈금 전 유심히 봐 둔 시인의 집을 보고 가야겠다는 생각이 들었다. 예전에는 작가들에게 무료로 대여했으나 요즈음엔 비워둔다는 해설사의 말이 생각났다. 시인의 집은 적막하기 그지없었다. 그녀가 가까이 가 나무문을 밀자 삐걱거리는 둔탁한 소리를 내며 문이 열렸다. 나무 방갈로 속에 의자가 놓여 있었다. 공상에 잠겨들던 그녀는 의자가 움직이는 순간, 의자 팔걸이를 잡은 손아귀에 힘을 주었다.

 예스러운 복장을 한 남자를 본 순간, 그녀가 입술을 달싹대며 중얼거리기 시작했다. 저 남자는 누구지? 한복을 입은 남자의 말소리가 귓전을 울렸다.
 "여사님의 함자가 '구슬 옥' '구슬 주' 자를 쓰시는지요?"
 남자의 말을 듣는 순간 그녀의 낯빛이 핼쑥해졌다. 사지에 힘이 풀려 바닥에 드러눕고 싶을 뿐이었다. 그녀는 말없이 그저 고개를 끄덕였다. 남자는 더 깊은 곳으로 그녀를 인도했다. 어슴푸레 비치는 달빛 같은 빛을 받으며 남자의 뒤를 따라갔다. 어느 지점에 도착한 남자가 허리를 굽혀 나무문을 열자 정방형의 방이 눈앞에 드러났다. 어둠에 익숙했던 눈이 환한 빛 가운데 잠시 얼떨떨해 있다가, 사방의 벽 진열대 위에 놓인 물건들이 그녀의 눈에 들어왔다. 옅은 풀빛을 띤 주먹만한 옥 원석 덩어리가 가장 먼저 눈에 띄었다. 뱀 껍질처럼 일정한 줄무늬가 가로로 길게 나 있는 사문석이 보였다. 그녀가 다른 쪽으로 걸음을 옮기자 화려하기 그지없는 옥 목걸이들이 가득 걸려 있었다. 그 옆쪽 선반에 청록색의 비취가락지와 흑록색을 띤 곡옥

장신구들, 주판알처럼 둥근 형상의 옥이 두어 개 붙어 있는 황옥과 홍옥이 놓여 있었다.

"이곳은 원래 우물이었답니다. 우물을 흙으로 메워 폐쇄한 뒤 우리 동지들이 불철주야 애쓴 덕분에 비밀의 방을 완성하게 됐습니다."

우물이란 말을 들었기 때문인가. 퀴퀴한 냄새가 짙게 배어있는 것처럼 느껴졌다. 어디선가 향불을 지핀 듯 향 내음이 희미하게 감지되었다.

"잠시 기다리시면 놀라운 일을 만나실 겝니다."

말이 끝나자 인기척이 났다. 사각사각, 치마가 바닥에 끌리는 소리가 들리자 남자가 뒷걸음치며 읍하는 자세를 취했다.

한복을 입은 여인이 사뿐사뿐 걸어와 그녀 앞에 오자 멈추어 섰다. 한복 차림의 여인은 왕비같이 가체를 올렸고 그 위에 화려한 머리장식을 달고 있었다.

"내 이름은 옥주라네. 물론 자네와 이름이 똑같지. 자네와 나는 하나일세. 자네는 저 땅 위 세상에서, 나는 이곳 땅 아래에서 살고 있지만."

한복 차림의 여인이 입을 전혀 움직이지 않고 말하는 걸 알아차리자 남 여사의 몸에 소름이 돋아났다. 한복 차림의 여인이 남 여사의 손을 맞잡고 낮게 속삭였다.

"자네는 의식하지 못하지만 언젠가 나와 만났다네. 꿈속에서 말이지. 기억을 헤집어 보게."

그녀는 여인의 눈매가 무척이나 곱고 그윽하다고 생각하며 지난 일들을 기억해 내려고 무진 애를 쓰기 시작했다. 안개 속에 가라앉은 내밀한 꿈을 기억으로 되살릴 수 있다면 앞에 서 있는 여인이 결코 낯설지 않을 테니까. 그 여인이 주문을 외듯 동일한 말을 읊조렸다. 남 여사는 예전에 자신의 기구한 팔자를 저주하며 죽음을 생각한 적이 있었다. 오를수록 험한 산이, 내려갈수록 가파른 골짜기가 이어졌기에. 이승을 떠나길 갈망하며 소리 죽여 울다 설핏 잠이 들었다.

"살려주세요. 살고 싶어요……."

어둠 속에서 흐느끼다가 맑고 청아한 소리가 그녀의 귓전을 울리는 순간, 소리를 향해 귀를 기울였다. 옥쟁반에 구르는 구슬처럼 맑은 소리를 따라 걷다가 보니 아름다운 초원이 펼쳐졌다. 끝없이 너른 초원 위에 기기묘묘한 꽃과 나무들이 빼곡히 늘어선 모습을 보자 환호성을 지르며 달려갔다. 황홀한 꿈속의 장면이 세월을 가로질러 그녀의 기억 속으로 들어왔다.

한복 여인이 세월의 켜를 벗기듯 나지막하게 속삭였다.

"자네는 나를 의식하지 못하지만 자네의 깊은 무의식은 나를 잘 알고 있을 거야. 죽음과 삶이 서로 겹치듯 자네와 나는 다른 공간에 살고 있는데도 지금 이렇게 만나고 있지 않은가. 옥주가 아등바등 사느라 고생한 걸 알고 있어."

남 여사는 전혀 현실감이 느껴지지 않는 장소에 와 있는 걸 깨달았다. 눈앞의 장면을 보며 이런 생각이 들었다. 지금 내가 미쳐가는 것인가. 미쳤다면 병든 남편과 연약한 딸은 누가 돌봐야 하나. 그녀가 상념에 잠겨 있을 때 한복 여인의 음성이 들렸다.

"너의 고독과 슬픔, 남편과 딸을 위하는 어여쁜 마음과 극진한 헌신을 알고 있다네. 옥주가 적의에 찬 모멸스러운 환경 속에서 절망하지 않고 고단한 삶을 이어오다니……. 참으로 자랑스러워. 이제 이후로 네 생활은 빛과 윤기를 되찾게 될 거야. 가슴 설레는 행복한 삶이 시작될 거야."

"가슴 서얼레는 미이래!"

남 여사가 처음 말을 배우는 아이처럼 여인의 끝말을 따라 중얼거렸다.

"선물이야. 이 모든 것들이…."

여인의 말소리가 점점 작아지더니 한순간 한복 여인이 자취를 감추었다. 커다란 소용돌이와 함께 방이 빙글빙글 회전하기 시작했다. 진열된 보물들이 사방으로 흩어지고 선반에 놓였던

보석함과 장신구들이 쨍, 소리를 내며 회리바람 속으로 사라졌다. 거센 바람이 방안의 공기마저 모두 빨아들인 듯 숨쉬기조차 힘들었다.

"수정 엄마! 여기서 뭐하고 있었수? 여기저기 한참 헤맸다우."
함께 다니던 여자들이 호들갑을 떨며 남 여사 곁으로 다가왔다. 정신이 얼떨떨해 멍하니 있던 남 여사가 주위를 둘러보니 입고 있던 바람막이 점퍼가 벗겨진 채 아무렇게 널려 있었다.
"깜빡 잠이 들었었나. 늘 식곤증 때문에 졸다 일어나는 게 다반사라서."
넉살 좋고 싹싹한 박 집사가 혼자서 중얼대는 남 여사를 부축해 일으켜주었다.
"한숨 자고 나니 몸이 개운해졌겠네."
송이 엄마가 환하게 웃었다.
"여기가 어딘지 모를 만큼 푹 잤나 봐요. 요샛말로 떡실신한 거죠."
멀뚱한 얼굴로 있던 남 여사가 다른 이들에게 물었다.
"집합 장소가 어디죠?"
"글쎄, 노래 박물관 근처 무슨 라이브 카페라고 들은 거 같은데."
세 여자가 샛노랗게 물결치는 은행나무 길을 따라 함께 걸음을 옮겼다. 낙엽 카펫을 밟는 지금 이 순간 세상 어느 것도 부럽지 않네. 박 집사가 감동받은 듯 높은 소리로 재잘댔다. 그림책 놀이터를 지나 공연이 시작되길 기다리는 한 무더기의 사람들을 지나쳐 걸었다. 제각기 멋을 부린 다양한 인종의 여행객들이 섬을 가득 메우고 있었다. 선착장으로 향하는 인파와 나루터에서 내려서 섬으로 들어오는 인파가 뒤섞여 혼잡스러웠다.

두 여자가 화장실이 급하다며 달음질쳐 사라졌다. 멀지 않은 연련지로 자연스레 발길이 향했다. 가뭄 탓인지 연꽃이 질 시기라 그런지 꽃 한 송이조차 보이지 않았다. 자취를 감춘 꽃으로 인해 연련지는 고적함이 감돌았다. 처녀 시절부터 연꽃을 좋아해 언젠가 결혼해서 집을 마련하면 연못을 파고 수련을 심으리라 마음먹었던 그녀가 아닌가. 연련지를 천천히 돌아보는 그녀의 눈에 먼지 덮인 연잎이 들어오자 서운함이 밀려왔다. 야단스럽게 꾸미지 않은 수수하고 다소곳한 여인을 닮은 꽃. 따가운 여름 햇살에 인상 찡그리지 않고 비바람 앞에서도 땅속 깊이 내린 뿌리로 인해 미동조차 하지 않는 꽃. 혼탁한 흙탕물 속에서도 고고한 자태로 꽃을 피우는 연꽃을 생각하며 남 여사는 그곳에 붙박인 듯 서 있었다.

남 여사는 아쉬운 마음을 달랠 수 없어 두어 번 한숨을 내쉬다가 꽃이 져 높이 솟구쳐 보이는 연대에 눈길이 머문다. 떨어진 잎 사이로 누르스름한 뭉치가 희끗 나타났다. 그녀는 가까이 다가가 버스럭대는 잎을 들춰보았다. 색이 바랜 책이 진흙 위에 박혀 있다. '여기에 웬 책이?' 그녀는 허리를 굽혀 책을 주워들었다. 책을 펼치자 마른 흙 부스러기가 우수수 떨어졌다. 물휴지를 꺼내 오염이 심한 부분을 닦아내고 책장을 넘겼다.

연꽃을 만나러 간 날에 / 꽃잎들이 모두 지고 / 씨앗이 박힌 꽃받침만이 / 바람을 품고 서 있었다. // (…) / 연꽃의 기도를 들었다. // (…) // 눈물을 만나면 마음을 씻고 / 꽃을 만나면 향기를 채우라는 / 꽃잎에 숨겨둔 기도를 / 꽃이 진 후에야 들었다. / - 강순덕의 시「연꽃 기도」인용.

남 여사의 입술이 살짝 벌어졌다.
"연꽃을 보지 못해 서운했는데 어쩜 이리도 내 맘을 잘 아누!"
마음에 와닿는 시를 읽게 돼 위로를 받은 것처럼 흐뭇해졌다.
"수정 엄마, 뭐 좋은 일 있어요? 우리 없는 사이에 첫사랑이었던 남자라도 만난 거야?"
소녀처럼 깔깔 웃음을 짓는 여인들의 경쾌한 소리가 섬에 울려 퍼졌다.

깔끔한 남 여사가 연밭에서 주운 흙투성이 시집을 가방에 넣었다는 것이 불가사의할 뿐이다. 그녀는 수원의 교회 주차장에 도착해 봉사자들이 보호하던 수정이를 데리고 집으로 왔다. 저녁 설거지를 끝낼 때까지 그녀의 머릿속을 사로잡은 것은 섬에서 들고 온 시집이었다. 집안일을 마치자 가방에 있던 책을 꺼내 베란다에 내다 놓고 유리문을 조금 열었다. 저 책에 자꾸만 신경이 쓰이네. 뭔 조화 속인지 몰라.

 봄의 푸르름과 무지개 빛깔로 만개한 여름날의 꽃보다 가을 단풍이 더 곱게 느껴지는 것은 종말을 앞둔 처연한 아름다움 때문일까. 남 여사는 황홀하고 찬란하게 빛나던 섬의 나무들을 그녀의 마음 갈피에 간직해 놓았다. 여느 날과 똑같이 딸과 남편을 보살피고 집안일을 설렁설렁 마무리한 후 베란다에 내놓은 시집을 손에 쥐었다. 창문을 열어 거풍을 시킨 책은 곰팡내가 옅어져 불쾌감이 덜했다. 너덜거리는 책 표지가 그녀 자신의 처지를 닮은 듯 안쓰러워 보였다. 젊은 날의 탄력을 잃고 칙칙하게 바뀐 자신의 피부마냥 퇴색한 모습의 책을 물끄러미 바라보다 책갈피를 넘겼다. 내면 깊이 자리 잡은 그녀 자신의 욕망을 뚜렷하게 감지할 수 없으나 누군가 손을 내미는 순간 그 손을 덥석 잡을 것 같은 느낌이 들었다.

 시를 읽으며 자신이 무얼 잃었을까 잠시 헤아려보았다. 서

너 해 터울로 부모를 잃고 오갈 데 없는 신세가 된 그녀를 떠맡은 외삼촌 역시 가난하기는 마찬가지였다. 고통과 슬픔을 나타내는 것조차 어린 그녀에게는 허락되지 않았으니까. 초등학교를 마치자 외숙모가 돈을 벌어야 한다며 공장의 허드렛일을 하라고 그녀를 보내지 않았던가. 그녀의 눈가가 촉촉해졌다. 춘천의 한 섬에 다녀왔다는 흔적인 양 그녀 옆에 놓여 있는 시집이 그녀의 마음을 어루만지고 다독여 준다. 못난 딸을 키우는 동안 수시로 오장이 뒤집혀 가쁜 숨을 몰아쉬던 지난날이 스쳐간다. 그녀의 머리 위에 불화로를 뒤집듯 모질게 패악을 부리던 시어머니. '천지가 개벽해 갯물이 민물 될지 몰라도 네 딸은 아예 글러먹었다'고 내뱉던 시어머니의 저주가 귓전을 맴돈다. 방금 읽은 시가 그녀의 쓰라린 마음을 위로해준다. 내 아픔을 몰라준다고 사람들을 원망하던 지난 시간들이 기억의 창고 밖으로 날아오른다. 일면식도 없는 시인의 깨달음이 그녀 자신의 것이 되길 갈망하며 조용히 눈을 감는다.

미동도 않고 있던 남 여사가 책 여기저기를 뒤적거리기 시작했다. 깨알같이 작은 숫자들이 빼곡히 적힌 페이지를 발견한 순간 그녀의 눈이 휘둥그레졌다. 이게 뭐야? 그녀는 새로운 호기심이 일어 시집의 여백마다 찬찬히 훑기 시작했다. 10자리 숫자가 적혀 있는 걸 보며 02로 시작된 번호가 서울의 전화번호라는 확신이 들었다. 감전된 듯 그녀의 몸이 떨려왔다. 맞아, 이 책 주인의 집 번호일 거야. 이걸 찾으려고 고생했을지 몰라. 그녀는 혼잣말을 한 뒤 그 번호로 전화를 걸었다. 신호음이 몇 차례 울린 뒤 여자의 목소리가 들렸다.

"남이섬에서 이 시집을 우연히 발견했는데 전화번호가 있더군요."

그녀의 말을 들은 후 상대방의 음성이 갑자기 경쾌해졌다.

"그 책 엄마의 귀한 유품이라 찾으려고 애썼지요. 궁금해서 그러는데 혹시 그 책에 숫자가 적혀 있던가요?"

"맞아요. 숫자가 깨알같이 적힌 페이지가 있더군요."

상대방 여자가 서두르는 듯 보였다.

"서울 주소를 알려 드릴게요. 오시면 크게 사례하겠어요."

남 여사는 남편이 환자라서 오래 집을 비울 수 없다고 대답했다. 책 주인은 남 여사의 집 주소를 문자로 찍어 달라며 곧장 수원으로 오겠다고 말한 후 전화를 끊었다.

정오쯤 지난 시각 그녀가 약속 장소로 나가자 귀티가 흐르는 세련된 여자가 정중한 태도로 자신의 명함을 건넸다. M모텔 사장·H유통 이사 등등의 수많은 직함이 줄줄이 적힌 명함을 보며 서울 여자가 비범한 사람이란 생각이 들었다. 여자는 많은 이들을 만난 듯 막힘이 없이 세련된 화법을 구사했다. 남 여사가 건넨 책을 받자마자 숫자가 적힌 곳을 직접 살펴보던 여자가 기쁨을 이기지 못해 "바로 이거야!"라고 소리를 질렀다.

"우리 부부가 엄마를 모시고 남이섬을 구경시켜 드린 적이 있긴 한데……. 이 책을 어디서 발견했을까? 너무 놀라워요. 엄마의 재산이 비밀 장소에 숨겨져 있을 거라고 말들이 많았어요."

여자는 흥분을 이기지 못해 그간의 일을 술술 토해냈다.

서울 여자는 자신을 우 사장이라고 소개한 후 돌아가신 친정 엄마에 대해 이야기보따리를 풀어냈다. "일평생 일밖에 모르던 분이셨지요. 엄청난 재산을 모으는 데 성공했지만 남을 믿지 못하는 성격 탓에 대부분 재산을 은행 금고에 보관해 두었다면 알아들으시겠죠? 지문이 망가져 지문 등록을 할 수 없게 되자 엄마가 저를 불러 은행을 방문한 적이 있거든요. 엄마는 대여 금고의 번호는 말할 것 없고 통장 비밀번호까지 자식에게 알리길 꺼렸어요. 언젠가 오빠가 엄마의 재산이 대충 얼마나 되는지 물었다가 호되게 꾸중을 들었지요."

우 사장이 말문을 닫자 말없이 듣고 있던 남 여사가 질문을 던졌다.

"어머니께서는 언제 돌아가셨나요?"

"돌아가신 지 석 달쯤 돼요. 불의의 교통사고를 당하셨지요. 장사를 끝내고 삼우제를 지내려고 자식들이 모여 있을 때 은행

담당자가 전화를 했더군요. 금고 계약을 갱신할 날짜가 가까이 왔으니 은행을 방문하라고요. 엄마가 금고 비밀번호를 어딘가에 적어 놓았을 테지만 그걸 찾을 수 없어 발만 동동 굴렀지요. 엄마의 부동산 역시 등기서류의 행방을 몰라 재산권 행사를 할 수도 없었고요. 전문가에게 알아보니 등기권리증은 분실 시 확인 서면이라도 만들 수 있다고 하는데, 그것 역시 엄마가 돌아가신 탓에 불가능하게 된 거죠. 금고 번호로 추정되는 숫자들이 여기 여러 개 있네요. 없어진 서류들도 모두 그곳에 보관돼 있겠지요."

할 말을 다 했다는 듯 우 사장은 미리 준비한 봉투를 남 여사 앞에 들이밀었다.

"저희 형제들의 감사 표시라 여기시고 받아주세요. 추후 여사님을 찾아뵐게요."

우 사장과 헤어져 곧장 집으로 온 남 여사는 현관문에 들어서자 봉투를 열어 보았다. 삼백만 원이란 거금을 본 순간 그녀의 얼굴이 환해졌다. 이런 행운이 있나! 죽으란 법은 없구나. 오늘 이후로는 이제껏 살아온 지난날들과 다른 방식으로 살아가게 될 수 있으리란 생각이 문득 들었다. 남이섬에 가지 않았다면, 아니 연꽃을 보려고 연련지에 들르지 않았다면, 아니 그곳에서 서성대지 않았더라면 오늘의 행운을 만날 수 없었을 테지. 그녀가 조용히 되뇌었다.

 섬 나들이는 외롭고 힘겹던 남 여사의 기분을 한층 고양시켜 주었으나 그것도 잠시일 뿐이었다. 옹색한 형편 탓에 늘 쪼들려 지내던 그녀에게 그 돈은 불가사의한 힘을 발휘했다. 딸이 수년 전부터 갖고 싶다고 노래를 부르다시피 했던 침대를 들여놓고 낡은 이불을 극세사 침구로 교체했다. 그녀가 센터에서 돌아온 딸을 맞이하고 식사를 준비하고 있는데 휴대폰이 울렸다. 큰돈을 건넸던 우 사장의 목소리가 들리자 그녀의 얼굴이 밝아졌다.
 "남 여사님께 기쁜 소식을 전해드려야겠네요. 금고에 있던 엄마의 등기 서류를 모두 찾아 소유권 이전을 하는 중이에요. 저희 가족들이 여사님께 답례를 해야 마땅하다고 난리법석이네요. 여사님 덕분에 엄마의 재산을 되찾게 돼 너무나 감사해요."

 삶의 무게에 짓눌려 잔뜩 찌푸린 마음으로 암울했던 지난날들이 뇌리를 스친다. 섬 나들이를 다녀온 후 순간순간 스며들던 행복감의 정체에 대해 가만히 생각해 본다. 몽롱한 상태에서 느껴지던 달콤한 만족감의 근원이 어디인가 곰곰 따져 본다. 최악이라고 느껴지는 순간조차 사노라면 언젠가 행복한 날이 올 것이라는 믿음을 놓치지 않으려고 버둥거렸던 세월들. 공원이나 역 주위를 배회하는 노숙자들을 보며 한기 속에서 떨지 않아도 될 집이 있음을 감사했고, 병든 남편이나마 그녀 옆에 있음을 다행이라고 여기며 자족했던 시간을 되새겨 본다. 사람의 뇌는 에너지원과 연결될 때 비로소 충전된다고 한다. 그녀에게 우 사장은 에너지원처럼 느껴진다. 전화를 받은 후 그녀의 마음이 풍선처럼 부풀고 달짝지근한 백일몽 속으로 빠져든다.

달포가 지나 우 사장으로부터 문자가 왔다. '여사님이 살 집을 수소문하고 있음' 남 여사는 문자를 보자마자 서울에 확인 전화를 걸었다. 그녀는 한평생 부당하게 대우받는다고 느꼈고 빈번히 모욕당한다고 생각했기에 눈앞에서 벌어지는 일이 믿어지지 않았다. 이제까지 오만했던 어떤 존재가 한순간 돌변해 친숙하고 온정적인 태도로 그녀를 환대하는 듯한 그런 느낌이 든다. 말을 느리게 하던 남 여사가 우 사장을 향해 빠르게 말 화살을 쏟아냈다. 긴가민가 믿어지지 않아 쉴 틈 없이 말꼬리를 높이는 그녀에게 우 사장의 확신에 찬 음성이 들렸다.

"여사님, 어머니 유산이 정리되면 한번 찾아뵐게요."

꿈에 그리던 아파트가 그녀 앞에 툭하니 떨어져 고급 아파트 주민이 된다는 사실이 여전히 실감나지 않았다. '돈 있어 못난 놈 없고, 돈 없어 잘난 놈 없다'는 속담처럼 아파트의 거주민이 되면 구질구질한 생활과 이별을 고할 수 있겠네. 이제부터 사람

구실하며 살겠구나. 그녀의 마음이 들썩거리기 시작했다. 키득키득 속으로 웃던 웃음이 어느 순간 함박웃음으로 피어났다. 모든 일을 남편에게 털어놓자 남편은 어이가 없다 못해 기가 찬다는 듯 끌끌 혀를 찼다.

남 여사는 귀가하자 제일 먼저 시아주버니에게 전화를 걸었다. 새 아파트로 이사할 것이라고 하자 아주버니의 음성에 당황하는 기색이 역력했다.
"제수씨 로또 당첨 되셨수?"
생활비조차 없어 남의 도움에 의지해 살던 동생이 갑자기 돈벼락이라도 맞은 것인가. 그는 말문이 막혀 더 이상 묻지 못한 채 우물쭈물했다. 삶의 의지조차 놓아 버렸던 지난날이 문득 생각났다. 그녀에게 남아 있는 마지막 힘마저 고갈시키려는 듯 냉랭하게 굴던 시댁 식구들. 손녀딸을 외계인 대하듯 거리를 둔 채 냉기 어린 눈길을 보내던 시어머니가 떠올랐다. 이 소식을 전해 듣고 시모가 어떤 반응을 보일지 상상하며 웃음이 비어져 나왔다.

남 여사가 달짝지근한 공상에 잠겨 든다. 성처럼 솟은 아파트의 현관문을 연다. 환하고 너른 거실이 펼쳐진다. 그녀가 행복한 상상에 빠져든다. 그녀는 날마다 우 사장의 전화를 기다렸다. 아직 아파트를 구하지 못했나, 부정적인 생각이 들자 그녀의 이마에 깊게 주름이 잡혔다. 그녀는 불투명한 시간을 견디며 한숨을 토해냈다. 반년이 지나자 그녀의 신경이 바늘처럼 뾰족해졌다. 그녀는 바닥없는 늪에 빠져 허우적대는 꿈을 꾸고, 다른 날은 정체를 알 수 없는 괴한에게 쫓기는 악몽에 시달렸다.

남 여사는 우 사장의 약속을 되새겼다. 형제들을 설득한 후에 그녀가 살 집을 계약할 것이라고 한 약속을. 그녀는 자신이 우 사장의 약속을 순진하게 믿었다는 사실이 어리석게 느껴졌다. 아파트의 주민이 될 꿈과 기대가 어느덧 족쇄가 돼 자신을 고통스럽게 했다. 집을 사주겠다는 약속을 차일피일 미루는 우 사장이 원망스럽고, 처사가 괘씸할 뿐이다. 선을 베푼 자신을 이렇게 하찮게 대하다니! 그러다가 울분이 가라앉으면 그들의 변심을 이해하려고 애썼다. 포기했던 막대한 유산을 되찾게 되자 맹렬한 탐욕에 사로잡혔을 것이다. 모친의 유산을 고스란히 차지하고 싶었을 테니까.

바다 위 태양이 불기가 사위어 드는 횃불처럼 은은한 노란빛으로 보인다. 서쪽으로 기우는 태양 빛에 천지가 보랏빛으로 바뀌더니 곧 장막을 덮어씌운 듯 깜깜해진다. 오랫동안 어둠 속을 달려온 듯 남 여사의 심장이 요동친다. 누군가 말하는 소리가 들려왔다.

"개처럼 돈을 벌었어. 사람들로부터 온갖 비웃음을 당했지만 개의치 않았어."

남 여사는 앞에 있는 사람이 우 사장의 모친임을 알게 된다.

"내가 평생 모은 재산이 내 자식들을 해치다니!"

회한에 젖은 모친의 독백이 이어진다.

"탐심에 사로잡힌 자식들을 더 볼 수 없었다네. 큰딸마저 욕망에 날뛰는 걸 보고 절망했어. 저주의 고리를 끊어달라고 빌었어. 불행을 당하면 이 어미의 진심을 알아주지 않겠나. 악행을 멈출 수 있다면 불행한 일도 그다지 나쁜 건 아니야. 강도가 침입해 큰딸이 다쳤다네. 그나마 많이 다치지 않아 다행이야. 못난 딸이 욕심을 부리는 바람에 자네가 잡은 한 번의 기회를 망쳐버렸어. 미안하네. 내 딸과 맺은 인연의 끈을 놓지 마시게."

우 사장의 모친이 아득한 하늘 저편으로 날아오른다. 남 여사 앞에 장엄한 풍경이 펼쳐진다. 졸음을 떨쳐내고 새벽을 건너온 태양이 동편 하늘을 주홍빛으로 물들이기 시작한다. 찬란히 빛나는 태양을 조용히 응시하는 남 여사의 얼굴이 점차 환해진다.

동인회 『소설작당』 자선 문제작 모음 – 04

백장미

백장미가 물러서지 않고 다시 말했다.
"아저씬 진짜로 저를 좋아하세요? 거짓말인 줄 다 알아요.
아저씬 아직 젊으세요. 그러니 그냥 그 언니에게 가세요.
며칠 전에 왔다 간 아저씨의 딸이
저를 얼마나 독하게 쏘아보았는지 모르시죠?
그 애는 보나 마나 나쁜 소문을 퍼트릴 거예요."
"걔가 왜 너를 미워하겠니? 그건 오해야.
그리고 소문이라니, 그건 말도 안 돼.
너는 그냥 로……아니, 너, 넌……."
"맞아요. 전 그냥 로봇이에요."

윤상영 소설가

2013년 계간 『문학의봄』 등단, 스토리문학상(소설) 수상, 단편소설집 『파파야 나무가 서 있는 돌담 모퉁이에서』, 동인·문예지 발표작 : 『탈출』외 다수

백장미

윤상영

    그녀를 우연히 다시 만났다. 한 달쯤 전 인천의 남동구에 있는 남촌동에서 중고차 매입에 실패한 후 울적한 기분으로 들어간 호프집 '오아시스'에서였다. 그곳에 들어서서 한쪽 구석에 자리를 잡자 종업원 아가씨가 주문을 받아갔다. 잠시 후에 눈부시게 아름다운 중년 부인이 내게 다가와 인사를 했다. 그녀를 본 순간 어딘지 낯이 익은 느낌이 들어서 자세히 보니 최근 꿈속에 자주 등장하는 여자 김경미였다. 그녀는 나를 알아보지 못하고 다른 좌석으로 가버렸다.

    그날 중고차를 사려고 남촌동에 갔다. 인터넷에 매입 광고를 올렸는데 '다마스2 밴'을 팔겠다는 남자에게서 연락이 왔다. 가격 흥정 끝에 차를 보러 갔는데 처음부터 수상한 점이 있었다. 날이 제법 어두운 저녁 8시에 오라는 것부터 꺼림칙했다. 직장에서 퇴근을 그 시간에 한다는 것이 이유였지만 어두운 저녁 시간에 검차하는 것은 업계의 금기였다. 자연광이 없는 환경에서는 차의 외관 상태를 정확히 보기 어렵기 때문이다. 저녁 8시경 남촌동 그 남자의 집 근처에 도착한 다음 전화를 하자 그는 좀 늦을 것 같으니 30분 후에 남촌동 주민 센터 앞에서 만나자고 했다. 주민 센터는 좁은 도로변에 있었고 주변 상가 중에 문을 닫은 곳이 많아 어두웠다. 30분 후에 다시 전화하자 비로소 '다마스2 밴'이 주민 센터 앞에 나타났다. 손전등을 켜고 차의 외관과 내부의 상태를 구석구석 살폈다. 그런데 화물칸 바닥이 축축이 젖어 있었고 슬라이드 도어 레일 부분에서 미세한 흙가루가 손가락 끝에 느껴졌다. 그 차는 침수차일 가능성이 있었다. 매입하지 않을 심사로 애초 가격에서 백만 원을 깎아서 다시 제시하자 그 남자는 어이없다는 표정으로 뭐라고 투덜거리면서 차를 몰고 사라졌다.

  종업원이 생맥주와 안주를 가지고 왔다. 그녀에게 사장님을 만나고 싶다고 했다. 잠시 후에 김경미가 왔다. 그녀는 맞은편 의자에 앉자마자 물었다.
  "손님, 저를 보자고 하셨어요?"
  "저어, 실례지만 혹시 김경미란 여자 분을 아세요?"
  그녀의 눈을 똑바로 바라보며 물었다.

"네?"

그녀는 놀란 표정으로 나를 바라보더니 반문했다.

"왜 그러시죠?"

내가 혹시 잘못 보지 않았나 생각했다.

"사장님이 혹시 제가 아는 분인가 해서요."

"제가 김경미예요. 그런데 손님은 누구세요?"

그녀는 두 눈을 크게 뜨고 물었다.

"나, 기영이야."

"정기영 씨? 아! 그래요? 그러고 보니… 기영 씨로군요. 얼굴이 많이 변하셨네요. 흰머리도 많고……. 전혀 못 알아보겠어요."

그녀의 표정을 보면서 정체를 드러낸 것을 살짝 후회했다. 내가 뭘 잘했다고 일부러 내 신분을 밝혔나? 엉뚱하고 바보스러운 내 행동에 화가 났다. 그러나 기왕에 일을 저질렀으니 흐지부지 끝낼 수는 없었다. 한때는 사랑했던 여자를 버렸다. 그녀의 집안이 가난하고 학력이 낮다는 이유로 부모님이 결혼을 극구 반대했지만 그것이 그녀를 차버린 모든 이유는 아니었다. 큰 힘 들이지 않고도 나에게 쉽게 넘어왔던 그녀를 세 번만 찍어도 넘어가는 삼공필락(三攻必落)의 여자, 어쩔 수 없는 헤픈 여자로 생각했다. 게다가 그녀의 빼어난 미모가 백치 미인의 이미지를 생성했고 '연애는 미인과, 결혼은 현모양처형 여자와'라는 남자들의 모토에 부합했다. 그러므로 나는 그녀를 피해서 도망이라도 가야만 할 처지였다. 그렇게 어긋난 뒤 거의 삼십 년이 흐른 지금 다시 만났으니 정상적인 남자라면 도저히 하지 못할 행동을 한 것이다. 그러나 그녀의 표정은 아련한 그리움과 들뜬 표정으로 바뀌었다. 분노의 그림자라곤 전혀 보이지 않았다. 가슴이 덜컥했다. 그때 나는 무한한 죄책감 때문에 어두운 심연으로 추락하고 있었다. 그런데도 태연을 가장하며 물었다.

"응, 맞아. 꿈만 같아. 이런 데서 다시 만나다니……. 그동안 잘 살았어?"

"그럭저럭…… 기영 씬 어떻게 지냈어요?"

어느덧 그녀는 30년 전의 경미로 돌아가 있었다. 눈동자가 희미하게 동요하고 있었다. 그녀도 애써 태연한 척하고 있음이 분명했다. 조금 안도하면서, 그러나 성적 충동이 맹렬히 솟구치는 것을 억제하면서 말했다.

"잘 지냈지. 아까 경미를 보자마자 알아봤어. 여전히 예쁘고 매력적이군."

그녀는 은은한 미소를 지으면서 종업원을 불러 술을 더 가져오라고 하고 나서 물었다.

"기영 씨, 여기는 웬일로 오셨어요? 이런 변두리 촌구석에."

"변두리 구석에 진리가 있다는 말이 있지."

"누가 그런 말을 했죠?"

"정기영."

"뭐에요? 난 체하는 것은 여전하세요."

"중고차 딜러 주제에 난 체할 게 뭐 있나? 세월이 흐르고 철이 들다 보니 진리는 도처에 있다는 것을 알았을 뿐이야. 실은 중고차 사업을 하고 있는데 차를 사러 남촌동에 왔어. 말이 사업이지 대단한 거는 아니고……."

나는 그녀와 술을 마시며 한 시간가량 얘기를 나눴다. 그녀는 한사코 술값을 받지 않으려고 했으나 술값에 두둑한 팁을 그녀에게 떠맡기고 대리운전 기사를 불러 서울 일원동의 집으로 돌아왔다.

그날 이후 틈만 나면 김경미가 생각났다. 그녀와의 재회가 기적처럼 여겨졌다. 경미는 혼자 살고 있을까? 꼭 다시 가서 확인해야지. 혹시 독신이라면 이혼한 내 인생에 꽃을 다시 피워볼 수 있을지도 몰라. 몇 년 전에 나는 갑자기 이혼남이 되었다. 인도네시아에서 일할 때 잠시 한국에 휴가를 나왔다가 마누라에게 성병을 옮긴 일이 있었다. 그해 말 계약 기간이 만료되어 귀국한 후 그 일로 티격태격하다가 마침내 가진 재산의 절반 이상을 떼어주고 아내의 이혼 요구를 들어주고 말았다. 엄마를 따라간 외동딸은 가끔 나에게 와서 용돈을 타갔다. 딸에게서 이혼한 아내 소식을 가끔 들었다. 아내는 안산에서 식당을 개업했는데 잘 된다고 했다.

　강남 중고차 단지 주차장에서 차량 사진을 찍고 있는데 구로동에서 컴퓨터 부품 무역업을 하는 강도현 형에게서 전화가 왔다. 중고차를 팔 사람이 있으니 오후 여섯 시경에 구로동으로 오라고 했다. 시간에 맞춰 구로동으로 갔다. 도로가 막히지 않아서 형의 사무실이 있는 건물에 도착한 것은 약속한 시간보다 20분이 빨랐다. 건물은 작고 낡았다. 지하 주차장에 주차했다. 인적이 없고 사방이 괴괴했다. 3층에 있는 형의 사무실로 올라가기 위해서 승강기 쪽으로 가는데 어디선가 여자들 목소리가 들려왔다. 뒤를 돌아보았으나 아무도 보이지 않았다. 잘못 들었다고 생각하고 다시 걸어가는데 여자들 말소리가 더 또렷이 들려왔다. 고개를 돌려 소리 나는 쪽을 바라보니 창고처럼 보이는 곳이었다. 낡은 문이 약간 열려 있었는데 아무래도 말소리의 출처가 그 어둑한 안쪽 같았다. 참 이상하다. 이렇게 외진 지하 창고에서 여자들이 무엇을 하고 있지? 궁금증을 참지 못하고 다가가서 창고 문을 열고 안을 들여다보았다. 너무 어두워서 창고 내부가 잘 보이지 않았다. 여자들 목소리가 뚝 끊겼다. 그 안쪽에 희미한 불빛 네 개가 보였고, 그것들이 어쩐지 나를 보고 있다는 느낌이 들었다. 더욱 이상한 생각이 들어서 손을 더듬어 문 안쪽에 있는 스위치를 찾아서 실내등을 켰다. 로봇이었다.

정확하게 말하면 아가씨처럼 생긴 로봇들이었다. 두 대의 로봇이 출입구를 향해 꼿꼿하게 서 있었다. 그쪽으로 다가갔다. 로봇들의 키는 163센티미터 정도였고 피부도 실제 사람의 피부와 비슷했다. 검은 머리카락은 길고 얼굴은 갸름하고 오똑한 코에 눈은 크고 입술은 붉었다. 가슴은 뭉실하게 솟아 있었다. 그들은 각각 가슴 아래 배 부분에 검은색으로 T-Rot라고 인쇄된 빨간 셔츠와 하얀 셔츠를 입고 있었다. 그리고 청색 바지에 하얀 가죽 장갑을 끼고 검은 단화를 신고 있었다. 그들의 몸속에서 기계 돌아가는 소리가 들렸다. 네 개의 눈이 반짝거렸다. 아주 작고 빨간 전구가 가슴 부분에서 점멸했다.

"아저씨, 안녕하세요?"

하얀 셔츠 로봇의 입이 달싹이면서 옥구슬 구르는 듯한 소녀의 목소리가 들려왔다.

"뭐야 이거? 아니, 로봇이 말을 하다니?"

나는 놀라 흠칫 뒤로 물러섰다. 하얀 셔츠는 나를 똑바로 보고 말했다.

"로봇을 첨 보시나 봐요. 호호호."

나는 혹시 어디에 사람이 숨어있지 않나 생각하고 창고 안을 구석구석 살펴보았다. 그러나 창고 안에는 낡은 책상과 의자 몇 개, 쓰레기통, 빈 소주병, 신문지 그리고 광고지가 제멋대로 널려져 있을 뿐이었다. 슬며시 장난기가 발동해서 로봇에게 말을 걸었다.

"아냐, 로봇을 여러 번 보았지. 그런데 너희들은 뭔 이야기를 하고 있었니?"

"우리는 우리의 운명에 대해서 얘기하고 있었어요."

빨간 셔츠가 허스키하고 촉촉한 목소리로 대답했다. 어이가 없었다.

"허허허, 운명이라고? 로봇에게 운명이 있다는 얘기야?"

내가 냉소하면서 묻자 빨간 셔츠가 화를 냈다.

"아저씨, 무슨 말씀을 그렇게 하세요? 로봇에게는 운명이 없으라는 법이 어디 있어요? 있으면 보여주세요."

점점 흥미를 느끼면서 슬며시 비틀어보았다.

"에이 그런 소리 하지 마라. 네까짓 기계들한테 무슨 운명씩이나? 그런 건 사람에게나 있는 거야."

그러나 로봇들은 만만치 않았다. 이번에는 하얀 셔츠가 나섰다.

"아저씬 아무것도 모르세요. 로봇이 얼마나 진화했는지 아시면 그런 말씀 못 하실 거예요."

하얀 셔츠는 옆에 있는 빨간 셔츠를 돌아보며 키득키득 웃었다. 나는 조금 더 찔러볼 요량으로 슬며시 말머리를 돌렸다.

"그래. 너희들이 사람 말을 하고 웃는 것을 보니 사람과 크게 다르지는 않구나. 그런데 어쩌다가 이런 창고에 있게 됐니?"

하얀 셔츠가 빨간 셔츠를 돌아보며 대답했다.

"네, 저는 오른쪽 발 모터가 고장 났고 얘는 왼쪽 팔을 쓰지 못해요. 그래서 수리를 받으려고 대기 중이랍니다."

"그래? 그런데 너희들은 어디에서 왔니?"

내가 진지하게 묻자 빨간 셔츠가 대답했다.

"저는 이 회장님 가정부로 있었어요. 그리고 얘는 구 회장님 가정부로 있었고요."

"그런데 너희들 같은 첨단 기계가 이렇게 낡은 창고에 있다니, 어쩐지 믿기가 어렵구나."

내가 고개를 갸웃하면서 물었다. 그러자 빨간 셔츠가 나에게 물었다.

"우린 밀려난 로봇들이에요. 그리고 원래의 자리로 돌아가지 못하게 되었어요. 새로운 버전의 로봇들이 우리 자리를 차지해 버렸기 때문이에요. 그래서 우리는 신세 한탄을 하고 있었던 거예요. 아저씬 무슨 일로 여길 오셨죠?"

"응. 아는 형을 만나러 왔는데 시간이 좀 이르구나. 너희들만 괜찮으면 앞으로 우리 집에 가서 나와 함께 지내면 좋겠는데……. 아저씬 너희들이 꼭 맘에 들어. 지금 혼자 살고 있거든. 외롭기도 하고 집안일 도우미도 필요하고 말이야."

내가 그들의 속을 떠보자 하얀 셔츠가 내 눈을 잠시 들여다보더니 말했다.

"아저씨에게는 지금 좋아하는 여자가 있잖아요? 그 여자를 맘에 두고도 우리와 함께 살자는 말씀을 하시니 이상해요."

"그래? 네 말대로 아저씨에게 좋아하는 여자라도 있으면 좋겠다. 요즘 정말로 너무 외로워. 여자 모습의 너희들이라도 곁에 있으면 좋겠다."

내가 짐짓 딴전을 피우자 빨간 셔츠가 내 눈을 가리키며 단호하게 외쳤다.

"아저씬 우리 눈을 못 속여요. 아저씨 눈에 거짓말이라고 쓰여 있어요."

"뭐라고? 내 눈에 쓰여 있다고? 그게 무슨 소리야?"

나는 정말로 놀라서 눈을 크게 뜨고 물었다.

"그래요. 우리는 아저씨 눈을 보면 아저씨 생각을 알 수 있어요. 아저씨의 눈에서 나오는 뇌파를 읽어요. 기계는 거짓말을 하지 않는다는 거 모르세요?"

빨간 셔츠가 자신 있게 말했다. 나는 한동안 아무 말도 못 하고 멍하게 그들을 바라보았다. 핸드폰 벨이 울렸다. 강도현 형에게서 온 전화였다. 그들에게 작별 인사를 하고 실내등을 끈 다음 창고에서 나와 출입문을 꼭 닫았다.

강도현은 인도네시아에서 10여 년 동안 유학을 하고 현지의 목재 회사에서 근무한 인도네시아 통이다. 그는 귀국 후에 주로 인도네시아산 목재와 타피오카를 수입하고 가전제품이나

PCB(인쇄회로기판) 같은 국산 전자 제품을 인도네시아에 수출하는 무역업을 하고 있다. 나는 인도네시아 봉제 회사에서 근무하던 중에 그를 알게 되어 지금까지 형님 동생 하는 친한 사이로 지내왔다. 그는 내가 귀국하기 3년 전에 귀국하여 자리를 잡았다. 나는 가끔 그를 만나 술을 마시면서 인도네시아에서 그와 함께했던 시간을 회상하며 이야기의 꽃을 피웠다. 그럴 때마다 달콤한 행복감에 도취되곤 했다.

"형님, 몇 시에 만나기로 했어요?"

나는 3층에 있는 사무실에 들어서자마자 형에게 차주와의 약속 시간을 물었다.

"지금 가면 돼. 내 거래처 사장 찬데 차는 공장에 잘 모셔 놓았으니 우리가 가서 보고 결정하면 된다네. 사장이 오늘 외근 중이어서 자동차 키를 경비실에 맡겨놓았대. 나도 그 차를 가끔 탔는데 깨끗하더라고. 그럼 지금 출발할까?"

"예. 그러지요."

형은 의자에서 일어나 주머니에서 수첩을 꺼내면서 물었다.

"차가 뭐였더라? 그렇지, '뉴 에쿠스 JS3.8 럭셔리 08년식'이라고 했지? 여기 메모가 돼 있군. 무사고에 주행거리가 왔다야. 가격이나 잘 처줘. 내가 욕 안 먹게."

우리는 지하 주차장으로 내려갔다. 강도현이 차를 타고 먼저 출발했고 나는 그 뒤를 따라갔다. 얼마 후에 인천 남동 공단에 도착했다. 형의 차와 내 차는 공단 한 귀퉁이에 있는 공장으로 미끄러져 들어갔다. 형은 경비원에게서 키를 받아 나에게 주었다. 나는 형과 함께 주차장으로 갔다. 차는 형의 말대로 완전 무사고에 주행거리가 6만 킬로미터밖에 안 되는 A급이었다. 차주에게 전화를 걸어 매입 가격을 제시했고 차주는 미리 중고차 시세를 알아본 듯 선선히 가격에 합의했다. 나는 즉시 차량 대금을 차주에게 송금하고 경비원에게서 명의 이전 서류를 받았다. 그리고 탁송 기사를 불러 차를 강남 중고차단지로 보냈다. 뽀찌(소개료)가 든 봉투를 형의 호주머니에 찔러 넣었다. 형은 두어 번 사양한 후에 받았다.

"뭘 이런 걸. 자네와 나 사이에 꼭 이럴 필요는 없잖아?"

"그냥 받아주세요. 그래야 다음에 또 밀어주실 거 아녀요? 흐흐흐."

"허긴 자네 말이 맞긴 해. 좋아, 고맙네."

"형님, 고마워요. 요즘 기름 값 폭등으로 대형차가 묶이는 경향이 있지만, 그래도 저런 차는 금방 빠져요. 여기까지 왔으니 어디 가서 목이나 축이시죠?"

김경미의 '오아시스'를 염두에 두고 강도현의 의사를 물어보았다.

"그러지 뭐, 정 사장과 오랜만에 만났는데 그냥 갈 수는 없지.

그런데 서울 가서 마시면 안 될까?"

형은 하필이면 인천하고도 변두리 남동이냐는 눈으로 나를 보며 물었다.

"실은 근처 남촌동에 아는 집이 있어요. 정 싫으시면 할 수 없지만요."

그렇게 말하면서도 그의 손을 끌었다.

"그래? 그렇다면 할 수 없지. 가자고."

형은 선선히 응했다. 잠시 후에 우리는 남촌동의 '오아시스' 앞에 주차했다. 미리 내 연락을 받은 김경미가 가게 밖에서 기다리고 있었다. 경미는 우리를 보고 반갑게 맞았다. 가게 안으로 들어가 자리에 앉자마자 경미를 형에게 소개했다.

"형님, 김경미 사장입니다. 제 옛날 친구예요. 며칠 전에 우연히 이곳에 왔다가 만나게 되었죠. 그리고 경미, 이분은 강도현 사장님, 아니 형님이야. 내가 인도네시아 족자에 있을 때부터 지금까지 죽 형님으로 모시고 있어. 인사해."

"정 사장의 옛 친구라고요? 친구라면……. 요즘 정 사장이 홀아비 신센데, 잘 된 거 아냐? 정 사장, 안 그래?"

형이 나와 김경미를 번갈아 바라보며 말했다.

"에이, 형님도……. 경미 남편이 들으면 칼부림 날 말씀을……."

나는 김경미를 바라보면서 손사래를 쳤다. 그녀는 의미를 알 수 없는 미소를 지었다. 그녀는 잠시 후에 일어나 카운터로 가더니 어디론가 전화를 걸었다. 종업원을 불러 술과 안주를 주문했다. 잠시 후에 종업원이 병맥주와 술잔과 마른안주를 날라 와서 탁자에 깔았다. 카운터로 눈길을 돌렸다. 김경미는 누구를 기다리고 있는지 출입구를 주시하고 있었다. 누가 오는 걸까? 궁금해 하면서 형과 건배를 하고 잔을 기울였다.

"정 사장, 어때? 남편이 있는 것 같지는 않은데?"

형이 나에게 은근히 물었다.

"글쎄요, 그건 잘 모르겠습니다. 물어보지는 않았습니다만 아마 있겠지요."

"아냐, 그건 모르는 일이지. 내가 정 사장 같으면 과감히 대시해 보겠는데 말이야. 정말 보기 드문 미인이야. 잘 해봐."

"아니에요. 저는 추호도 그럴 맘 없으니 그냥 술이나 마시고 가시죠. 제가 그런 생각을 하면 두 번 죄를 짓는 셈이잖아요."

"두 번의 죄? 그렇다면 내가 더 이상 말하면 안 되겠네. 내가 살아보니 부부는 뭐니 뭐니 해도 궁합이 맞아야 하더라고. 정 사장 말로는 성격 문제로 이혼했다지만 따지고 보면 서로 궁합이 안 맞은 거야. 성격이나 궁합이나 그게 그거지만……. 아무튼 정 사장이 인도네시아에 혼자 나가는 것이 아니었어. 내가 자네를 어느 정도는 알지만 그래도 정 사장은 착한 편이었어. 내가 다른 한국놈들 노는 꼬라지를 잘 알기에 하는 말이야. 그러나 제수씨 입장에서 보면 사내놈들은 죄다 더러운 호색한으로 볼 수밖에 없단 말이지. 제수씨 옆에서 이런저런 소리로 의심을 조장하는 사람들도 있었을 것이고."

강도현은 나를 두둔해서 말했지만 나는 그렇게 호도하고 넘어가기가 싫었다.

"맞습니다. 절대로 혼자 나가지 말라고 하시던 어머니의 간곡한 말씀이 이제야 이해가 됩니다. 그러나 이미 엎질러진 물인데 어쩌겠어요? 제 잘못이 크고, 그래서 죗값을 치르고 있지요. 자, 자, 제 이야기는 그만하고 사업 이야기나 좀 하죠."

내 잘못을 확실히 못 박아놓고 화제를 돌리려고 했다. 그때 김경미가 작은 키에 몸은 왜소하지만 예쁘장한 중년 여자 한 명을 데리고 다가왔다. 그 여자는 금방 알아볼 수 있었다. 그녀는 안정희. 김경미의 여상 후배이자 은행 후배였다.

"이게 누구야? 미스 안이잖아?"

내가 발딱 일어서서 안정희를 끌어안자 김경미가 눈을 흘기면서 말했다.

"젊은 여자라고 대놓고 반기시는 거예요? 이럴 줄 알았으면 부르지를 말걸……. 그리고 미스 안? 네 나이가 몇인데 미스 안이라고 불러주시니 그렇게나 좋아하냐? 입이 다 째지는구나!"

김경미의 너스레에 모두 웃음을 터트렸다. 김경미는 안정희를 형의 옆에 앉히고 자기는 살며시 내 옆에 앉았다.

"형님, 미스 안, 아니 안 여사는 김 사장의 여고 후배이자 직장 후배입니다. 옛날 옛적에 우리는 가끔 셋이서 만났어요. 잘 믿으실지 모르겠지만요. 그러다 어느 날 아무 기약도 없이 소식이 끊어졌죠. 세상에 인생무상도 이런 무상이 있을까요? 그런데 여기서 지금 두 사람을 다시 만나다니 꿈만 같아요."

내가 아련한 표정으로 과거를 회상하자 안정희가 말했다.

"정 대리님, 그게 다 정 대리님 탓 아닌가요? 결혼 후 다른 은행으로 가시더니 그것으로 끝이었죠."

"얼씨구! 정 대리님? 미스 안에 정 대리님? 주거니 받거니 잘들 노신다. 정희야 그거 별로 안 웃기거든? 너 그러지 말고 강 사장님께 술이나 따라드려. 그리고 너도 한 잔 마시고."

김경미는 서둘러 안정희의 입을 막고 내 잔에 술을 가득 따랐다. 그리고 말을 이었다.

"강 사장님, 양해해 주세요. 얘는 가정주부예요. 제 학교 후배이자 직장 후배이기도 합니다. 지금도 요 옆의 선학동에서 살고 있어서 자주 만난답니다. 그런데 며칠 전 여기서 정 사장님을 우연히 만났지 뭐예요? 얘에게 그 이야기를 했더니 정기영 씨가 다시 오시면 꼭 연락해달라고 해서 오늘 연락을 한 거예요. 정희야, 너 혹시 그때 정 사장님 좋아했었니? 그런 거지? 이제는 말해도 괜찮아. 이렇게 나이를 다 먹었으니 말이야. 호호호. 안 그러니 정희야? 안 그래요, 기영 씨?"

김경미는 유쾌하게 웃고 나서 맥주잔을 단숨에 비웠다. 안정희는 얼굴만 붉히고 아무 말도 하지 않았다.

"그럼. 다들 손자 볼 나이가 되었는데 못할 이야기가 뭐 있겠어?"

나는 그렇게 경미의 농담을 받고 난 뒤 멍하게 창밖을 내다보고 있는 강도현에게 말을 걸었다.

"형님, 요즘 전자부품 수출은 어떠세요? 한국 전자산업이 세계적 수준이라는데 이럴 때 형님도 한몫 잡아야 하잖아요?"

"응, 그냥 그래. 모두 대기업 얘기지 우리 같은 소규모 업체에는 동화 속 얘기야. 정 사장 중고차는 어때?"

형은 애써 평정을 가장하고 있었지만 그의 말 속에서는 따분함이 묻어났다.

"중고차요? 항상 같아요. 좋은 물건 잡으면 괜찮고 못 잡으면 어렵고, 뭐 그래요. 그런데 형님, 지하 창고에 있는 로봇들은 혹시 형님이……."

나는 로봇 이야기로 화제를 돌렸다. 사실은 구로동 사무실에서부터 물어보고 싶었는데 참아온 것이었다. 김경미와 안정희가 합창하듯이 동시에 외쳤다.

"로봇?"

"그래. 오늘 말하는 로봇들과 대화를 나눴어."

"뭐라고요? 로봇과 말을 했다고요? 에이, 거짓말 마세요."

김경미가 내 팔을 툭 치면서 말했다.

"거짓말이죠? 정 사장님. 설마?"

침울한 얼굴에 말이 없던 안정희가 눈을 동그랗게 뜨고 나에게 말했다. 나는 강도현 쪽으로 눈길을 주었다.

"걔들은 내가 수출하려고 얼마 전에 갖다 놓은 거야. 인도네시아 업자들에게 오퍼를 던져놨으니 곧 팔리겠지."

강도현은 입가에 희미하게 의기양양해 보이는 미소를 흘리면서도 대수롭지 않다는 투로 말했다.

"형님, 대단하십니다. 어떻게 그런 물건을 입수하셨죠? 저는 빨간 셔츠를 입은 로봇이 맘에 들었어요. 섹시하더라고요, 두 대를 모두 가지면 좋겠지만 너무 비쌀 거 같아서……. 한 대만 제게 파시죠."

내가 약간 농담조로 제의하자 형은 손사래를 치면서 말했다.

"에이, 이 사람아, 쓸데없는 소리 하지 말게. 걔들은 생각하는 로봇이야. T-Rot(Thinking Robot)이라고 하는데, AI(인공지능)가 내장되어 있어. 사람의 뇌에서 흐르는 미세한 전류와 혈류를 감지해서 그 사람의 생각을 읽을 수도 있고, 카메라가 두 대 장착되어 물체를 3차원으로 인식하지. 사람의 말을 알아듣고 대화도 가능하다네. 피부는 특수 섬유로 만든 인공 피부로 사람의 피부와 아주 비슷해. 장애가 약간 있어서 그렇게 비싸지는 않아, 그렇지만 홀아비가 로봇 데리고 산다고 소문이라도 나면 어쩌려고 그래? 여기 김 사장님 같은 참한 여성을 찾아야지,

그러면 못 쓰네. 일본에는 실제로 섹스를 할 수 있는 여자 인형이 있다고 들었지만."

강도현의 말에 김경미와 안정희는 난감한 표정으로 고개를 돌렸다.

"뭐 경미가 원한다면 나야 두말할 필요도 없지만, 속마음을 어떻게 알겠어?"

나는 자못 농담인 척 말했지만 목소리가 가늘게 떨리는 것을 감출 수가 없었다. 두 여자는 그런 내가 우스웠는지 까르르 웃었다. 다들 술기운이 오르자 좌석은 흥겨움에 휩싸였고 어느덧 나와 김경미의 신체는 밀착해 있었다. 내 제안으로 우리는 근처의 노래방으로 갔다. 나와 강도현은 주로 인도네시아 노래를 불렀고 김경미와 안정희는 트롯에서 최신 케이팝까지 두루 불렀다. 어느덧 자정이 지나고 모두 술에 취해 흐느적거릴 때 노래방에서 나왔다. 나는 먼저 안정희를 택시에 태워 집으로 보냈다. 그리고 강도현 형에게는 대리기사를 붙여 서울로 보낸 후 나와 김경미는 근처의 모텔로 갔다.

모텔에 도착한 나와 김경미는 무아지경에서 하나가 되었다. 그녀는 여전히 매력적이었다. 격렬한 행위가 끝나면 술을 마셨다. 그렇게 몇 번을 반복했다. 둘은 녹초가 되었다. 김경미가 일어나 앉아 담배를 피워물고 말했다.

"그동안 기영 씨 생각 많이 했어요. 돌이켜 생각하면 우리가 만나던 그때가 제게는 일생에서 가장 소중한 시절이었어요. 한때는 기영 씰 원망도 했어요. 사실 전 결혼에 두 번이나 실패했거든요. 기영 씨가 결혼한 다음 해에 저도 결혼했는데 신혼여행 다녀온 직후에 남편은 저를 보지 않으려고 했고, 한 달쯤 되었을 때 시어머니가 저에게 갈라서라고 하시더군요. 저는 제법 두둑한 위자료를 받고 이혼 서류에 도장을 찍어주었어요. 시댁이 부자였거든요. 몇 년 후에 나이 많은 남자와 재혼했어요. 그 남자는 서울 강남에 대형 프랜차이즈 식당을 오픈했다가 삼 년 만에 쫄딱 망했어요. 남편은 화병으로 시름시름 앓더니 이듬해에 죽고 말았어요. 저는 그 후로 이게 내 팔자려니 생각하고 재혼을 포기하고 딸과 함께 살고 있어요. 우리가 신입 행원 환영회에서 처음 만나던 날 생각나세요? 기영 씬 그때 대리였고 저는 입사 3년 차였죠. 그날 2차로 저와 정기영 씨 그리고 박정환 씨 세 사람이 디스코텍에 갔잖아요. 사실 전 그때 이미 박정환 씨와 사귀고 있었어요. 기영 씨가 제게 다가와 사귀자고 했죠? 기영 씨가 다음 날 제 자리로 와서 살며시 쪽지를 주고 갔을 때 제 마음은 어느덧 기영 씨에게 기울어져 있었어요. 그 후로 박정환 씨는 점차 제게서 멀어지더군요."

말을 마친 김경미가 혼자 술을 따라 마셨다.

"경미, 왜 그 이야기를 이제야 하지? 입행 동기였던 정환이가 갑자기 다른 지역으로 자원해서 나갔을 때 어렴풋이 추측은 했지만 실제로 두 사람이 그런 관계인 줄은 몰랐어. 솔직히 나도 경미의 대답이 두려워서 끝내 물어보지 못했어. 지금 경미 말을 들으니 내가 정환이에게 죽일 놈이었군. 나는 그 후로 정환이를 다시는 만나지 못했어. 이제라도 그 이야기를 해줘서 고마워."

"……."

"그 다운 스님의 강연 기억나? 내가 땡초 중놈이라고 신나게 욕했던 그 스님. 그리고 김홍신 작가의 문학 강연도. 조계사를 함께 오가며 반야심경을 함께 외우던 일도 결코 잊을 수 없는 추억이지. 그리고 어느 초겨울 밤의…… 나는 그 일이 끝난 후에 당신이 흘린 눈물을 기억해. 이 모든 것은 당신의 운명이 아니라 내 잘못이야. 나는 당신을 떠나서 다른 여자와 결혼한 놈이니……. 인생에서 불행은 항상 사람과 사람의 잘못된 만남에서 오는 게 아닐까?"

김경미는 그윽한 눈길로 나를 바라보면서 담배를 다시 물고 불을 붙였다. 그리고 입을 열었다.

"그럴지도 모르죠. 하지만 우린 다시 만났어요. 또다시 엇박자를 낼지도 모르지만……. 30년, 참 많은 세월이 지났네요. 당신과 또 헤어지긴 싫어요."

"글쎄……."

며칠 후에 한사코 만류하는 강도현 형을 설득하여 로봇 한 대를 사기로 했다. 형은 로봇들이 모두 수리되었다면서 둘 중에서 하나를 고르라고 했다. 섹시한 빨간 셔츠냐, 아니면 순결한 하얀 셔츠냐? 잠깐 생각한 끝에 하얀 셔츠를 입은 로봇을 사서 혼자 살고 있는 집으로 데려왔다. 그리고 로봇에게 이름을 붙였다. '백장미'.

백장미와 나는 매일 대화를 나눴다. 그리고 나란히 잠자리에 들었다.

백장미와 한참 정들 무렵 김경미에게서 전화를 받았다. 남촌동에서 만나자고 했지만, 이런저런 핑계를 대며 대답을 회피했다. 백장미에게 김경미 문제를 물어보면 정답을 알려줄 것만 같았다. 그래서 백장미에게 물었다.

"장미야, 너 경미 언니와 함께 살고 싶지 않니?"

"경미 언니가 누군데요?"

예상을 깨고 백장미가 되물었다. 좋다, 싫다가 아니라 경미 언니가 누구냐고 반문할 수 있는 백장미가 새삼 신통해 보여 백장미의 눈을 똑바로 들여다보았다.

"응, 30년 전에 잠시 사귀다 헤어진 여자야. 너만큼 착하고 예쁜 언니지."

"제가 싫어졌어요? 아저씬 솔직히 섹스를 하고 싶은 거죠? 그러시면 맘대로 하세요."

백장미가 톡 쏘아붙였다. 나는 얼른 백장미를 토닥여주었다.

"아니, 그게 아니고 그 언니가 전화를 해왔어. 한번 보자고 하더라. 만나면 틀림없이 사랑하네, 어쩌네 하면서 매달릴 게 뻔해. 그래서 대답을 피하느라 진땀을 뺐다. 장미야, 나한테는 너밖에 없어."

백장미가 물러서지 않고 다시 말했다.

"아저씬 진짜로 저를 좋아하세요? 거짓말인 줄 다 알아요. 아저씬 아직 젊으세요. 그러니 그냥 그 언니에게 가세요. 며칠 전에 왔다 간 아저씨의 딸이 저를 얼마나 독하게 쏘아보았는지 모르시죠? 그 애는 보나 마나 나쁜 소문을 퍼트릴 거예요."

"걔가 왜 너를 미워하겠니? 그건 오해야. 그리고 소문이라니, 그건 말도 안 돼. 너는 그냥 로……아니, 너, 넌……."

"맞아요. 전 그냥 로봇이에요."

백장미는 돌아 누워버렸다. 그리고 죽은 듯이 말이 없었다. 그날 이후 백장미는 나에게 말을 하지 않고 쌀쌀하게 굴었다. 이게? 감히 로봇 따위가 인간에게 이렇게 건방져도 되나? 화가 매우 났으나 내색하지 않았다. 딸에게서 전화가 왔다.

"아빠, 요즘 재미 좋아?"

"그게 뭔 소리냐? 아빠에게 그런 말 하는 게 아니다."

"아빠, 사람들 알기 전에 당장 그년을 내보내. 제발 정신 차리시라구요."

"허어! 그런 것이 아니래도."

다음 날 구로동에서 강도현을 만났다. 딸이 나에게 한 말을 형에게 전한 다음 물었다.

"형님, 제 잘못이 그렇게 큽니까?"

"아니, 그렇지 않아. 딸이 그럴 수 있어. 나는 자넬 이해해. 원래 사람은 좀 엉뚱해. 사람이 뭐 그리 대단한 존재는 아니라고 나는 생각해. 본능에 단순하게 지배되는…… 그냥 생물의 일종일 뿐이야. 아메바와 같다고 할 수 있겠지. 자네 딸이 자네를 이해하지 못하는 건 그 입장에서는 당연해. 그러니 자네가 딸을 이해하는 수밖에 없어. 하지만 자네 입장에서는 자네의 의지에 따라서, 남에게 피해를 주지 않으면서, 자네가 하고 싶은 대로 하면서 산다는 것, 그 자체가 대단히 중요하지. 자넨 그럴 권리가 있고 아무도 자네의 권리를 침해할 수 없어. 누구라도 자네에게 간섭하거나 자넬 비난해서는 안 돼."

형은 단호하게 말했다.

"인간 사회에서 그게 가능할까요?"

"가능하도록 노력하고 싸워야겠지. 그 과정이 인류의 역사 아닌가?"

"그래요. 맞습니다. 그런데 형님이 제 편을 들어주시는 건 고맙지만 설마 동성애나 수간(獸姦)도 찬성하지는 않겠죠?"

"허허! 이 사람이…… 자네가 '장미'라는 가상의 인격체에 호감을 갖는 것은 자네의 지극히 사적인 자유에 속하지만, 동성애나 수간은 비윤리적인 행위이고 사회적으로 파장을 일으킬 수 있는…… 전혀 다른 문제네. 그만하세."

"형님, 그건 그렇습니다만, 사실은 김경미 때문에……. 이 나이에 새 장가를 가자니…… 솔직히 그 여자를 행복하게 해줄 자신이 하나도 없어요. 딸의 눈치가 보이는 것도 사실이고. 그래서 남촌동에 오라는 걸 뒤로 미루고 있습니다."

"자네 진짜로 바람이 났군, 행복이라는 게 뭔가? 자네는 그 여자를 원하지 않았는가? 그런데 막상 여자를 다시 만나자니 자신이 없고 딸의 눈치가 보인다고? 내가 전문가는 아니지만 지금 자네의 정신세계를 굳이 진단하자면 성도착증에 빠지지 않았나 싶네. 자네는 '백장미'에게 빠진 거야. 그게 아니라면 미래에 대한 불안 때문에 자네의 옛 연인을 만나기가 두려운 거겠지. 그렇지 않은가? 한마디로 자넨 그 여자에게 얽매이기가 싫은 것뿐이야. 안 그래?"

"형님, 맞습니다. 저도 잘 몰랐는데 형님의 말씀을 듣고 보니 딱 그대로예요. 그러면 전 어떻게 하면 좋을까요?"

"얽매이지 않는다는 것이 무얼 의미하지? 사랑을 택해서 구속되느니 차라리 자유를 택하겠다? 나는 자네를 충분히 이해하네. 그것은 완전히 자네의 선택이고 자네의 책임이지. 그리고 자네의 생각은 얼마든지 바뀔 수 있고 급할 것도 없으니 천천히 생각하라고."

"예. 형님 역시 형님뿐입니다."

"별말씀을……. 아 참! 그 백장미가 걸린다면 내게 보내게. 나는 얼마든지 팔아먹을 데가 있다네."

처음에는 백장미를 형에게 돌려보내지 않으려고 했었다. 하지만, 딸의 의심과 필시 닥쳐올 주변 사람들의 입방아를 견뎌낼 자신이 없었다. 나는 고민 끝에 백장미를 형의 창고에 갖다 놓겠다고 했다. 강도현 형은 선선히 그러라고 하더니 임자가 나타나면 팔아서 돈을 보내겠다면서 계좌번호를 알려달라고 했다. 나는 백장미를 형의 창고로 보낸 후에 거의 매일 형의 창고로 가서 백장미를 만났다.

한 달쯤 후 형에게서 백장미가 팔렸다는 연락이 왔다.

동인회 『소설작당』 자선 문제작 모음 – 05

흰 바람벽

"잠을 자려고 누우면 사방이 하얀
벽 속에 갇힌 것처럼 무서워 불을 끌 수가 없어요.
설핏 잠이 들면 무언가를 쫓거나 찾아 헤매는 꿈을 꾸고요.
어떤 그림자가 계속 나타나요.
처음엔 저를 파괴하려는 거 같아서 피했는데,
신비한 기운이 느껴지기도 하고,
뭔가를 일깨우려는 것 같아서
그림자를 따라가기도 해요.
꿈에서 깨어나면 마음의 갈피를 잡을 수가 없어요."

강순덕 소설가

2013년 계간 『문학의봄』 등단, 추보문학상(시/소설) · 동서문학상(맥심상) · 해양문학상(장려상) 수상. 시집 『노을에 반추하다』 外 3, 수필집 『민들레가 순례를 떠나는 시간』, 계간 『문학의봄』 편집주간

흰 바람벽

강순덕

　왕벚나무 잎들이 바람 속에서 수런수런 몸을 뒤척이고 있다. 지나온 계절들을 돌아보며 작별의 인사라도 나누는지 아슬아슬한 시간의 비탈길을 서성거린다. 하연은 벤치에 앉아 텅 빈 운동장과 파란 하늘을 바라보았다. 짙푸른 하늘 끝 어디에선가 수평선이 눈앞으로 다가올 것 같다. 그 순간 나뭇잎 하나가 발밑으로 떨어졌다. 낙엽으로의 운명을 받아들이고 있는 붉은 잎사귀의 숨이 고요해서 아름다웠다.
　윤 선생은 교무실에서 하연의 모습을 한동안 지켜보고 있었다. 평소의 하연에게서 보지 못했던 소녀 감성을 느끼며, 빙긋 웃음을 머금었다. 책상 위에 놓인 시집을 들고, 하연이 앉은 벤치를 향해 발걸음을 옮기며 휘파람을 불었다.
　"어, 샘. 학교에 계셨네요?"
　뜻하지 않게 윤 선생을 만난 반가움에 하연이 자리에서 펄쩍

뛰듯 일어났다.

"응. 그런데 하연인 일요일인데 웬일로 학교에 있어?"

윤 선생은 길고 마른 체형에 어울리는 이지적 눈매, 웃으면 살짝 들어가는 보조개가 매력적이어서, 여학생들의 인기를 독차지했다. 하지만 하연은 윤 선생의 정갈한 목소리를 더 좋아했다. 나직나직하게 시를 읽기에 적당한, 애잔한 목소리라고 생각하며 윤 선생을 바라보았다.

"무슨 생각을 골똘히 하고 있었지?"

윤 선생이 하연의 시선을 받으며 조금 멋쩍은 표정으로 물었다.

"아뇨. 가을 하늘과 샘이 너무 잘 어울려서요. 샘. 샘은 어느 계절을 좋아해요?"

하연이 윤 선생의 팔을 잡아 벤치에 앉히고는 자기도 옆에 앉으며 물었다.

"글쎄. 가을을 좋아했던가?"

"어머. 저도요. 코스모스가 피어있는 길이 너무 좋아요. 노래가 저절로 나올 거 같아요."

"코스모스 피어있는 길이라."

윤 선생은 또 휘파람을 불었다. 코스모스 한들한들 피어있는 길, 향기로운 가을 길을 걸어갑니다.

하연은 고개를 까딱이며 휘파람을 따라 노래를 부르다가 윤 선생의 손에 들려진 책으로 시선이 향했다.

"어. 백석이네요?"

"응. 지난번 수업 시간에 백석의 '나와 나타샤와 흰 당나귀'를 하연이가 아주 멋지게 낭송해서 샘이 주는 선물이야."

"와. 정말요? 백석의 또 다른 시들이 궁금했는데. 감사해요."

하연은 마치 흰 당나귀를 탄 나타샤처럼 강중강중 뛰며 좋아했다.

"샘이 좋아하시는 백석의 시는 뭐예요?"

"응. '흰 바람벽이 있어'라는 시를 좋아하는데 백석을 가장 잘 나타내주는 시라고 생각해."

"네. 백석은 왠지 시대를 잘못 타고 태어난 것 같아요. 요즘 시대에 태어났으면 완전 인기 있는 샘이 되셨을 텐데. 근데 백석은 성도 하얗고, 두 편의 시에서도 흰 바람벽이라든지 흰 당나귀라든지 보면 흰색을 무척 좋아했나 봐요? 흰색 증후군이라도 걸린 듯해요."

"어? 그런 생각은 한 번도 안 했었는데. 하연에게 엉뚱한 구석이 있었네. 그래. 백석의 시를 색깔로 말하자면 흰색에 가깝겠네. 그러고 보니 하연이 이름도 왠지 하얀 느낌이 드는데. 백석을 사랑하게 될 운명적인 인연이었나. 하하하."

"샘도 참. 너무 멀리 가신 거 아녜요? 뭐 제 자리에만 돌려놓으시고요. 하하하."

하연이 윤 선생을 따라 웃었다.

"그런데 그 시 제목이 참 묘하네요. 흰 바람벽이라니? 바람이 하얗다는 것도 그렇고, 바람벽은 또 뭐죠? 어떤 시일지 너무 궁금하네요. 한번 들려주세요."

"이 시는 백석의 시와 인생을 집약한 느낌이 들지. 시인이 노래했듯이 외롭고 높고 쓸쓸하니 살아가도록 태어난 삶과 사랑하는 것들을 지니지 못하고 살아가야 하는 운명, 흰 바람벽은 그런 의미에서 백석이 자신을 그려내는 도화지라고나 할까?"

"아. 자신을 그려내는 도화지라. 막막했을 시인의 시가 슬플 거 같네요."

"그렇지. 그럼 내가 한번 낭송해 볼까. 흠흠."

윤 선생은 파란 하늘을 칠판 삼아 시를 써넣듯이 낮은 목소리로 시를 낭송했다. 백석의 시를 들으며 하연의 두 눈이 촉촉이 젖었다. 하늘은 가장 귀하게 여기는 시인에게 왜 그런 비극의 삶을 살게 했을까. 흰 바람벽에 나타났다가 사라지는 그림들처럼 윤 선생과 하연은 말없이 한참을 서 있었다. 백석의 눈빛이 파란 하늘 위에서 고요하게 내려다보는 듯 교정 한구석은 그렇게 정지된 채로 머물고 있었다.

하연은 수업이 끝나자 도서관으로 향했다. 도서관 건물 앞에는 두 그루의 목련 나무가 높이 서 있었다. 목련은 이른 봄부터 봉우리를 열어 겨우내 칙칙하던 마음을 설레게 했다. 찬바람 앞에서 꽃잎은 창백한 어깨를 드러낸 신부처럼 수줍고도 찬란했다. 해사한 신부의 모습으로 피어나기까지도 아름답지만, 한 잎 한 잎 떨어지는 꽃잎은 처연해서 눈물이 났다.

하연은 내년 봄에 다시 피어날 목련을 생각하며 걸음을 멈췄다.

"야, 김찬영. 뭘 그리 유심히 보고 있어?"

하연은 목을 길게 빼고 나무를 올려다보는 찬영의 어깨를 치며 물었다. 찬영은 하연을 보자 이상한 물체라도 발견한 듯 호들갑을 떨었다. 그리고 하연의 팔을 잡아끌며, 지금이 몇 월이냐고 물었다.

"뜬금없이 몇 시도 아니고 몇 월이냐니? 오늘은 10월 30일. 낼모레면 11월이네."

"그럼 목련꽃은 언제 피지?"

"얘가 싱겁긴. 노래도 있잖아. 목련꽃 그늘 아래서 베르테르의 편질 읽노라. 우리 음악 시간에 배운 4월의 노래."

"그러니까 말이야. 그런데 왜 저기 목련이 피어있냐고."

"어라. 이거 실화냐. 목련이 피었네."

"와. 나 아까부터 꿈을 꾸는 것 같아. 누가 나 좀 꼬집어주길 기다리고 있었어."

나뭇가지 사이로 목련 두어 송이를 발견한 하연이 까르르 웃으며 말했다.

"야. 넌 이과생이면서 그런 것도 모르냐?"

"뭐야. 목련꽃이 가을에 핀 거랑 이과생이랑 뭔 상관이냐?"

"이과생이라면 자연을 바라보는 시각도 달라야지. 항상 왜 그럴까? 생각하고 찾아보고."

"그래. 그래서 지금 찾아보고 생각하는 중인데 도통 모르겠거든."

찬영이 하연의 말끝을 따라 하며 멍한 표정으로 중얼거렸다.

"그럼. 이과생이 모르는 자연의 신비를 문과생인 내가 설명해 줄게."

하연은 몇 년 전 초가을에 할머니가 사는 고흥에서 본 목련을 떠올렸다. 중2병에 걸린 하연이 바다가 보고 싶다고 고흥으로 가는 기차를 무작정 탔었다. 순천에서 버스로 갈아타고 고흥으로 내려가는 길이었다. 차창 밖을 내다보니 가로수에 벚꽃잎이 피어 흩날리고 있었다. 그리고 올라오는 길에 할머니와 함께 순천의 송광사에 갔었다. 고흥에 오면 할머니와 함께 꼭 들르는 절이었다. 하연은 내려오는 길에 본 벚꽃 이야기를 하며 스님에게 물었다.

"효정 스님, 내려오는 길에 보니까 벚꽃이 피어있던걸요. 봄에 피는 벚꽃이 가을에 피는 건 처음 봤어요. 무슨 까닭인지 스님은 아세요?"

스님은 목탁처럼 동그란 얼굴에 웃음을 머금은 채 대웅전 뜨락의 목련 나무를 가리켰다. 하연이 스님의 손끝을 따라 멈춘

곳에 하얀 목련꽃이 눈부시게 피어있었다.

"어머나. 이건 또 무슨 일이에요. 목련도 피었네요. 왜 봄꽃들이 지금 피는 거죠?"

하연은 보면서도 믿지 못하겠다는 듯 볼을 꼬집었다.

"저 하얀 꽃잎 좀 보소. 우리 하연이랑 똑 닮았구먼."

옆에서 잠자코 지켜보던 할머니가 하연의 얼굴과 목련을 번갈아 보며 말했다.

"아이, 할머니도 참. 아무리 손녀딸이 예뻐도 그렇죠. …사실 내가 목련처럼 곱긴 하지만."

하연이 목련꽃처럼 활짝 웃었다.

"저 목련을 보니까 공부하기 싫어서 꾀부리는 우리 하연이랑 똑 닮았네. 봄에는 실컷 놀다가, 가을이 돼서야 꽃 좀 피워보려고 애쓰는 모양이 아주 쏙 빼닮았지 뭐냐."

할머니는 시치미를 뚝 떼고 웃었다. 하연은 할머니 팔을 뿌리치며 화가 난 척 뾰로통한 표정을 지었다. 그 모습을 가만히 지켜보던 효정 스님이 미소를 지은 채 말했다.

"하연 할머니. 그게 아니랍니다. 목련은 봄에 꽃을 피우고, 가을에도 또 피운 부지런한 꽃이랍니다."

"네에?"

"그러신가요?"

하연과 할머니가 서로를 바라보며 놀란 얼굴로 동시에 답했다.

"목련은 봄에 꽃을 피웠어요. 그런데 여름부터 태풍이 세 차례나 올라왔지요? 기온도 내려가고 잎들이 다 떨어져 버렸지요. 벌거숭이가 된 나무들이 깜짝 놀란 거지요. 어, 벌써 겨울이 지나 봄이 왔네. 어서 꽃을 피워야지. 나무들은 생존과 번식을 위해 본능적으로 자연의 변화를 느낀답니다. 생각해보니 할머니 말씀도 맞네요. 산다는 건 다 시기가 있는 법이잖아요. 목련이 꽃을 피워야 열매를 맺는 것처럼 우리 삶에도 다 때가 있다는 말은 인생을 살아본 사람들의 뒤늦은 후회고 절규랍니다. 나무도 저렇게 꽃을 피우려고 일 년에 두 번이나 깨어나잖아요. 그러니 우리 하연이도 미래를 위해 지금 열심히 노력하지 않으면 안 되는 거예요."

가만가만 들려주는 효정 스님의 말씀을 들으며 하연은 목련꽃을 바라보았다. 봄의 목련이 화사한 신부의 아름다움이었다면, 가을 목련에서는 시련을 견디며 살아온 어머니의 품처럼 포근함이 느껴졌다. 아, 생명은 저런 거구나. 목련도 자신의 영속을 위해 봄에 꽃을 피우고, 폭풍우에 꺾인 잎들을 대신해 다시 한 번 꽃을 피우는구나. 저절로 이루어지는 것은 없다. 나만의 꽃을 피우려면, 지금 나에게 필요한 무언가를 해야 한다. 그렇게도 구하고자 했던 질문의 해답이 목련꽃 속에 숨어있었다니….

무언가에 얻어맞은 듯 멍하니 서 있는 하연을 안아주며, 할머니는 효정 스님에게 말했다.

"스님. 우리 하연이가 이 먼 고흥까지 왔던 이유가 있었네요. 저 꽃들이 우리 하연일 여기까지 데리고 왔어요."

"네. 하연 할머니. 우리가 살아가는 어느 한순간도 이유가 없는 일은 하나도 일어나지 않지요. 바람이 일어나면 나뭇잎이 흔들리듯이 그렇게 자연스러운 일인 거죠. 아주 오래전부터 약속된 운명처럼 우리는 여기에 서 있는 겁니다."

찬영은 이제 기억이 난다는 듯 고개를 끄덕이며 하연의 머리를 쓰다듬었다.

"아, 그랬었지. 네가 한동안 공부도 안 하고 방황하다가 언젠가부터 무섭게 공부하더라니. 그런 깨달음의 시간이 있었군. 근데 참 생명이 신비롭다. 과학적인 근거는 둘째고 자연의 섭리라는 게 위대하네. 나도 미리 깨달았다면 그때 수석은 내가 했을 텐데. 참 아쉽네. 쩝."

찬영은 대단한 거라도 알게 된 듯 연신 고개를 끄덕였다.

"하여간. 넌 아직도 내가 경쟁자라고 생각하니? 우린 가는 길도 다른데. 넌 공학도, 난 문학도. 운동장이 다르다고. 우리 서로 격려하고 이끌어주는 그런 친구 아니었니?"

하연은 찬영이가 귀엽다는 듯 가슴을 손가락으로 쿡 찔렀다.

"그러게. 내가 왜 그러지? 난 너만 보면 이겨야겠다는 생각이 막 들고, 그런데 네 앞에 서면 자꾸 작아지는 날 느끼게 된단 말이야."

"이런 애송이. 넌 아직 멀었어. 이제부턴 작아지지 말고 당당해져 봐."

"그래? 그럼 오늘은 내가 너에게 데이트를 신청하겠어."

"데이트? 좋아. 용기가 맘에 들어. 호호."

"이거 일이 단숨에 풀리니까 좀 싱겁군. 사실은 너랑 보려고 연극 초대권을 구해 왔지."

찬영이 내놓은 초대권은 '백석 우화'였다.

"야. 이거 내가 정말 보고 싶었던 건데. 어떻게 알았어. 완전 감동이다."

"내가 누구냐. 너의 베프 십 년인데. 네가 무엇을 생각하는지 다 꿰뚫고 있지."

"너랑 십 년 친구 하면서 오늘이 제일 맘에 든다. 언제 갈까? 내가 그날 맛난 거 쏠게."

"앗싸. 콜."

토요일 오후 지하철을 탄 하연의 가슴은 콩닥콩닥 뛰었다. 백석을 어떻게 그려낼지 상상하며 지하철에서 내렸다. 출구를 나오자 멀리 길가를 서성대는 찬영의 모습이 눈에 들어왔다. 키 큰 찬영의 모습은 어디에서든 금방 눈에 띄었다.

"뭘 그리 정신없이 들여다보고 있어? 코스모스네. 남자애가 꽃 좋아하기는."

"당연하지. 나비가 꽃을 좋아하는 게 뭔 문제?"

"너 그거 성차별 발언이야. 남자는 나비, 여자는 꽃이라고 단정하는 거."

"그런 너는 남자가 꽃 좋아하면 왜 안 된다고 생각해? 그것도 역시 성차별 아닌가."

"그러게. 그건 그러네. 인정."

"순순히 인정하는 건 역시 너답다. 하연아. 근데 이 코스모스 좀 봐. 꽃이 내 손톱만 해."

"어머, 정말. 요즘은 코스모스도 이모작 한다던데. 요렇게 작은 코스모스는 첨 보네."

"뭐. 꽃이 이모작?"

"응. 지난번 목련 이야기 생각나지? 그때 효정 스님이 그러셨어. 이상 기후 때문에 봄에 피는 민들레가 가을에도 피고, 가을에 피는 코스모스가 봄부터 핀다고. 뭐 그래서 꽃잎이 작은 건가? 봄에 핀 코스모스 씨앗이 떨어졌다가 가을에 다시 한번 피는 거니까."

하연은 그중에 하얀 코스모스꽃 하나를 따서 두 잎만 남겨놓고 꽃잎을 모두 떼어냈다.

"찬영아. 이것 좀 봐. 마술을 보여줄게. 꽃이 나비가 돼서 날아갈 거야."

하연은 두 잎 코스모스를 하늘로 날렸다. 꽃잎은 핑그르르 돌면서 땅으로 떨어졌다.

"아니. 뭐야. 나비가 어쩌고 그러더니. 난 진짜 날아갈 줄 알았지."

"순진하긴. 그걸 믿냐? 어쨌든 빨리 올라가자. 이러다 늦겠다."

하연은 찬영의 손을 잡고 뛰었다. 숨을 헐떡이며 도착한 극장 로비는 벌써 사람들로 시끄러웠다. 입구에서는 백석 시집을 팔고 있었다. 백석의 대표 시를 포함하여 연극 대본이 실려 있었다. 하연은 진지한 표정으로 표지를 들여다보며 고개를 갸웃했다.

"어. 시집 사려고? 근데 왜 그리 심각해?"

"응. 여기 책 표지 좀 봐. 백석 시인의 얼굴을 왜 하얗게 칠을 했지?"

하연은 여전히 알 수 없다는 표정으로 시집을 뚫어지게 보았다.

"그러네. 백석의 얼굴이 광대 같네."

찬영은 별 관심 없다는 듯 시큰둥한 얼굴로 말했다.

"광대? 왜 백석 시인을 광대로 그렸지? 그건 백석에 대한 모독이야."

"그게 아니라 시인의 삶이 인생을 풍자하는 광대다. 뭐 그런 의도가 아닐까?"

찬영이 숨은그림찾기라도 찾아낸 기쁜 얼굴이었다.

"오케이. 그럼 이제 우리 백석 시인을 만나러 가자. 백석을 만나면 알게 되겠지."

 1995년 여름, 삼수군 협동 농장에서 백석은 자신이 써 놓은 시를 아궁이에 던지며 불쏘시개로 태우고 있고, 남한에서 올라왔다는 백석의 후배 고정훈의 아들이 그의 시 '나와 나타샤와 흰 당나귀'가 실린 남한의 고등학교 교과서를 보여주고 있다. 백석은 그의 시를 남한으로 가져가고 싶어 하는 화자에게 세상에 내놓을 것이 없어 다 하늘에 올려 보냈다고 답한다. 백석과 아내와 아이들과 기념사진을 찍는 것으로 연극 '백석 우화'는 막을 내린다.
 연극이 끝났음에도 사람들은 금방 자리에서 일어나지 않았다. 마치 백석의 죽음을 눈앞에서 지켜본 것같이 깊은 한숨과 낮은 흐느낌이 들려왔다. 하연은 백석이 살았을 삼수갑산의 험한 산줄기와 하얀 양들과 뼛속을 파고드는 추위와 공포를 떠올렸다. 하연은 눈물을 억제할 수가 없어서 울었다. 아무런 말도 없이 그렇게 앉아서 어둠 속을 살다 간 백석을 생각했다.
 "찬영아. 결국, 아까 네가 한 말이 맞는 걸까? 우리 연극 보기 전에 시집 표지의 백석 얼굴을 보면서 의아해했잖아."
 "아. 광대 같다는 말?"
 "그래, 백석은 시를 쓸 수 없는 현실을 비관하며 살았겠지? 그래도 글을 써야 했잖아. 시인에게 글은 살아있단 증거니까. 그런데 쓰고 싶은 글을 쓰지 못하고 당에 충성하는 글을 써야 했으니까. 얼마나 비굴하게 느꼈을까. 자신을 광대 같은 삶이라 생각했을 거야."

하연은 마치 백석의 마음을 들여다보듯 나지막이 중얼거렸다.

"그래. 시인으로서 시인의 목소리를 낼 수 없다는 건 죽은 거나 마찬가지지."

"그래서 세상에 내보낼 수 없는 그의 시들은 불쏘시개가 되어 하늘로 보내어졌다니."

"시인의 손에 파가 들려지고, 씨감자를 땅속에 심고, 양털을 깎고…. 아, 너무 안타깝고 너무 비극적인 삶이었어."

하연은 씨감자를 거꾸로 심은 백석이 감자 심는 법을 가르치는 농부에게 뿌리가 뻗어 하늘의 양식이 될 거라며 웃던 장면이 떠올랐다. 모든 식물이 꽃을 피우고 열매를 맺는 것은 안간힘을 다해 하늘로 가려는 열망 때문이라는 그의 말이 가슴에 새겨져 잊히지 않을 것 같았다. 그 비참한 상황에서도 백석은 시인의 정신을 곧추세우고 살았다는 생각이 들었다.

"산다는 건 무얼까. 뭐 때문에 사는 걸까? 문학은 또 무얼까? 왜 문학을 하는 걸까?"

하연은 빈 무대 위에서 시선을 거두지 않고 자신에게 물었다.

"그걸 알면 살아볼 의미도 없지. 마지막을 모르고 봐야 재미있는 영화처럼 끝까지 내 삶을 사는 거야."

찬영은 빈 무대를 향해 하연의 질문에 대답하듯 심각한 어조로 말했다.

"나는 문학을 할 수 없을 것 같아. 내가 할 수 있는 게 도대체 무얼까?"

"우리 일단 나가자. 여기 문 닫아야 하는 것 같은데. 그리고 네가 밥 산다고 그랬잖아."

여전히 빈 무대를 멍하게 바라보고 있는 하연을 일으켰다.

"그래. 아, 너무 부끄럽다. 이 순간 왜 나는 배가 고프다는 생각이 들지?"

"정말? 다행이다. 휴. 난 밥도 못 먹을 줄 알았네."

"알았어. 내가 맛있는 거 살게. 가자."

하연은 허공을 올려다보며 누군가를 애타게 부른다. 하얀 안개에 휩싸인 산속을 혼자서 헤매고 있다. 안개 때문에 어디가 어딘지 알 수가 없다. 신비로운 기운만이 온몸을 감싼다. 문득 안개 속에서 나타난 절벽이 앞을 가로막는다. 절벽을 올라야 한다는 생각이 든다. 손에 닿지 않을 듯 까마득한 곳을 향해 연신 발을 딛고 올라간다. 그때 하연의 곁으로 길고 푸르른 그림자가 빠르게 스쳐 지난다. 사람인 것 같기도 하고, 커다란 새인 것 같기도 한 그림자는 한순간 뒤를 돌아본다. 동굴 같은 목소리로 따라오라고 말한다. 하연이 서둘러 그림자를 따라가는데도 점점 더 멀어지다가 멀리 허공 속으로 가뭇없이 사라진다. 이상한 기운이 몸속을 서늘하게 훑고 지나간다. 벽을 짚고 있는 두 손에서 힘이 빠진다. 다리의 힘도 점점 풀린다. 벽을 통과하려면 비밀을 풀어야 한다. 뭔가를 써 보지만 글자로 나타나지 않는다. 하얀 벽에 쓰는 하얀 글씨란 걸 깨닫는다. 손가락에서 피를 짜낸다. 어둠 속에서 마음에 떠오르는 것들을 쓴다. 구불구불 그려진 상형문자처럼 알 수 없는 그림이다. 순간 하얀 벽이 자동문처럼 스르르 열린다. 벽을 통과하니 세상이 하얗다. 하얀 나비의 날갯짓 같은 수많은 글자가 빠르게 나타났다가 사라진다. 글자들은 폭포수 같은 소리를 내며 하연을 이끌고 간다. 세상을 집어삼킨 듯 길도 나무도 모든 경계가 허물어져 있다. 경계가 지워진 하얀 세상, 앞으로 가야 하는데 발을 뗄 수가 없다. 걷지 않는데도 하얀 발자국들이 한 걸음씩 앞으로 나가고 있다. 꽃들이 춤을 춘다. 꽃잎에 내려앉은 하얀 나비에 하연의 손가락이 닿자 나비는 숲속으로 날아간다. 하얀 나비가 이끄는 곳에 그가 있다는 생각이 든다. 그를 만나고 싶다는 간절함으로 달려가려고 하지만 움직일 수가 없다. 하얀 발자국들도 갑자기 사라졌다. 숨이 콱 막힌다. 커다란 그림 속에 갇힌 것처럼 답답하여 하연은 몸부림을 친다.

하연은 생생하게 기억되는 이상한 꿈을 며칠째 꾸고 있다. 하얀 숲속과 절벽이 펼쳐진 곳으로 어떤 힘이 이끌고 있다. 다가설 수 없는 그곳은 그가 존재하는 세상을 암시하는 걸까? 어떻게 하면 그곳에 갈 수 있을까? 두 세상을 나누고 있는 벽 앞 이쪽도 저쪽도 아닌 경계에 서 있다. 벽 너머의 세상은 존재하지 않는 곳이다. 그럼 어떻게 하면 될까? 혹여 죽음일까? 이렇게 막막하게 살아야 한다면 차라리 절벽 아래로 떨어져 사라지고 싶다.

연극을 보고 난 후, 하연은 점점 우울해져 갔다. 절망이 의식을 헤집고 들어와 점령해버렸다. 사고의 능력을 잃어버린 무감각의 상태가 되어갔다. 수업에 집중을 못 하고 망연히 창밖을 내다보는 시간이 많아졌다. 웃음기가 사라지고 멍한 표정으로 혼자 있는 시간이 늘어났다. 선생님들의 수업이 유치해서 일부러 버릇없는 행동을 했다. 며칠째 야자도 빼먹었다. 오늘도 몸이 아프다는 핑계를 대고 학교를 나왔으나 딱히 갈 곳이 있지 않아서 도서관 주변을 배회하고 있었다.

"하연아. 저녁 먹었어? 요 앞에 맥도날드 새로 생겼다는데. 햄버거 먹을까?"

찬영이 다가와 조심스레 물었다.

"아 참. 너는 햄버거 싫어하지. 피자도 싫어하고. 참 입맛이 토속적이야. 딱 울 엄마 스타일이라니까. 진짜야. 울 엄마랑 너는 입맛 하나는 딱 맞아. 크크크."

찬영은 하연의 기색을 살피면서 너스레를 떨었다. 하연은 옆에 누가 있다는 것도 느끼지 못하고 그저 어두워지는 하늘을 응시할 뿐이었다. 어느새 붉은 노을이 산 아래로 떨어지며 구름

속에서 타오르고 있었다. 하연은 머릿속을 가득 메운 망상들도 노을처럼 모두 타버렸으면 좋겠다고 생각했다.

"하연아. 왜 그러는 거야. 이제 하얀 벽인지 뭔지. 그 벽 안에서 나올 때도 됐잖아."

"하연아. 미안혀. 하필이면 그 연극을 보게 해서. 연극만 보지 않았다면 네가 이렇게 힘들어하지 않았을 텐데. 나 너무 후회돼."

"하연아. 너 딴생각 하는 건 아니지? 어딘가 훌쩍 떠나거나 절대 하지 마라. 응."

찬영은 굳게 다문 하연의 말문을 열기 위해 대답도 없는 질문을 잇달아 던지며 부르짖었다. 하연은 그제야 찬영의 눈물 어린 얼굴을 보았다. 문득 자신으로 인해 아픈 사람들이 많다는 걸 깨달았다. 대책 없이 지켜보고 있을 찬영의 마음이 조금 안쓰러웠다.

"찬영아. 미안해. 내가 너를 힘들게 하는구나. 하지만 너무 걱정하지 마. 때가 오면 괜찮아지겠지. 아니 그 벽 안에서 나올 수 있을 거야."

"그래. 그 벽인지 뭔지 내 앞에 있다면 당장 부숴버리고 싶다."

"벽 안에 갇힌 느낌이야. 난 꿈속에서 그런 날 만나. 그게 현실에서도 이어져. 그 느낌이."

하연은 누군가에게 애원하듯 혼잣말을 했다.

"야. 그럼. 심각한 거 같은데 이러고 혼자 아프면 어떡해. 빨리 병원 가야지."

"그런 거 아냐. 이건 스스로 풀어야 할 내 마음의 문제야. 꿈속에서 그 해답을 얻을 수 있을 거 같아."

"그래. 넌 다 할 수 있어. 좀 시간이 걸리는 거뿐이지. 내가 바보처럼 걱정하는 거야."

"고마워. 걱정하지 말고 교실로 돌아가. 좀 더 혼자 있을게."

"알았어. 조금만 방황하고 금방 돌아오는 거다. 우리 십 년의 우정을 걸고 약속해."

"그래. 알았어. 그럴게."

11월의 바람이 플라타너스의 잎을 흔들고 도서실 커튼 사이로 새어 나온 불빛이 나무에 기댄 하연을 비추고 있다. 길 잃은 하연을 비웃듯이 빛들은 어둠 속을 꿰뚫고 있다. 밤이 가져온 검은 빛으로 자신을 감추려는 노력을 헛되게 하는 눈부심이다. 하연은 지난 며칠간 일어난 생각을 조용히 정리해보았다. 왜 나는 그 벽 안에 갇혀 있는 걸까. 이토록 고뇌에 빠지게 하는 이유가 무엇인지 알아내야겠다는 생각이 들었다. 한 무더기의 학생들이 빠져나와 어둠 속으로 흩어졌다. 도란도란 아이들의 목소리가 환청처럼 멀어져갔다. 이어서 현관에서 나온 불빛이 하연을 향하여 다가오고 있었다. 불빛은 밤의 목덜미를 잡으려는 듯 이리저리 흔들렸다. 하연은 얼른 도서관 건물 뒤로 돌아섰다.

이쪽의 움직임을 느낀 상대편에서 불빛을 높게 들어 올리며 물음을 던졌다.

"거기 누구 있나?"

"샘, 저 하연이요."

윤 선생의 목소리에 안도감을 느낀 하연은 동그란 불빛 안으로 들어서며 대답했다.

"하연이 여기 있었네. 아까부터 하연이가 안 보여서 찾으러 나선 참이었는데. 날이 제법 추운데 감기 걸리겠다. 샘이랑 교무실로 가서 얘기할까?"

요즘 부쩍 말이 없어진 하연이 궁금했던 윤 선생은 걱정스럽게 물었다.

하연은 윤 선생의 뒤를 따라 교무실로 들어갔다.

"그래. 무슨 일인고? 우리 반 에이스를 땡땡이치게 만든 고약한 화두가 뭔지 궁금한데?"

윤 선생이 초조한 낯빛으로 앉아있는 하연에게 차를 한 잔 건네주었다.

하연은 어디서부터 말해야 좋을지 몰라서 망설이다가 어려운 질문에 답을 하는 학생처럼 우물쭈물 말을 꺼냈다.

"샘. 지난번에 주신 백석 시집이요."

"응. 그래. 백석의 시를 읽고 싶다더니. 어땠어?"

"네. 저는 '나와 나타샤와 흰 당나귀'를 통해서 백석의 시를 처음 알았고요. 선생님이 주신 시집 속에 시들을 읽으면서 어쩐지 백석 시인이 더 좋아졌어요. 이상하게 마음이 끌렸어요. 현실에서 만날 수 없는 시 속의 시인이랄까요."

하연은 마른 목을 축이려는 듯 차를 한 모금 마시고는 한동안 말을 잇지 못했다. 자신을 바라보는 윤 선생의 눈길을 마주하자 슬픔이 솟구쳐 올랐다. 윤 선생은 아무런 말도 하지 않고 하연의 이야기를 기다렸다. 하연은 가까스로 마음을 진정하고 말을 이어갔다.

"얼마 전에 '백석 우화'라는 연극을 보았어요. 그리고 백석의 삶이 어땠는지 알게 됐죠. 그 이후로 이상하게 우울하기만 하고, 슬픈 늪 속에 깊이 잠겨 벗어날 수가 없어요."

윤 선생은 하연에게 차를 한 잔 더 따라주었다.

"그러고 보니 하연이가 요즘 수업 시간에 엎드려 있기도 해서 걱정이 됐었지. 잠도 못 이루고 있는 거 아니니?"

"네. 잠을 자려고 누우면 사방이 하얀 벽 속에 갇힌 것처럼 무서워 불을 끌 수가 없어요. 설핏 잠이 들면 무언가를 쫓거나 찾아 헤매는 꿈을 꾸고요. 어떤 그림자가 계속 나타나요. 처음엔 저를 파괴하려는 거 같아서 피했는데, 신비한 기운이 느껴지기도 하고, 뭔가를 일깨우려는 것 같아서 그림자를 따라가기도 해요. 꿈에서 깨어나면 마음의 갈피를 잡을 수가 없어요."

하연은 더 말을 잇지 못하겠다는 듯 고개를 숙였다.

"음. 그랬구나. 백석 우화라. 어떤 연극이었을까."

윤 선생은 의자에서 일어나 창가로 다가가며 중얼거렸다.

"하연아. 난 연극을 보진 않았지만, 백석 시인의 시와 참담했던 그 시절을 생각하면 지금 하연의 마음이 이해된다. 백석이 살다 간 시대에 태어나지 않은 것만으로도 얼마나 행운인지 감사할 정도지. 우리 민족에게 그보다 더 비참했던 시절이 있었을까? 남의 나라의 통치를 받으며 우리의 글과 혼을 빼앗기고, 희망도 없이 짓밟힌 채 살아야 했던 악몽 같은 시절이었지. 그리고 누구보다도 가슴 아프게 살았던 사람들이 시인이 아니었겠니? 더욱이 백석 시인은 해방 이후에 더 괴로웠지. 이념의 사슬에 묶이어 사유마저 통제되는 사회주의 국가에서 살아야 했으니 얼마나 고통이 컸을까. 그러나 백석은 살았지. 당과 거리가 먼 아이들을 위한 글을 쓰면서…. 마지막엔 춥고 외로운 땅에서 밭을 일구고 양치기를 하며 살아갔지만. 그래서 백석이 더 귀한 시인인 거지. 그 오랜 세월을 살아낼 수 있었던 건 시의 정신이 아니었을까. 비록 불쏘시개로 태워서 세상에 알리지도 못하고 하늘로 보내야 했지만, 시를 썼기에 백석은 살았던 거야. 고난의 시대를 살았던 백석의 삶을 알게 되었으니 충격이 컸을 테지."

하연은 윤 선생이 들려주는 이야기를 들으며 고개를 끄덕였다. 한동안 침묵이 흐르고 윤 선생이 서랍에서 낡은 노트 한 권을 꺼냈다. 윤 선생은 비밀일기장이라도 열듯 애틋한 눈빛으로 노트를 뒤적이다가 대학 시절의 자신에게 고백하듯 말했다.

"어쩌면 나도 그랬던 것 같다. 나는 대학에서 백석의 시를 처음 만났었지. 그전엔 백석은 금기였으니까. 많은 시인의 시를 읽었지만, 백석의 시는 처음 읽을 때부터 경이로웠지. 낯설기도 하고 친숙하기도 하고 어렵기도 하고 쉽기도 하고…. 마음의 갈피를 잡을 수가 없었지. 그가 시를 쓸 수 있었던 힘은 무엇이었을까 궁금했어. 그래서 백석의 시를 모두 필사했지. 그의 마음으로 시를 써 보기도 하고…. 시인 윤동주가 '별 헤는 밤'을 쓰며 백석을 닮아가듯이. 그렇게 백석을 배웠어. 어느 순간 백석이 시대와 공간을 초월해서 다가왔지. 마치 옆에서 그를 지켜본 사람처럼 그의 삶이 시를 통해서 온 거야. 명확한 해답은 아니었지만, 방황은 끝낼 수가 있었어. 하연에게도 권하고 싶다. 좀 더 백석의 시 속으로 들어가 봐. 스스로 볼 수 있을 때까지 보렴. 그러면 지금의 복잡한 마음이 좀 정리되고 슬픈 마음도 진정이 될 것 같구나."

"샘. 말씀을 듣고 나니 마음속 먹구름이 조금 걷히는 것 같아요. 적어도 이 괴로움은 나만이 아닌 누군가도 겪고 있을 거라는 안도감이 들어요."

"그래. 지금의 의문이 글을 쓰면서 좋은 해답을 주지 않을까 생각한다. 좀 힘들어도 잘 견뎌 내리라 믿어."

"샘은 백석 시인을 진정으로 좋아하시는군요. 마치 연인처럼."

"연인? 그래. 연인이지. 백석을 읽으면 누구나 그를 사랑하고 말지. 평생 백석을 사랑했던 '자야'라는 분이 백석의 시를 한 줄로 평가한 일화가 있지. 그녀는 전 재산을 기부하면서 '그의 시 한 줄이 천억보다 가치가 있다.'라고 말했는데 내 마음이 그랬어."

"아, 그 말씀이 정말 가슴에 와닿네요. 백석의 시는 물질로 환산할 수 없는 거잖아요."

"그래. 하연의 꿈을 위해서 앞으로 좋은 글을 만나고, 좋은 시를 쓰기를 바란다. 그리고 그 바탕에는 백석의 시가 있을 것 같은 생각이 든다. 하연이가 어떤 글을 쓰게 될지 기대가 되는구나. 그리고 오늘 밤이 잊히지 않을 것 같기도 하고. 언젠가 오늘을 이야기하는 날이 오겠지."

그러면서 윤 선생은 손에 들고 있던 노트를 하연에게 내밀었다.

"네. 저도 오늘 밤 선생님과 이야기할 수 있어서 다행이었어요. 이 노트 감사해요."

"그래. 나의 오래된 추억이고 심지다. 내가 스스로 설 수 있는 정신이 그 노트에서 시작된 셈이니까. 그런 의미에서 나의 경험이 너에게 작은 힘이 되길 바란다."

하연은 끝없이 펼쳐진 코스모스 길을 걸어 하얀 물결 안으로 들어간다. 꽃들이 하연을 중심으로 모여든다. 두 손을 모으고 노래하는 소녀들처럼 바람을 따라 이리저리 물결친다. 하연도 코스모스의 물결이 되어 소리친다. 가슴을 답답하게 했던 무언가를 쏟아내듯 소리친다. 가슴 속에 있는 여망을 꺼내어 하얀 물결 위에 적는다. 꽃들은 춤을 추는 요정처럼 바람을 따라 몸을 흔들며 커다란 원을 그린다. 둥글게 무대를 넓히며 하연에게서 멀어져간다. 이윽고 꽃받침 위에 앉은 8장의 꽃잎들이 서로의 손을 놓는다. 꽃잎들이 바람에 실려 다시 공중에서 흩어진다. 꽃잎들은 하나둘 떨어지고, 두 잎만 남아서 나비처럼 파닥거린다.

 꽃잎들이 춤을 추는 코스모스 길 끝에 그의 뒷모습이 설핏 보인다. 하연은 그에게 가고 싶은 마음으로 가슴이 뛴다. 그러나 무언가에 묶인 것처럼 발은 떨어지지 않는다. 그가 돌아봐 주기를 간절히 바랄 뿐이다. 그 순간 하늘로 날려 보낸 두 잎 코스모스 하나가 그의 어깨 위에 앉는다. 그는 코스모스를 손에 올려놓고 들여다본다. 꽃잎에 숨을 불어 넣듯 입술을 가까이 대고 속삭인다. 그가 꽃잎을 하늘로 올려보내자, 꽃잎들이 일제히 솟구치며 하늘에 장막을 펼친다. 그가 세상에 내보내지 못했던 시를 적는다. 깊은 산골짜기에서 양털을 깎고, 감자를 심으며 사랑하는 이들 가슴에 쓰던 시다. 아궁이 가득 불태우고 하늘 위로 올라가 하늘의 노래가 된 그의 시, 그의 삶이 다가오고 있다. 그가 천천히 뒤를 돌아보며 하연을 향하여 손을 흔든다. 심장 깊숙이 흰 바람이 스며들어 서늘하게 전율한다.

동인회 『소설작당』 자선 문제작 모음 – 06

신기루 공주 M

"오랜만이야. 반가워."
내 기억 속에 간직된 모습은 하나도 발견되지 않았다.
우선 몸집이 가늘고 왜소했다.
나를 충격으로 몰아갔던 탱탱한 허벅다리가 아니었고,
둥글고 넓은 골반도 보이지 않았다.
걸음을 걸 때 탄력 넘치는 넓적다리가
씰그러졌다가 쌜그러졌다가 하지도 않았다.
그녀의 눈은 작고 입은 하마처럼 컸다.
광대뼈도 툭 튀어나왔고 코는 왜 그리 큰지….
히프와 가슴이 너무 커서 미련해 보였다.

이성수 소설가

2007년 계간 『스토리문학』 등단, 수원문학인상 · 스토리문학상(소설), 장편소설 『구수내와 개갑장터의 들꽃』 외 3, 동인 · 문예지 발표작 : 「저기에 아들이 있으니」 외 다수, 경기예술지 · 수원예술지 편집위원 역임

신기루 공주 M

이성수

 뜻밖이었다. 친구 D가 전화를 걸어와 M을 바꿔주겠다고 했다.
 "누구라고?"
 "M이 너 바꿔주래."
 M? 그런데 가슴이 먼저 기억해냈다. 마치 비포장도로를 만난 자동차처럼 심장이 덜컹거렸다. 노래방 스피커에서 흘러나오는 선율이 소음으로 변하더니 쓰레기 더미처럼 악취를 뿜어대며 쏟아져 내렸다. 자칫 우물거렸다가는 M과의 통화가 끊어질 판이었다.
 노래방 바깥으로 후다닥 빠져나왔다. 수화기 저쪽에서 그녀가 "나 M이야."라고 말했다. 내가 목소리를 곧바로 알아차리지 못하고 입을 떼지 못하는 사이에 그녀가 물어왔다.
 "잘살고 있어?"
 이게 정말 그녀의 목소리였던가 싶었다. 아니다. 그러고 보니 목소리를 알아채지 못하는 건 당연했다. 단지 40여 년이라는 세월이 흘렀기 때문만은 아니었다. 기실 제대로 대화를 나눠본 적이 없었다. 희미하게라도 알아듣는다는 게 오히려 이상했다. 어쩌다 M과 마주치게 되면 내 입술은 번번이 얼어붙고 말았었다. 용기를 내보려고 해도 정작 그 앞에 서면 심장이 사시나무처럼 떨렸다. 대화는 고사하고 도망치기 일쑤였다. M을 똑바로 바라보지도 못했었다. 그녀에게 가까이 가기만 하면 머릿속이 마치 뱃멀미하듯 출렁거렸다. M을 마주한 내가 늘 그랬으므로, 목소리를 기억하지 못하는 것은 당연했다.

*

M은 초등학교 동창생이다. 졸업 후 본 적이 없다가 중학교 2학년이 끝나갈 무렵에 다시 만났다. 어느 날 등굣길에서 마주친 그녀가 내 눈길을 사로잡았다. 나는 도시로 유학 온 몇몇 촌놈들 가운데 하나였다. 더욱이 고향 친구라곤 거의 없다시피 한 도시에서 난데없이 고향 친구를 보게 되었으니 반가웠다. 그녀에게 말을 건네볼 요량으로 바삐 다가섰다. 그런데 이상했다. 그녀에게 다가설수록 낯선 기운이 짙어졌다. 겉으로 드러난 몸매부터 내 기억 속 M의 모습이 아니었다. 몸집이 몰라보게 커졌다. 금세 교복이 터질 것만 같았다. 밴드를 맨 허리가 끊어질

듯이 잘록했다. 골반이 쟁반처럼 둥글고 넓적했다. 허벅다리가 탱탱하고 굵어서 다리를 움직일 때면 사타구니에 깊숙한 곡선이 생겨났다가 사라지곤 했다. 양쪽 사타구니에 생겨난 곡선이 골반으로 치켜 올라갔다가 원뿔 모양의 허벅다리를 거쳐 무릎으로 뻗어 내렸다. 연결되는 곡선의 모양이 마치 하트를 그리는 것처럼 느껴져 민망하기까지 했다. 앞가슴은 더 놀라웠다. 시위를 힘껏 당긴 활처럼 솟아올라 바라보는 내 심장이 벌렁거릴 지경이었다. 아무리 봐도 내 기억 속 M의 몸매가 아니었다. 얼굴을 다시 쳐다봤다. 얼굴도 낯설었다. 피부가 뽀얗고 탱탱했다. 봄바람을 만난 나비 같은 표정이었다. 동갑인 사촌 누이의 앳된 모습과는 딴판이었다. 온몸에서 야릇한 생기를 뿜어내고 있었다. 바람이 가득 든 풍선처럼 풍만했다. 굵고 탱탱한 넓적다리가 씰그러졌다 샐그러졌다 했다. 나를 알아봤는지 걸음걸이가 느려졌다. 입술을 야릇하게 달싹거리는 듯했다. 얼굴 근육을 긴장시키며 시선을 맞추었다. 나를 쳐다보는 눈빛이 깊다. 마치 주간지 사진 속 모델의 눈빛처럼 요염했다. 말을 건네 볼까 하고 다가서던 내 기세가 무춤 꺾여졌다.

  순식간이었다. 많은 일이 일어난 것처럼 머릿속이 복잡했다. 잠시 우물거리는 사이였다. 결국, 아는 체는 고사하고 시선조차 제대로 맞추지 못하고 눈길이 곤두박질치고 말았다. 엉덩이 옆쪽이 시야에 들어왔다. 그렇지 않아도 주둥이가 잘록하고 밑동이 가냘픈 배부른 항아리 같은 M의 골반이 생경했다. 그런 내 눈 안에서 엉덩이가 씰룩거렸다. 마치 말을 걸며 다가오는 듯했다. 미처 고개를 되돌리지 못하며 얼떨떨 지나치던 때 금세 터질 것처럼 탱탱한 엉덩이가 또 나타났다. 산봉우리를 붙여놓은 듯 뒤로 내민 엉덩이가 춤을 추듯 씰룩쌜룩했다. 나도 모르게 입이 떡 벌어지고 말았다. 그때 뒤를 돌아보는 M과 시선이 두 번씩이나 마주쳤다. 하지만 끝내 서로 한마디도 없이 엇갈리고 말았다.

어린 시절 M은 본래 피부가 가무잡잡했다. 꽃무늬 원피스를 즐겨 입었다. 세련된 엄마 덕에 항상 유행하는 예쁜 옷을 입었다. 눈에 띄긴 했어도 결코 예쁜 편은 아니었다. 공부를 잘하거나 다른 재능을 갖고 있지도 않았다. 특별히 주목을 받거나 인기가 많은 아이도 아니었다. 그런데 좀 전에 봤던 M은 얼굴이 하얗고 예뻤으며 세련돼 보이기까지 했다. 시골에서 살 때 봤던 촌스럽고 앳된 티를 완전하게 벗어버린 도시 아가씨로 변해 있었다. 장미꽃처럼 화려해 보였다.

그날 이후 M의 모습이 머릿속에서 떠나지 않았다. 가슴이 두근거렸다. 스치며 보았던 모습이 꼬리를 물고 되살아났다. 화면처럼 아슴아슴 펼쳐졌다. 책상에 앉아 숨을 고르고 억눌러대도 소용없었다. 난생처음 느껴지는 감정이었다. 마음을 추스르느라 일부러 책장을 넘겼다. 그런데 이번에는 책갈피 속에서 M의 모습이 불쑥 튀어나왔다. 여유만만하게 웃더니 눈동자에 뭔가 말을 가득 담고 나를 바라보고 있었다. 좀 전에 봤던 것보다 더 그윽한 눈빛이었다. 그런 시선만으로도 기가 꺾였다. 저절로 시선이 떨구어졌다. 그녀의 풍만한 가슴이 다시 시야 가득 들어왔다. 민망하고 부끄러웠다. 시선을 황급히 옮겼다. 그러자 이제는 커다란 엉덩이가 눈앞에서 씰룩거렸다. 근육이 발달한 허벅다리가 아른거렸다. 어릴 적 내가 봤던 그녀의 모습은 그 어디에도 없었다. 분명 환상이었지만 너무 생생해서 숨이 막혔다.

 그때만 해도 내게 여자는 그저 생김새가 약간 다른 사람에 불과했다. 여자라고 해서 별도로 생기는 감정이 없었다. 누나이거나 친구였으며 동생이었다. 그런데 M은 달랐다. 그때까지 보았던 여자가 아니었다. 전혀 새롭게 느껴지는 여자였다. 커다란 엉덩이와 넓어진 골반, 탱탱한 허벅다리가 짜릿해서 침이 저절로 삼켜졌다. 새침한 눈빛이 나를 흥분시켰다. 마법에 걸린 것처럼 머릿속이 혼미해졌다. 무엇을 보아도 초점이 잡히지 않았다. M의 풍만한 몸매와 깊은 눈빛만이 어른거렸다.

 다음 날은 우수학급 편성을 위한 시험이라서 해야 할 공부가 많았다. 그런데도 중요하게 생각되지 않았다. 머릿속이 계속 혼란스럽고 가슴이 두근거렸다. 아무리 애를 써도 흥분이 가라앉지 않았다. 견디다 못해 자리에 드러누워 보았다. 그러자 이번에는 M이 천장에 나타났다. 나를 쏘아보며 비웃음을 띠었다. 마치 나를 어린애라며 얕잡아 보는 듯한 눈빛이었다. M에게 그럴듯한 남자가 되고 싶은 마음이 간절해졌다.

다음 날 아침밥을 먹는 둥 마는 둥 했다. 평소보다 일찍 집을 나섰다. 등굣길을 지키고 섰다. 하지만 만나지를 못하고 서성거리다가 겨우 지각만을 면했다. 문제지를 받아들었다. 그렇지만 뭘 묻는지조차도 파악되지 않았다. 기억하던 것을 떠올리려고 애를 썼다. 그런데 그 자리를 M이 차지했다. 평소와는 완전히 다른 생각과 행동으로 하루를 보냈다.

진학과 관련하여 중요한 시험이었지만 끝내 망치고 말았다. 우수 반에 들지 못하여 가족과 주변에 실망을 안겨주었다. 그러거나 말거나 내게는 상관없었다. 오직 M을 만나지 못해 안달이 날 뿐이었다. 근 한 달 동안이나 매일 등굣길에 지켜 서 있었다. 하지만 그림자조차 만나지를 못했다.

"오늘은 늦었네?"

열병이 가까스로 다 나아갈 무렵의 어느 날 여럿이서 우르르 등교하는 길이었다. 여학생의 음성이 등 뒤에서 들려왔다. 나에게 묻는 말로 들려왔다. 하지만 나를 알만한 여학생은 없어서 그러려니 들어 넘기며 걸었다. 겨우 평상심을 되찾아 공부에 열중하고 있을 즈음이라 M의 존재가 미처 떠오르지 않았다. 오륙 미터쯤을 걸었을 때였다. 왠지 뒤통수가 따가웠다. 그제야 문득 M일지도 모른다는 생각이 들었다. 뒤를 돌아봤다. M이 기분 나쁜 표정으로 쏘아보고 있었다. 시선이 마주치자 그녀의 얼굴이 비웃음으로 변했다. 좀 전에 건넸던 말은 시효가 지났다는 눈빛이었다. 나를 얕잡아 보는 듯 미간을 찌푸렸다. 저절로 움찔거려졌다. 말문을 터 볼 절호의 기회였음에도 싸늘해진 M의 표정에 그만 움츠러들고 말았다. 얼굴이 화끈거리고 심장이 벌렁거렸다. 무슨 말이라도 해야겠다는 생각이 들었다. 하지만 야속하게도 입이 열리지 않았다. 온몸이 오그라지며 걸음이 저절로 빨라졌다.

수업이 시작되었다. 칠판의 글씨가 보이지 않았다. 목청이 크기로 유명한 수학 선생님의 설명도 귀에 들어오지 않았다. M의 얼굴이 칠판에서 어른거렸다. 오늘은 늦었네? 그녀가 했던 말이 귓속에서 맴돌 뿐이었다. 그동안 나를 지켜봤다는 말인가. 등교 시간에 쫓긴다는 사실을 어찌 알았을까.

더는 바보짓을 반복하기 싫었다. M의 얼굴을 떠올려 놓고 말 거는 연습을 시도했다. 그러나 M의 환영이 떠오르기만 하면 입이 열리지 않았다. 고교 입시가 코앞인 중요한 시기였다. 내 목표의 첫걸음은 명문 고교 진학이다. 오직 목표를 향해 달려가야 할 시기인데도 가슴만 점점 뜨거워질 뿐 머리가 돌지 않았다. 매일같이 머리와 가슴이 싸웠다. 그럴 때마다 항상 뜨거워진 가슴이 이겼다.

"왜 안 가니?"

내가 평소와 달리 뭉그적거리며 집을 나서지 않자 누나가 걱정을 담아 독촉했다. 누나의 말이 귓등으로 들렸다. 오직 시곗바늘을 놓칠세라 뚫어지게 살필 뿐이었다. M과 마주쳤던 그 시간에 맞추려는 심산이었다.

등교하는 큰길에 접어들었다. M이 저만치에 보였다. 내가 드나드는 골목을 바라보며 지나고 있었다. 내 심장이 쿵쾅거리기 시작했다. M과 시선이 마주치는 순간 나도 모르게 화들짝 놀랐다. 밤새 끙끙거리며 다졌던 용기가 순식간에 사그라졌다. 나도 모르게 못 본 척 고개가 돌아갔다.

밤샘 고민 끝에 각본을 짰었다. 멋있는 남자로 보이려면 목소리를 낮게 깔고 입가에 미소를 띄워 여유로운 눈빛으로 이름을 부르며 말을 거는 거였다. 그런데 심장이 걷잡을 수 없이 쿨렁거리며 입술이 열리지 않았다. M의 온몸에서 광채가 쏟아져 나와 쳐다볼 수조차 없다. 나도 모르게 잰걸음을 치고 있었다. 머리와 몸통이 따로 놀았다. M이 곁눈으로 흘끔거리며 쳐다보자 내 걸음은 어느새 뜀박질이 되었다. 금세 앞서서 걷기 시작했다. 뒤를 돌아 무슨 말이라도 해보고 싶었다. 하지만 나는 그만 나를 애송이 취급하는 M의 눈빛에 기가 죽었다. 낭패감이 물밀듯이 밀려들었다.

책이 눈에 들어오지 않았다. 코미디언 뺨치는 친구의 농담도 재미가 없었다. 집에 돌아와 책상에 앉았어도 마찬가지였다. 나를 얕잡아보는 듯한 M의 도도한 눈빛 잔영이 머릿속을 떠나지 않았다. 잠을 이룰 수가 없었다. 밤새 잠을 설치다가 일어나서 또다시 등교 시간을 기다렸다. 만나면 이젠 절대로 바보 같은 짓을 하지 않으리라. 멋진 남자가 되어 보이리라 다짐하고 또 다짐했다.

시간을 맞췄다. 골목을 빠져나가 큰길로 들어섰다. M이 십여 발자국 앞서 걷고 있다. 뒤를 흘끔흘끔 돌아보며 천천히 걷고 있었다. 그런데 갑자기 걸음이 쉽게 떼어지지 않았다. 마치 무거운 모래주머니를 종아리에 달아 놓은 것처럼 발걸음이 천근만근이었다.

그 무렵 나는 허공을 바라보는 일이 많아졌다. 가슴이 늘 허전했다. M이 먼발치에서라도 눈에 띄면 심장박동이 빨라졌다. 다리가 부들거리며 눈길조차 마음대로 움직여지지 않았다. 용기를 다해 들소처럼 다가가려고 했다. 그러나 늘 마음뿐, 그럴 때마다 발길이 얼어붙고 말문은 열리지 않았다. 그래도 포기되지 않았다. 다음 날을 기다렸다. 그렇지만 다음 날이 되어도 또 마찬가지였다.

등굣길이 엇갈리는 날에는 하굣길을 지켜 섰다. 번번이 허탕을 쳤다. 꿈을 꾸려고 일찍 잠자리에 들었다. 꿈속에서조차 온몸이 얼어붙고 입이 열리지 않았다. 마음속에는 늘 M이 있었다. 앞날을 생각하며 별별 상상을 다 했다. 상상 속에서 그녀는 언제나 한복판에 있었다. 그래도 한마디의 말조차 건네보지 못했다. 제대로 쳐다본 적도 거의 없었다. 다른 여학생 앞에서는 아무렇지도 않았다. 왜 M 앞에만 가면 모든 것이 뒤죽박죽으로 헝클어져 엉망이 되는지 모를 일이었다.

내 눈앞에서 M은 갈수록 별처럼 반짝였다. 새침하게 곧추세운 고개는 도도해서 좋았고 감긴 듯 작은 눈은 깊고 오묘했다. 큰 엉덩이와 통통한 몸매는 육체파 여배우의 몸매처럼 아름다웠다. 내 눈에는 흠잡을 만한 곳이 단 한 곳도 없었다. M의 이름만 들어도 귀가 쫑긋해졌다. 심지어 이름이 비슷한 사람까지도 M처럼 보이기 시작했다.

M이 그리울 때면 그녀의 이름을 썼다. 갈증이 풀리는 것 같아 그럴 때마다 서너 페이지가 빼곡해지도록 쓰고 또 썼다. 시간이 지나갈수록 갈증이 더 커지기만 했다. 궁리 끝에 소설을 썼다. 소설 속에서 우리 둘은 주로 호젓한 제방을 걸었다. 팔짱을 끼고 나란히 걸었다. 입가에 행복한 미소를 머금고 서로의

얼굴을 마주 보며 발맞추어 걸었다. 사람이 없는 외진 곳을 찾아다니며 입맞춤을 했다. 함께 발가벗고 사랑을 나누고 싶었다. 그렇지만 M은 소설 속에서도 내 맘대로 되지 않았다.

어릴 적 내 꿈은 법조인이 되는 거였다. 공부를 아주 잘해야 했기에 수재들이 간다고 하는 명문 K고등학교의 진학은 당면한 목표였다. 집과 학교밖에 몰랐다. 노력한 만큼 성적이 좋았다. 그러기에 주변에서도 나의 K고등학교 진학은 시간 문제라고 여겼다. 그런데 M이 내 맘속에 들어오고부터 모든 게 달라졌다. 눈빛이 흐리멍덩해지고, 행동은 허둥거렸다. 들떠있는 마음 때문이었다. 나도 모르게 옷차림은 유행을 좇기 시작했다. 책상에 앉아 있기보다는 쏘다니는 시간이 많아졌다.

마음을 추슬러 보려고 애를 써봤다. 하지만 뜨거워진 가슴이 도무지 식지 않았다. M은 내 관심과 고민의 중심이었다. 희로애락의 분기점이었다. M이 마음의 중심을 차지하고부터 심장이 수시로 뛰었다. 느닷없이 얼굴이 벌겋게 상기되기도 했다. 때로는 온몸에서 힘이 빠져나가기도 했다. 내 마음은 온통 M에게만 머물렀다.

M은 또래보다 많이 조숙했다. 그런 M에게 맞추려고 일부러 조숙한 친구들을 가까이했다. 그들의 행동을 작정하여 따라 했다. 그녀가 강한 남자를 좋아할 것이라고 넘겨짚었다. 어깨에

힘을 주어 껄렁거리며 허세를 떨었다. 공부보다도 세상에 관심이 많아야 남자답게 볼 거라는 생각에 어른 흉내를 곧잘 내고 있었다.

생각이 행동을 만든다고 했던가. 나는 점점 공부와 담을 쌓게 되었다. 자연스럽게 덩치 큰 불량스러운 친구들과 어울렸다. 이어지는 시험을 망치기 일쑤였지만 상관하지 않았다.

결국, K고교의 문턱조차 밟아보지 못했다. 내가 어릴 적부터 삼았던 목표에 먹구름이 끼었다. 그래도 내겐 별것이 아닌 듯 여겨졌다. M의 마음을 얻어 함께 사랑하며 그 속에서 미래를 찾는 것이 더 중요했다. 난데없는 나의 변화에 집안이 발칵 뒤집혔다. 부모님의 지시에 따라 나를 세세하게 살핀 누나가 그 까닭을 알아냈다. 누나는 나를 윽박지르기도 하고 달래기도 하면서 결국 우리 남매의 이사를 결정했다.

진학한 고등학교 생활에 새로운 마음으로 열중하고 있을 즈음이었다. 마치 유령을 본 느낌이었다. 내 눈을 의심하느라 다시 살폈다. M이었다. 내 등굣길 모퉁이에 돌출된 집이라 늘 봐왔던 파란 대문 집이다. M이 난데없이 그 대문을 열고 나왔다. 그러더니 나를 뚫어지게 쳐다보았다. 내가 깜짝 놀라서 동공이 크게 열리며 얼어붙었다. M은 나와는 달리 별로 놀라는 기색이 아니었다. 오히려 내 시선을 즐기는 듯한 표정으로 할 말이 있다면 무슨 말이든지 해보라는 눈빛을 던졌다. 기를 쓰고 눌러두었던 감정이 일순 되살아나 표정을 경직시키며 입술이 떨어지지 않게 만들었다. 무슨 말이라도 해야 했지만, 머릿속이 하얬다.

  M이 느릿하게 다가오며 표정과 눈빛으로 많은 말을 걸어왔다. 여러 가지 의문이 생겨났다. 잠시 다니러 여기에 온 걸까. 이사를 온 걸까. 이사를 왔다면 하필 왜 이곳으로 왔을까. 물론 M의 학교에서 가까운 지름길이 있는 곳이기는 했다. 하지만 경사가 심한 언덕길이어서 치마를 입은 여학생들이 잘 이용하지 않았다. 학교에 가려면 내가 가는 방향으로 200여 미터나 거슬러서 돌아가야 하는 멀고 불편한 등굣길이었다. 더더구나 남학생들이 주로 이용하는 골목이라서 치근거림이 수시로 일어나는 장소였다. 여학생들이 거주하기에는 적당치 않은 지역으로 소문난 곳이기에 오만가지 의문이 생겼다.

  그날 이후 거의 매일 M과 마주쳤다. 또다시 열병에 빠지지 않으려고 등교 시간을 조정해 보기도 했다. 그래도 여전히 그녀와 자꾸만 마주쳤다. 참으로 이상한 일이었다. M이 여태껏 기거하던 친척 집에서 나와서 셋방을 얻어 자취하는 이유도 궁금했고, 시골에서 전학해 온 초등학생 남동생을 보살피며 고생하는 까닭도 이상했다.

  "S 한 번만 만나봐. 응!"

그 무렵 친구 녀석 K가 만나보라고 강권하다시피 졸라대는 여학생이 있었다. K의 사촌인 S는 명문 여고생이었다. 그 학교 학생들은 공붓벌레들이어서 외모에 신경을 쓰지 않았다. 그런데도 S는 예쁘며 세련되었다. 수석을 다툴 만큼 공부를 잘했으며 집안 배경이 좋았다. 어디가 좋아서 나를 사귀려고 하는지 모를 일이었다. K의 집에 놀러 갔다가 몇 마디 나눠본 이후로 수차례나 마음을 전해오고 있었다. K의 말대로라면 나 때문에 죽을 지경이라고 했다. 아마도 내가 당하고 있는 고통과 별반 다르지 않을 것 같았다.

내 눈에도 S는 예쁘고 우아했다. 여러모로 M보다 나았다. 굳이 그녀의 단점이라고 할 만한 것이 있다면 외모와 어울리지 않는 촌스러운 이름뿐이었다. 이름만 빼면 내 이상형이라고 해도 될 만했다. 그런데도 마음이 가지 않았다.

M을 다시 본 이후로 죽을힘을 다해 마음을 다스렸다. 거의 매일 아침 얼굴을 마주쳤다. 고개를 곧추세우고 못 본 체했다. 사실 몸과 마음이 긴장되기는 예전과 다름없었다. 폭발 일보 직전인 마음을 붙잡느라고 무진 애를 쓰는 참이었다.

"M을 좋아한다며?"

느닷없이 찾아온 초등학교 동창 친구인 D가 물었다.

"웬 헛소리야?"

고민을 털어놓고 상의할 만큼 친밀한 사이다. 하지만 시골에 있을 적부터 M과 가까운 사이인 그에게 내 마음을 보여준 적은 없었다. 그런 D가 마치 내 마음을 들여다보듯이 추궁했다.

"M을 따라 이사까지 했다며?"

D의 그 한마디에 억눌렸던 감정의 봇물이 터지고 말았다. 나는 예전의 상태로 순식간에 되돌아가 더 심한 열병을 앓기 시작했다. M은 단 일분일초도 내 마음과 몸을 가만히 놔주지 않았다. 어디를 가나 무슨 일을 하든지 간에 M은 내 마음과 머릿속 앞자리를 차지했다.

나는 대학 입시에 낙방했다. M도 낙방했다는 소식이 들려왔다.

"M 언니는 청산학원 다닌대. 오빠가 어디 다니느냐고 물어서 말해 줬어."

여동생이 학교에서 돌아와 뜬금없이 전해주는 말이었다. 내 여동생과 M의 여동생이 같은 학교에 다녔다. 애써 흘려듣는 척 넘겼다. 그런데 소식을 듣고 난 뒤 참기 힘든 몸살이 생겼다.

대학 진학을 위해 죽을힘으로 견뎌내던 어느 날이었다. M이 복도 유리창 너머로 갑자기 나타났다. 내가 수업 중인 강의실을 기웃거리다가 시선을 마주치고는 쉬는 시간에 다가왔다.

"이리 옮겼어. 수업 다 끝나고 전일다방에서 보자. 알았지?"

방과 후에 보자는 말이었다. 하늘을 날아가는 기분이었다. 꿈인가 싶기도 했다. 수업이 채 끝나지 않았지만, 강의실을 빠져 나왔다. 다방 구석에 자리를 잡았다. 마음을 모두 꺼내놓고 필요하면 무릎이라도 꿇을 생각이었다.

다방 입구 저만치에서 M이 다가왔다. 광채도 함께 쏟아져 들어왔다. 그런데 심장이 덜컹거리더니 이내 시선과 입술이 얼어붙었다. 용기가 순식간에 무너져 내렸다. M은 하이힐을 신은 두 다리로 모델처럼 걸으며 다가왔다. 두툼한 입술에 분홍빛 립스틱을 바르고 환하게 웃었다. 눈이 부셨다. 또각거리는 하이힐 소리가 유난스레 크게 들렸다. 하이힐 발소리가 중무장한 군인의 군홧발 소리처럼 들려왔다. 나도 모르게 시선이 땅에 떨어졌다. 그래도 당당한 남자로 보이려고 기를 썼다. 하지만 마음뿐이었다. 그토록 꿈꿔온 기회였다. 인사말을 건네며 다짜고짜 내 마음을 털어놓겠다는 작정이었다. 그런데 M이 맞은편 자리를 두고 내 옆자리에 앉았다. 내 심장이 그만 멈추고 말았다. 입술이 열리기는커녕 온몸이 부들부들 떨렸다.

"왜 게시판에 이름이 없니?"

학원은 대학 입시 재수생을 위한 종합 학원이라서 학교에서 학생들을 다루듯 규제하고 가르쳤다. 매달 시험을 치러서 딱 하루 동안 출입구에 석차 순으로 100등까지 명단을 게시하고 있었다. 작은 글자로 갈겨쓴 명단이었다. M이 학원을 옮겨 오자마자 살피지 않았다면 알 수가 없는 일이었다. M의 말은 나에 대한 걱정이 분명했다. 그런데도 내게는 벼락을 내리치는 듯한 비난으로 들렸다. 주눅이 들고 오금이 저렸다. 그저 그 자리를 빨리 벗어나고 싶은 마음만 굴뚝같이 솟아났다.

 그날 이후 M과 학원의 한 공간에 함께 있는 것만 해도 가슴이 벅차고 떨렸다. 눈을 떠도 감아도 그녀는 눈앞에 있었다. 복도에서 마주치면 금세 숨이 막히고 긴장되어 허둥거리기 일쑤였다. 그런 내 모습은 주변 사람들조차 한눈에 알아볼 수 있을 정도여서 새로 사귄 학원 친구에게 핀잔을 듣기도 했다. 매일매일 용기를 내려고 노력했다. 하지만 소용이 없었다. 내가 부끄럽고 싫었다. M은 그 후로도 여러 차례 기회를 주었으나 나는 내 마음을 끝끝내 꺼내놓지 못했다. 근근이 대학 입학에 성공한 이후에 M과는 소식이 끊기고 말았다. 내게 이따금씩 그녀의 소식을 전해주는 D가 아니었다면 살아있다는 것조차 알지 못할 세월이었다.

*

 세월이 흘러, M은 비교적 이른 나이에 결혼했다는 소식이 들려왔다. 남편은 좋은 직업을 가졌고 잘생기고 전도가 유망하다고도 했다. M과 연락하고 지내는 친구들의 말에 따르면 무척 행복하고 여유롭게 잘살고 있다고 했다. 간혹 M이 어찌 사는

지 어떤 모습으로 변했는지 궁금하기는 했어도 일부러 찾아볼 생각은 해보지 못했다. 동창회 같은 자리에서 만날 기회가 있을 법도 했지만, 이상스럽게 한 번도 만나지지 않았다. 그런데 몇 다리를 건너 M에 관한 소식은 꾸준히 들려오고 있어도 한때의 추억으로 치부하고 말았다.

그러다가 얼마 전부터 M의 소식이 가까운 친구를 통해 자주 들려왔다. M이 내 안부를 묻기도 하고 소식을 궁금해한다는 말도 들었다. 또 우리 두 사람의 얘기가 과장되어 전해지기도 했다.

"M에게 엄청 많이 들이댔었다며?"

M이 들려준 얘기라고 했다. 다른 친구들을 만나도 비슷한 얘기를 꺼내기 일쑤였다. 나와 M을 아는 친구는 모두가 아는 사실이라고도 했다. 난 그냥 웃어넘겼다. 그 옛날의 감정은 오래전에 메말랐고 되짚어 볼 흥미도 생기지 않았다.

그러던 중에 느닷없이 이루어진 전화 통화였다. 대학 입시 재수 시절 지하 다방에서 들어 본 이후 처음으로 들어보는 음성이었다. 비록 전화 속 목소리였으나 M의 몇 마디가 금세 그때의 기분을 되살려냈다. 얼떨결에 서너 마디를 건네고 전화가 끊겼지만, 심장이 녹아내리는 것 같았다. 순식간에 30년 전 모습이 떠오르고 그때의 느낌이 되살아났다. 갑자기 M이 궁금해지기 시작했다. 그 궁금증이 불현듯 내 행동과 생각 속으로 끼어드는 일이 잦았다.

 M이 만나자는 곳은 호숫가 카페였다. 처음으로 들어가 보는 그 카페는 산속 길을 한참이나 따라 들어가 자리를 잡은 고즈넉한 곳이었다. 카페를 치장하고 있는 장식품이 대학 시절을 떠오르게 했다. 자주 드나들던 음악다방을 그대로 옮겨다 놓은 것 같았다. 하지만 M이 사는 곳과는 동떨어진 지역이었다. 성공한 남편 덕에 어딜 가나 사모님 대접을 받는다고 했다. 골프 실력이 수준급이고, 전국을 누비며 유람을 다닌다고 하니 이런 곳을 찾아내는 것은 그다지 어려운 일이 아닐 것 같기는 했다.

 붉은 태양이 호수에서 출렁거렸다. 마치 용광로 쇳물처럼 호숫물이 들끓고 있었다. 열 배나 커진 태양이 검붉어져서 서산에 허리를 걸쳐놓자 어스름이 그 틈을 비집고 들었다. 수면이 온통 노을빛으로 물들고 있었다. M이 예약해 놓은 자리는 공들여 가꾼 잔디밭 위에 있는 기묘한 모습의 정원수 아래였다. 물결 부딪치는 소리가 발아래에서 들려왔다. 호수에 물든 검붉은 햇살에 반사되어 보이는 것마다 붉었다. 노을이 드리워지자 황홀한 분위기가 만들어졌다. 카페에서 가장 좋은 자리인 듯했다.

 어스름 사이로 잘생긴 외제 승용차 하나가 미끄러져 들어왔다. 나도 모르게 자리에서 벌떡 일어섰다. 죽을힘을 다해 억눌러 놓았던 가슴이 폭탄을 얻어맞은 것처럼 너덜거리기 시작했다. 시선을 집중하여 승용차를 주시했다. 낯선 여자가 내렸다. 미용실에서 공들여 손질했을 법한 머리 모양에 명품 의상으로 휘감아 한껏 멋을 낸 차림새였다. 낯선 그녀가 나에게 미소를 띠면서 다가왔다. 길거리에서 우연히 만나게 된다면 절대로 알아보지 못하고 그냥 지나치고 말았을 M의 모습이었다.

"오랜만이야. 반가워."

내 기억 속에 간직된 모습은 하나도 발견되지 않았다. 우선 몸집이 가늘고 왜소했다. 나를 충격으로 몰아갔던 탱탱한 허벅다리가 아니었고, 둥글고 넓은 골반도 보이지 않았다. 걸음을 걸을 때 탄력 넘치는 넓적다리가 씰그러졌다가 쌜그러졌다가 하지도 않았다. 목소리에서 때가 묻어 나왔다. 표정에서는 그늘이 어슬렁거렸다.

"나 변했니?"

내가 선뜻 알아보지 못하고 머뭇거리자 눈빛에 불만을 담아 왜 알아보지 못하느냐는 듯이 물어왔다. 그리고 고개를 늘어 빼듯이 꼿꼿하게 세우고 눈을 내리깔아 나를 바라봤다. 지난날 나를 볼 적마다 늘 보여주던 동작을 애써 재현해 내는 것 같았다.

그녀의 눈은 작고 입은 하마처럼 컸다. 광대뼈도 툭 튀어나왔고 코는 왜 그리 큰지…. 히프와 가슴이 너무 커서 미련해 보였다. M에게 흠뻑 빠져서 애간장을 끓이고 있을 때 좋은 방법이 없겠느냐고 단짝 친구를 들볶았던 일이 떠올랐다. 친구는 M은 보통의 여학생보다도 미모가 떨어진다고 했다. 얼굴에 여드름이 많아 피부가 지저분하다고 하며 눈빛이 흐리멍덩하여 멍청해 보인다고 했던 그 친구 녀석의 말이 새삼스레 떠올랐다. 예쁜 곳이라곤 도무지 없는 그녀 때문에 끙끙 앓는 나를 이상한 눈으로 쳐다보며 놀려대던 말들도 생각났다.

"아니야 별로 변하지 않았어. 나는 어떠냐?"

"너는 돈 많은 사장 같다. 호호호."

"뚱뚱하다는 얘기로구나."

"요즘은 마른 사람이 돈 많고, 돈이 없는 사람이 뚱뚱하다더라."

M이 수다를 떨기 시작했다. 수십억대 부자로 산다고 했다. 돈이 많아서 행복하다는 말로 들렸다. 돈은 뭐든지 다 해 줄 수가 있다며 설레발을 쳤다. M의 말대로 돈이 행복을 가져다주기도 하고 또 모든 것을 가능하게 해 줄 수 있기는 할 것이다. 그래도 오늘만큼은 속물의 모습을 드러내 보이지 않기를 바랐다. 그 옛날처럼 티 없는 새침데기 소녀의 도도한 모습으로 찬바람이라도 일으켜 주기를 기대했다. 그런데 M은 아무 데서나 흔하게 볼 수가 있는 그렇고 그런 아줌마의 모습으로 수다를 떨었다.

"그럼 내가 날씬하다는 말이지? 하하하."

"거울 안 봐? 살 좀 빼."

"네가 나를 타박하니 우리 재수 시절이 생각난다. 그때 다방에서 나를 보자마자 100등 안에도 못 들어갔다고 뭐라고 했었잖아. 공부 안 한다며 막 그랬는데…. 또 타박을 들으니 그때로 돌아간 것 같다. 하하하. 기분이 이상하면서도 참 좋다."

"그때 내 말 들었으면 좋은 대학 나와서 지금쯤은 출세해서 떵떵거리고 있을 거야."

M의 지적이 맞기는 했다. 결과론이기는 하지만 그 당시 M에게 흔들리지 않고 열심히 공부했더라면 좋았을 것이다. 아니 그 이전인 중학 시절부터 자세를 흐트러뜨리지 않고 K고등학교에 진학했더라면 그 여세로 명문 대학에 진학하였을 것이고, 희망했던 법조인이 되어 있을지도 모른다. 지금쯤 출세를 하고 돈이 많아서 권력을 얻어 떵떵거리며 살고 있을지도 모른다.

그런데 이상했다. M의 타박이 마치 내 마음의 소리인 것처럼 들려왔다. 만약 그리되었더라면 자기가 내 아내가 되었을 것이며 함께 행복할 수 있었을 텐데, 그러지 못해 아쉽다는 말로 들려왔다.

M은 어느새 남편 자랑으로 수다의 레퍼토리를 바꾸고 있었다. 묻지도 않은 남편의 성공담을 장황하게 늘어놓았다. 잘난 아들과 며느리까지도 들먹여 자랑을 보탰다. 모름지기 돈이 많고 권력이 있는 게 곧 출세라고 강조하기도 했다. 침까지 튀겨 가며 그깟 명예쯤이야 돈 앞에서는 무용지물이라고까지 했던 것 같기도 하다.

"네 말이 맞아. 돈과 권력으로 명예도 만들 수 있어. 그래야 출세했다고 할 수가 있는 거야. 나는 남들이 다 탐내는 것에는 능력이 부족하니까 남들이 별로 탐내지 않아서 경쟁이 별로 없는 글 부자라도 되어야겠다. 하하하."

내 기대는 막연했었다. 그동안 무턱대고 좋아하기만 했지 M에 대해 아는 것이 거의 없었다.

상상 속에 전혀 있지 않았던 M의 새로운 모습을 비로소 자세히 뜯어보았다. 그윽해서 좋았던 작은 눈은 지금 보니 그냥 작고, 작은 눈꺼풀 틈새에서 새어 나오는 시선은 무척이나 끈적거렸다. 눈썹만큼이나 치켜 올라간 눈꼬리에는 굵은 주름이 여러 갈래로 생겨서 그동안 삶의 곡절을 고스란히 드러냈다. 입가에 굵게 생긴 팔자주름을 짙은 화장으로 메우기는 했어도 입술을 달싹거릴 때마다 주름이 드러나 비싼 '명품 옷'을 '그저 그런 옷'으로 깎아내리고 있었다. 내가 들뜬 모습으로 M을 만나러 간다고 했을 때 기대하지 말라며 껄껄 웃어젖히던 친구 D의 충고가 떠올랐다.

"글 부자? 그런 부자도 있니? 호호호···. 우리 건물에 세 든 사람이 미국서 학위를 따온 사람이고 책도 여러 권 썼다고 하더라. 그런데 월세를 못 내고 보증금까지 다 까먹었다. 그 사람 때문에 골치 아파 죽겠어. 호호호."

M은 한심하다는 눈빛으로 나를 쳐다보았다. 그 눈빛에 아직

도 세상을 그리 므르고 아무짝에도 쓸모없는 얘기나 지껄이느냐는 투가 섞여 있는 것만 같았다. 그녀는 덧붙일 말이 더 많은데도 그만 참는다는 표정을 지어 보였다.

"……."

나는 저절로 입이 다물어졌다. 그리고 조금 전 생각났었던, 친구의 충고가 재차 떠올랐다. 아무렇지 않은 척 너스레를 떨고 싶었다. 하지만 다음대로 바뀌지가 않았다. 그 옛날처럼 점점 경직돼 갔다.

"나 아직도 좋아하니? 호호호."

"……."

"왜 말을 못 해? 그때 나 너하고 자고 싶었다. 호호호."

나는 M이 그냥 좋았다. 그녀가 도도하지 않고 콧대가 높지 않았다면 마냥 좋지만은 않았을 것이다. 나이가 들어 할머니가 되었을지라도 콧대를 꼿꼿하게 세워 도도하게 굴어주기를 바랐다. 물론 내 바람이 터무니없을지라도 오늘만큼은 그래 주었으면 좋겠다고 생각했는데…. 그 기대가 처참하게 무너져 내리고 있었다.

어느새 카페의 넓은 정원은 어둠에 정복되어 있었다. 노을에 덮여 아름다웠던 산기슭이 자취를 감추고 발아래에서 펄펄 끓던 검붉은 물결도 차갑게 식었다. 고급 양주가 두 병이나 비워졌다. 물론 M의 거침없는 음주 또한 나의 상상을 여지없이 부쉬버리는 파격이었다.

"만났냐?"

30여 년 만에 M과의 재회를 주선한 D의 전화였다. 그런데 그의 말투와 어감이 평소와 달랐다.

"너무 오랜만에 만나는 거라 할 말이 별로 없더라. 그래서 옛날 얘기나 하다가 헤어졌어."

이런저런 일도 있었고 감회도 남달라서 할 말이 많았다. 그런데 수화기로 심각한 분위기가 흘러들어왔다. 녀석의 숨소리에서 분기가 묻어나왔다. 전혀 예상치 못한 반응이다. 귀가 쫑긋해지며 경계심마저 일어났다.

사실은 M에게 이끌려서 호텔로 갔다. 카페에서부터 계산된 유혹에 넘어간 느낌이기는 했다. 술에 취한 M에게서 싸구려 분위기가 뿜어져 나와 상쾌하지는 않았다. 하지만 내가 바라던 절호의 기회라 은근슬쩍, 못 이기는 척 따랐다. 밤을 새우고도 다음 날까지 시달렸다. 30여 년 동안이나 묻어두었던 갈망을 푸는 순간이라 설레고 벅찼다. 그러나 희열은 잠시뿐이었다. M의 노골적인 애정 표현이 오히려 불쾌했다.

"걔가 그냥 놔주지 않았을 텐데."

D의 말을 듣는 순간 심한 반발심이 일었다. M을 형편없는 여자로 간주하며 비난하고 있어서 듣고 있을 수가 없었다.

"뭐라고, 인마!"

"왜 네가 화나는데! 정작 화낼 사람은 나야."

D가 감정을 격렬히 드러내며 맞섰다. 말투와 어감이 고약했다. 마치 싸우려고 작정하는 반응이었다.

"네가 M의 애인이라도 되는 것 같다. 하하하."

내 반응이 과도하다 여겨졌다. 자칫 관계가 틀어질까 싶어 어물쩍 넘기려 던진 농담이었다. 그런데 의외의 반격이 돌아왔다.

"그래 애인이다. 어쩔래?"

마치 뒤통수를 몽둥이로 얻어맞는 느낌이었다. 전혀 예상하지 못한 대답이라서 목덜미가 얼얼했다. 금세 D의 의중이 읽혔다. 나도 모르게 심사가 뒤틀어졌다. 그래도 애써 감정을 억눌렀다.

"농담이 너무 심하다. 그만해라."

"내 말이 농담으로 들리냐?"

내가 녀석의 말에 그만 폭발했다.

"야, 이 자식! 감히 너 따위가!"

D의 말이 농담으로 들리지는 않았다. 그의 말투에서 진심이 묻어 나왔다. 하지만 두 사람의 관계를 인정하기는 싫었다. 가만히 있다가는 기정 사실이 되어서 어떻게 해볼 여지조차 없을 것 같았다. 일부러 독한 말을 골라서 얕잡아 비난했다. 그런데 녀석이 한 발짝을 더 들이밀었다.

"너야말로 꿈에서 깨라. …하기야 M이 그거 하나는 끝내주지."
 물론 내 느낌도 그다지 다르지 않았다. 특히 음탕한 싸구려 교태에 적잖게 실망했다. 설령 실망하지 않았더라도 관계를 더 끌어가고 싶지 않았다. 오히려 잘되었다 싶은 마음이었다. 그저 신기루를 보았을 따름이라고 간주하면 그만이다. 혹시 남을지도 모르는 막연한 미련까지도 지워내려는 참이다. 그런데 D가 M을 몹쓸 여자로 몰아세웠다. 순간적으로 자괴감이 일어났다. 상대가 D라서 더 기분이 상했다. M이 안쓰러웠다. 마치 내가 당하는 기분이었다. M에게 배신감이 생겼다. 하지만 그건 별것 아니었다. 내 무능이 더 아쉽고 미웠다.
"입 닥쳐. 이 개자식아!"
 좀 전에 억눌러놓았던 감정까지 가세하여 피가 거꾸로 솟았다. 그 뒤로도 한동안 욕설로 D를 윽박질렀다. 그래도 앙금은 가시지 않았다.

"M아. 나야. 그래 거기서 보자."
 M이 약속장소를 정해 문자로 알려 왔었다. 대답을 애써 미루고 있던 참이다. 그런데 내가 전화를 걸어 M의 이름을 애틋하게 부르고 있었다.

동인회 『소설작당』 자선 문제작 모음 – 07

가장무도회(This masquerade)

"리야가 나를 너무 많이 기다리게 하고
나 혼자 외롭게 하고 있어."
내 말에 그녀가 기분이 언짢은 듯 말했다.
"그럼 내가 어떻게 하라고?
아무것도 할 수가 없잖아.
당신이 한국에 있었다면 만났을 거야.
나 사랑해?"
"나도 사랑해. 사랑해도 만날 수가 없고 안 보이잖아…
나 지금 울고 있어."
술에 취한 나는 그만 화가 났다.

허여경 소설가

계간 『스토리문학』 등단, 장편소설 『진영아 괜찮아』, 단편소설집 『오후 4시의 여자』. 동인·문예지 발표작 : 「진주의 사랑」 外 다수, 서일대학 사회교육원 한글 강사 역임

가장무도회(This masquerade)

허여경

노트북을 열었다. 익숙한 듯 익숙하지 않은 모습으로 로그인을 했다. 화면 가득, 나에게 온 메시지들이 나를 기다리고 있었다.

'이곳에 오면 만날 수 있을까? 오늘 문득 당신이 생각났어. 많은 세월이 흘렀네.
너무 그립다. 함께 들었던 음악은 그대로 남아서 지금은 더욱 가슴에 와닿는데….
잘살고 있는 거지? 행복했으면 좋겠어. 이 글 보면 연락처 남겨줘.
모든 것이 진실이었어! 영원한 나의 애인 사랑해. 안녕.'

순간, 내 가슴이 요동치고 심장이 터질 듯했다. 까맣게 잊었다는 것은 거짓이었다. 아닌 척, 그녀의 빈자리를 나는 기다림으로 채우고 그녀에 대한 사랑을 깊숙이 간직하고 있었음을 확인했다. 그녀를 위해 만들었던 나의 스튜디오는 단언컨대 단 한 번도 다른 사람에게 열어주지 않았다.

단 하루도 거르지 않고 스튜디오를 확인했다. 내 스튜디오는 전 세계 어느 곳에서건 누구나 볼 수 있도록 오픈시켜 놓았고 웹 문서에서 검색이 되도록 일부러 설정해놓았다. 그것은 그녀와 나를 이어주는 유일한 끈이었다. 희망은 포기하지 않은 자에게만 실현된다는 말처럼 간절한 바람이 드디어 현실이 되었다.

연락처를 보고 나서 얼마 후 내가 전화를 걸었다.
"여보세요?"
"하이, 리야. 얼마만이야? 잘살고 있었어?"
그녀에게 나는 하고 싶은 말을 눌러가며 인사부터 했다.
"꿈은 아니지? 전화가 올 줄이야. 기대하지 않았는데, 정말 반갑다."
서로의 목소리만으로도 가슴이 절절하고 좋았다.
"리야에게 하고 싶은 말, 듣고 싶은 말이 있는데 말해 줄 거지?"
"뭐든지 다 해줄게."
"리야가 갑자기 사라지고 나서 얼마 후 나한테 전화했었지? 그때 무슨 일 있었던 거야?"
내 궁금증에 그녀가 안정을 찾은 목소리로 대답했다.

"그때 난 한국을 떠나고 싶다는 생각을 했어. 현실의 삶이 힘들어서 멕시코로 도피하고 싶었지. 나를 둘러싸고 있는 모든 것을 버리고 당신이 있는 그곳으로 도망가고 싶었어."

"이유가 뭐였지?"

"첫째는 남편하고 관계를 끝내고 싶었고, 두 번째는 당신을 사랑했어. 사랑하고도 만나지 못하는 슬픔이 나를 힘들게 했어. 세 번째는 용기를 내고 싶었어. 모험을 떠나듯이 새로운 세상으로 가고 싶었어."

"다른 일은 없었고?"

"사이버 공간에서 당신을 사랑하고부터 내가 조금씩 혼란스러웠어. 보이지 않는 캐릭터들 때문에. 실체가 있는 누군가가 모습을 드러내지 않은 채 나를 혼돈에 빠지게 했지. 아주 짧은 순간 정신이 나갔었나 봐. 정신을 차린 순간 모든 것은 현실이 아니라는 걸 깨달았어. 그 순간 다짐했어. 현실에서 살아야겠다고. 지금은 아주 좋아."

"그랬구나. 미안해."

"당신 참 멋지고 좋은 사람이야. 고마워."

고맙다는 그녀 말에 미안하고 겸연쩍은 생각이 들었다.

"고맙기는…."

그녀가 고마운 이유를 다시 말해 주었다.

"내가 전화했을 때 당신이 멕시코에 와서 같이 살자고 했으면 지금의 안정된 내 모습은 없었을 거야. 한국에서 내 자리를 만들면서 살아가는 지금이 참 좋아. 그래서 고마워!"

리야에게 내가 전화를 한 진짜 이유를 말했다.

"나 말이야. 이번에 한국에 갈 거거든. 한국 청바지 업체하고 계약 건이 있어서. 내가 한국에 가면 우리 만날 수 있을까?"

이번에는 그녀가 답을 할 차례였다. 갑자기 멕시코에 와서 살고 싶다며 그녀가 나에게 선택의 자유와 시간을 던져주었던 것처럼.

"생각해 볼게."

두 볼을 타고 흐르는 눈물을 감출 수가 없었다. 사랑의 희열을 느꼈다. 내 기억은 지울 수 없는 그녀의 흔적들을 이끌리듯 따라갔다.

처음에는 이민하는 사촌 누나 가족을 따라서 파라과이로 갔었다. 한국을 떠나올 때 나는 순진하고 숫기 없는 스물아홉 청년이었다. 낯선 이국땅에서 살아가기 위해 어떻게든 원주민들과 함께 어우러져야 했다. 축구 동호회에 가입하고 그곳 문화와 사람들에게 적응하기 위해 노력했다.

축구가 끝나고 나면 한 주점에서 뒤풀이를 즐겼고 주점은 단골이 되었다. 그곳에서 나보다 여섯 살 많은 원주민 여자가 처음 다가왔을 때 나는 몰래 도망을 쳤었다. 여자 경험이 한 번도 없었던 나에게 여자가 접근하는 것은 생경하고 두려운 일이었다.

  그러나 언어가 통하지 않는 낯선 곳에서 원주민 여자의 다정한 눈빛은 내가 조금씩 안정을 찾을 수 있도록 도와주었다. 더욱이 현지의 문화와 언어를 배울 기회이기도 했다. 주점에 자주 가면서 익숙해진 나는 점차 여자의 적극적인 리드에 따라 움직이게 되었다.

  감정과 생각과 행동이 맞춰지면서 빠르게 적응했다. 원주민 여자의 편안한 리드에 따라 순진한 나는 처음으로 여자를 경험했다. 굳이 사랑이라는 감정까지 말하지는 않았지만, 관계의 즐거움이 뒤늦게 사랑의 느낌을 일구었다. 원주민 그녀와 진정성 있는 교감은 그 이후 펼쳐진 내 사랑의 소중한 길잡이가 되었다.

  그녀와 깊어질수록 교감은 극대화되었다. 나는 섬세한 여자의 심신을 이해하고 만족시키는 방법을 배워나갔다. 아무것도 모르던 순진한 한국 청년이 파라과이 원주민 여자의 리드를 받으며 사랑의 즐거움을 알고 더불어 여자를 이해하고 배려하는 남자가 되었던 것이다.

  누나 가족과 함께 생활하던 나는 이민 6년 만에 홀로서기를 준비했다. 파라과이와 멕시코를 오고 가며 나만의 사업을 하면서 독립을 해나갔다. 청바지를 팔았다. 청바지는 비싼 가격에도 잘 팔렸다.

  사업이 커지고 늘어나면서 사업 파트너가 많아졌다. 현지 원주민들도 폭넓게 교제했다. 내 사업이 확장되는 데 결정적 역할을 해준 원주민 여자에게는 부자인 남편이 있었다. 하지만 그녀는 남편과 원만하지 않았다. 원주민 유부녀의 갈망을 내가 채워주면서 사업은 안정적으로 자리를 잡아 나갔다. 돌이켜보면 그것은 피할 수 없는 길이었던 것 같다. 낯선 이국땅에서 살아남기 위한, 생존을 위한 전략적 선택이기도 했다. 내 사업의 확장을 위해 발판이 필요했던 나에게는 일종의 중요한 비즈니스였다.

그녀와의 은밀한 만남은 007 작전 같았다. 아무도 모르는 비밀이어야 하고 현지에서 소문이라도 나면 그녀와 나의 불행은 불 보듯 뻔한 일이었다. 그래서 오히려 만남은 늘 짜릿하고 격정적이었다. 그녀의 도움은 내 사업이 자리를 잡는 데 결정적인 도움이 되었고 이민자로서 타국에서 정착하는 계기를 만들어 주었다. 그 일은 또한 평생 잊지 못할 경험 중 하나로 남았다.

이민한 지 15년 세월이 흘렀다. 마흔다섯 남자에게 필요한 것은 점점 더 부풀어 오르는 고국에 대한 향수를 달래는 일이었다. 20대 후반까지 서울에서 살았던 나는 한국 생각이 날 적마다 치킨 반 마리에 생맥주를 즐기던 저녁 한때를 떠올렸다.

그 무렵 사촌 누나가 들려준 카펜터즈의 「This Masquerade(가장무도회)」라는 노래가 새로운 의미로 다가왔다. 알 수 없는 일이었다. 아무 생각 없이 들었던 그 노래는 먼 타국에 와서 사는 내게 강한 그리움과 향수를 불러일으켰다.

고국을 떠난 그리움과 외로움을 이겨내려고 한국 사람들과 소통하는 인터넷 음악 방송에 접속하기 시작했다. 방송을 클릭하면 멘트와 함께 음악이 흘러나왔다. 멘트 중인 남자의 목소리가 들렸다.

"통기타에 청바지, 미국의 텍사스 출신 3인조 그룹, ZZ Top의 노래입니다. 「Blue jean blues」. 10월의 마지막 날 일요일 아침, 여유 있는 하루 보내시고요. 모두 행복하시기 바랍니다. 함께 청취해주셔서 감사드리고요. ZZ Top 「Blue jean blues」~! 나갑니다."

노래를 듣자마자 탄성이 나왔다. 청바지를 팔고 청바지를 즐겨 입는 나에게 딱 맞는 노래였다. 사랑에 빠진 것을 내 몸에 딱 맞는 오래된 청바지에 비유한 가사가 너무 멋졌다. 「Blue jean blues」는 곧바로 나의 애청곡이 되었다.

음악과 함께 한국 사람들과 어울리는 시간은 달콤한 휴식이었다. 나의 존재감이 충만한 시간이었다. 귀에 익숙한 한국 가요와 팝이 나오고 사람들의 대화를 보는 것으로도 충분했다. 그리고 방송 CJ가 하는 멘트를 직접 들을 수 있어서 더 좋았다. 멕시코에 사는 내가 한국에 있는 듯했다. 굳이 말을 하지 않으면 사람들은 몰랐다. 내가 외국에서 살고 있다는 것을.

세계가 인터넷으로 연결되어 있었고 선을 그어서 생각할 필요가 없었다. 오히려 한국에 있을 때보다 한국이 더 잘 보였다. 보이지 않는 가상 공간에서 사람들이 소통하고 어울리면서 나라와 지역의 개념은 중요하지 않았다. 멕시코에 거주하는 내가 한국에 있는 듯 착각에 빠져들게 하는 인터넷은 나의 외로움을 달래기에 최적의 공간이었다.

장르 구분 없이 이곳저곳을 클릭했다. 접속이 잦아지고 오래될수록 즐겨 찾는 편안한 음악 방들이 더 생겼다. 남자인 내가 여자 음악 방을 찾게 되는 것은 본능적 이끌림이었다. 'love'의 음악 방과 'happy'의 음악 방 그리고 '리야'의 음악 방을 즐겨 찾았다. 그녀들 모두 편안하게 나를 반겨주었다. 마치 내 여자들처럼 포근한 느낌을 즐겼다.

"반갑습니다. 엔도 님."

"안녕하세요? 리야 님, 잘 지냈어요?"

"네. 덕분에요. 저는 엔도 님을 오래전부터 알고 있었어요. 제가 음악방송 처음 했을 때부터 지금까지 꽤 오랜 시간이 지났네요."

리야에게서 사이버문화를 함께 즐기는 동질감과 친밀감을 느꼈다.

"그랬군요. 저는 거의 말을 안 하고 보기만 하는 잠수형이에요. 마흔다섯 살이고 저는 멕시코에 거주하고 있어요. 리야 님은요?"

"그러시군요. 외국이라고는 전혀 생각 못 해봤어요. 저는 마흔 살 가정주부입니다. 엔도 님은 결혼하신 분이죠?"

"혼자 살고 있어요."

"그러시군요. 편하게 말 놓고 하세요."

"그럼 서로 편하게 말할까요?"

"그럴까요."

5년 전 음악 방을 기웃거리고 다닐 때 그녀의 음악 방을 클릭하고 들어가면 그녀는 늘 나를 반갑게 대해주었다. 그녀와 둘만의 대화가 많아지면서 즐겨 만나게 되고 편안하게 이야기를 나누었다.

"이곳에서 사람들하고 친해지기란 한계가 있는 것 같아요. 현실이 아닌 가상 공간일 뿐이고 컴퓨터를 끄고 나면 잡히지도 보이지도 않는 그런 허무한 느낌 때문에 이곳에서 알게 된 사람을 직접 만난 적은 한 번도 없는걸요. 잠시 시간 내어 음악 들으며 나만의 취미 생활을 하는 거죠."

리야는 만남으로 연결되는 직접적인 소통을 원하지 않았다.

"그런데 엔도 님은 오래전부터 알고 있어서인지 친근하고 믿음이 가는데요? 아이디를 수시로 바꾸고 들어오는 사람들이 많은데 엔도 님은 오랜 시간을 봐서 그런지 편안해요."

사이버 소통의 한계를 이야기하는 그녀에게 내가 말했다.

"인터넷은 앞으로 영원히 사라지지 않을 거야. 리야하고 나는 언제 어디서든 소통이 되는 거지, 인터넷이 사라지기 전까지는.

내가 멕시코에 있으나 한국에 있으나 마찬가지라고 생각을 해. 결국, 눈에 보이지 않는 마음이 중요한 거지. 우리는 거리상으로도 떨어져 있어서 쉽게 만날 수가 없는 특수성 때문이기도 하지만 난, 채팅을 일회적 오락이나 게임처럼 즐기지 않아. 현실에서도 사이버에서도 똑같다고 생각해. 내 아이디와 대화명은 변할 수 없는 내 이름이지."

"마인드가 남들하고 다르군요. 그래서인지 저하고 친해질 것 같아요. 이러다가 사랑에 빠지면 어쩌지요? 만날 수 없는 애인인걸요."

"순간적인 번개 만남은 할 수 없겠지. 그런 장점이 있으니까 마음 편하게 연애해볼까?"

"그럴까요. 만날 수 없다는 것이 저에게 오히려 마음을 열게 하네요. 이곳에서 누군가를 만나는 거 원하지 않거든요. 마음으로도 충분한 그런 사랑을 해보고 싶었어요."

"우리 정말 정식으로 사귀어볼까?"

"좋아요."

"그곳 멕시코는 지금 밤인가요? 낮인가요?"

"지금은 새벽 1시를 조금 넘은 시간이야. 한국하고 15시간 정도 시간 차이가 나지."

"그러고 보니 저는 멕시코에 대해서 전혀 모르네요. 어떤 나라예요?"

"한국의 15배 정도 큰 나라야."

"새롭네요. 더 반가워요."

"「This masquerade」 신청할게."

"네, 알겠습니다."

그녀 음악 방에 나의 신청곡 「This masquerade」가 흘러나왔다. 내 신청곡을 리야와 함께 듣는 시간이 가장 행복했다. 그녀의 음악 방에서는 어김없이 「This masquerade」가 흘러나왔다. 그녀는 내가 사는 멕시코에 대해서 궁금해하며 질문을 했다.

"멕시코에서는 주로 어떤 음식을 먹나요?"

"타코가 대표적 음식이야. 난 삼겹살에 데킬라를 즐겨 마시지. 술 한잔하고 저녁에 혼자 옥상에 올라가서 바람을 쐬면 기분이 최고야. 아무것도 입지 않은 채 바람을 맞는 기분은 최고지. 안 해본 사람들은 모를 거야. 바람이 맨살에 닿았을 때 기분 좋은 감촉을."

"옷을 다 벗은 남자. 상상해보니 재미있네요. 더운 나라이니까 바람 쐬면 시원하고 기분 좋을 것 같아요. 그런데 왜 아직 혼자 살고 있어요?"

"혼자 살게 된 것은 1년 정도 되었어. 전에 함께 살던 여자가 있었어. 한국 여자였는데 3년 정도 같이 살다가 한국으로 돌아갔어."

"안타깝네요."

"그녀는 이곳에 적응하기 힘들어했어. 나는 사업하느라 밖에서 보내는 시간이 많았고 외로움에 지친 그녀가 끝내 한국으로 다시 가버린 거지."

"외로워서 어쩌나. 내 마음이 아프려고 하네요. 하하…."

"그녀와 나 역시 처음에 이렇게 인터넷 채팅을 하면서 친해졌지. 우린 서로 사랑했어. 그녀가 이곳 멕시코에 오면서 함께 살게 되었지."

"있을 때 잘하지 그러셨어요?"

리야가 나를 위로해 주면서 훈계 비슷하게 나무랐다. 그녀의 잔소리가 오히려 따뜻하게 나를 감싸 안았다. 그녀와 대화 끝에 남는 기분 좋은 여운이 나를 행복하게 했고 그녀만의 향기가 느껴졌다. 그래서인지 나도 모르게 어느 순간 리야에게 따뜻한 사랑의 감정을 느꼈다. 애인에게만 느낄 수 있는 친근함이 와닿았다.

"리야, 목소리 좀 들려줘. 듣고 싶어."

나의 부탁에 그녀가 잠시 머뭇거렸다.

"멘트 없는 음악 방인데 어쩌지요?"

"리야 목소리가 듣고 싶어."

그동안 간절한 부탁에도 그녀는 목소리를 한 번도 들려주지 않았다. 그녀가 나에 대해 궁금해하듯 나도 그녀를 알고 싶었다. 많은 시간 함께하게 되자 그녀의 모든 것이 궁금했다. 나는 확인하듯 다시 부탁했다.

"지금 나오는 곡 끝나면 멘트해줘. 기다릴게."

잠시 음악이 멈추고 그토록 듣고 싶었던 리야 목소리가 나왔다.

"안녕하세요. 반갑습니다. 처음 하는 방송 멘트라서 버벅거리게 되고, 당황스럽네요. 제가 말주변이 없어요. 멀리 있지만 이렇게 만날 수 있어서 얼마나 소중하고 다행인지 모르겠습니다. 오늘도 많이 행복하시고요. 건강한 모습으로 자주 뵙기를 바랍니다."

수줍은 리야의 짧은 멘트가 끝나고 음악이 흘러나왔다. 리야는 어색한 듯이 컴퓨터 화면에 글을 입력했다.

"적응이 안 되네요. 방송이라고 생각하니 떨리고 안 돼요. 내 목소리 어때요?"

"톤이 낮고 부드러운걸. 코맹맹이 소리도 좀 나는 듯하고. 하하…. 앞으로 멘트 좀 자주 해줘."

그토록 듣고 싶은 목소리, 드디어 리야 목소리를 들었다. 그녀 목소리가 나의 하루를 행복하게 했다.

리야의 음악 방은 나만의 아지트였다. 그녀와 더 많은 시간을 보내려고 낮과 밤이 다른 멕시코와 한국 시차를 뛰어넘었다. 나는 잠을 안자고 꼬박 밤을 지새우며 그녀와 함께 시간을 보냈다. 잠을 잘 수가 없었다. 내 컴퓨터는 24시간 열려있었다. 인터넷은 내 생활의 대부분을 차지했고 그녀는 나의 전부가 되었다.

"오늘은 이만 나가야 할 듯해요. 편히 주무시고 내일 또 만나요."

"기다릴게. 너무 많이 기다리게 하지 말고. 안녕, 잘 자."

그녀와 헤어질 때면 늘 아쉬웠다. 멀리 떨어진 거리만큼 더 애틋하고 그리움이 짙게 남았다. 24시간 함께 접속하고 머물러도 좋을 만큼 절실했다. 리야 음악 방이 다시 개설되기를 바라면서 나의 하루가 마감되었다.

리야 목소리를 떠올리면서 나는 혼자만의 뜨거움을 즐겼다. 혼자서 빠져드는 흥분이었지만 그녀의 목소리를 상상하면 내 감정은 극에 달했고 황홀한 시간을 보낼 수 있었다. 나의 머리와 가슴속에 오직 그녀만 가득했다. 한 번도 만나본 적 없는 리야는 나의 뜨거운 애인이었다.

한국에 있었으면 당장이라도 달려가서 만날 수 있었을 텐데 하는 마음이 들었다. 멕시코에서 한국으로 가려면 비행기 직항으로 14시간 걸리고 미국 라스베이거스를 경유해서 가면 17시간이나 걸리는 먼 거리였다.

멕시코에서 내 사업은 자리를 잡고 순항 중이었다. 바쁘게 일에 매달리지 않아도 될 만큼 안정적이었다. 나는 집에서 업무를 보았고 집 내부에 창고가 있어서 집은 일터이자 생활하는 장소였다. 가끔 출장을 갈 때도 노트북을 가지고 움직였다. 이동하는 차 안에서 노트북을 켜면 인터넷 접속이 가능했다. 리야는 내가 컴퓨터만 들여다보는 바보라고 생각했을지 모를 일이었지만 언제 어디서든 손쉽게 인터넷으로 그녀를 만났다.

리야가 방송 서버를 받고 음악 방을 열었다. 그녀를 기다리던 나는 곧장 달려갔다.
"세뇨리따 리야. 안녕!"
"안녕하세요. 엔도 님. 잘 지내셨나요?"
"기다리고 있었어. 리야가 나를 너무 많이 기다리게 하는데…. 이곳 음악 방 말고 네이트온 주소 알려줘."
"그러죠."
리야와 나는 음악을 걸어놓고 네이트온을 연결했다. 음악 방과 네이트온, 이중으로 대화창을 띄워놓았다.
"리야, 그 음악 알지?"
"알죠."
"다음부터 말 안 해도 내가 오면 들려줘. 그리고 멘트 좀 해줘."
"멘트하라고 하면 긴장되는데요. 지금 이렇게 마주 보면서 충분히 교감하고 있지 않나요? 나를 기다리고 있을 당신의 마음이 어떤지 느껴져요."
"알고 있어도 너무 멀리 있어서 금방 달려갈 수도 없잖아. 목소리라도 들려줘."
"알았어요. 만나지 못하니까 더 애틋하네요. 저한테는 안전장치가 되기도 하고요. 하하…."

대화 중 「This Masquerade」가 지나가고 이선희의 「알고 싶어요」가 나왔다. 노래가 끝나고 리야가 마이크를 잡았다. 나는 귀를 쫑긋 세우고 그녀 음성에 집중했다.

"오늘도 많이 반갑습니다. 서툴지만 제가 준비한 방송용 멘트 들려드릴게요. 우리는 마음속에 여러 개의 가면을 가지고 있다는 생각을 해봅니다. 공주가 아니라서 공주인 척하는 것이고, 왕자가 아니라서 왕자인 척하는 것이 아닐는지요. 누군가에게 잘 보이려는 마을 때문에 우리는 본의 아니게 여러 개의 가면을 쓰게 되지요. 로그인과 로그아웃 사이 내가 가진 가면은 어떤 것인지 생각해 보는 시간을 가졌으면 합니다. 엔도 님의 신청곡 「This masquerade」 들으면서 문득 떠오르던 생각이었습니다. 오늘도 귀한 시간 감사드리고 건강한 모습으로 다시 만날 것을 약속합니다. 안녕히…."

Lobo의 「I'd Love you to want me(날 사랑해주기를 원해요)」가 흘러나왔다. 부드럽고 편안한 리야 목소리는 꾸미지 않은 순수함을 느끼게 했다. 서툴지만 진실한 그녀 목소리를 들으면서 행복했다.

내 마음의 움직임이 어디로 향할지 알 수 없었다. 멕시코에 사는 내가 리야가 있는 한국으로 날아가는 상황이 올지도 모른다는 생각이 불현듯 스쳐 지나갔다. 리야, 나의 사랑 그녀를 만나기 위해서 내 가음이 변할 수 있다고 처음으로 생각했다. 사랑의 힘이란 오묘하고 신비로웠다. 미래를 알 수 없었으나 그 순간만은 더없이 행복하고 그 사랑의 감정을 충분히 즐기고 싶었다.

백두산의「너를 기다리네」, 봄여름가을겨울의「또 하나의 내가 있다면」, 김종환의「너의 빈자리」… 내가 좋아하는 음악을 잇달아 신청했다.

"파일이 준비되는 대로 들려드릴게요."

나는 음악으로 내 마음을 표현했고 리야의 음악 파일은 내 신청곡으로 채워졌다. 그녀와 나는 전날 들었던 음악을 다음 날 또 듣고 그다음 날 또 들었다. 많은 음악을 함께 들었다. 그녀와 함께 듣는 음악이 소중한 추억으로 쌓였다.

네이트온 대화는 실시간 언제라도 가능했다. 음악 파일과 사진 파일을 주고받기가 수월했다. 그녀에게 더욱 가깝게 다가갈 수 있었다. 멕시코 원주민 남자친구가 우리 집에 놀러 왔을 때 즉석에서 찍은 사진을 리야에게 보냈다. 믿을 수 있는 원주민 내 친구라고 리야에게 소개하고 원주민 친구에게도 리야를 소개해주었다. 나의 애인이라고.

축구 동호회원들과 찍은 단체 사진과 바닷가에서 찍은 사진도 보냈다. 사진 중에서 거친 파도에 대항하는 남성미 넘치는 내 모습을 골라서 보냈다. 나의 남자다움을 어필했다. 사람들은 내가 테니스 선수 이형택을 닮았다고 말했었다. 사진으로 리야를 보았다. 긴 생머리에 동그란 눈이 예뻤다. 리야를 보고 난 후 내 마음은 더욱 설렜다.

사랑으로 물든 내 가슴이 점점 타올랐다. 나의 주파수는 온통 저 멀리 나의 고향 한국에 있는 리야에게 집중됐다. 그녀에게 집중할수록 하고 싶은 말이 늘었다. 한국을 떠나 낯선 이국땅에서 겪어야 했던 피할 수 없는 경험을 그녀에게 들려주었다. 타국 문화에 젖어서 살아왔던 지난 15년간의 내 삶을 그녀에게 고백했다.

나도 모르게 작용하는 내 영혼의 갈증이었을까. 채워지지 않는 목마름을 그녀에게 고백했다. 내 안의 것들을 그녀에게 쏟아놓을 때 희열을 느꼈다. 내 가슴속 이야기를 리야에게 털어놓을수록 나는 존재의 이유를 느꼈다. 낯선 타국 문화임에도 한국인인 그녀가 이질감과 거부 반응 없이 들어주었다.

"많이 외로워 보여. 그리고 컴퓨터를 너무 많이 보고 있는 것 같아. 나는 이제 운동하러 갈 시간이야. 어쩌지?"

접속을 끊고 나가려고 하는 그녀에게 내가 말했다.

"나 혼자 두고 운동하러 가는 거야? 안 가면 안 돼?"

"함께 탁구 치는 분하고 약속했어."

"그럼 할 수 없지."

"안녕."

"안녕."

이튿날 리야 음악 방이 열렸다.

"안녕, 잘 잤어?"

"응."

"난 며칠 동안 잠을 못 잤더니 머리가 몽롱하네."

"잠도 못 자고 어쩌지. 가서 좀 쉬어."

"지금 쉬고 있어."

경쾌하면서 감미로운 음악이 흘러나왔다. 리야가 선곡한 음악을 들으며 마음의 휴식을 찾았다. 경쾌하게 때로는 조용하게 클래식 연주곡으로 그녀의 감성을 느꼈다. 익숙한 그녀 음악을 듣던 내가 말했다.

"매일 트로트만 들을 수는 없잖아?"

"파일이 없어. 내가 가진 것만으로 음악을 선곡하니까. 하루에 50곡 정도 올려놓으면 세 시간 정도 듣는데 우리는 세 시간이 넘게 들으니까 같은 곡 반복으로 들을 수밖에. 순서만 바꿔서 듣고 또 듣는 거야. 새로운 음악 있으면 들려줘."

그녀와 함께 듣는 음악으로 섬세한 공감대를 나누고 싶었다. 음악은 오작교가 되어 그녀와 나의 공간을 오가며 이어주었다.

리야에게 들려주고 싶은 음악이 많았다. 내가 한 번도 해보지 않은 시도를 하고 그녀와 나를 위한 내밀한 공간을 만들었다. 인터넷 개인 음악방송을 개설하고 음악을 선곡했다. Cristian

Castro의 「Amarte a ti(널 사랑하기 때문에)」. 부드럽고 감미로운 곡으로 시작했다. 사랑으로 물든 내 음악 방에 사랑하는 그녀가 노크했다.

"똑똑똑…. 들어가도 되나요?"

"뭐 해. 빨리 안 들어오고."

그녀를 기다리던 내가 소리쳤다. 수줍게 내게 오는 그녀에게 나는 단호하게 말했다. 그녀가 나에게 와서 안기는 포근한 느낌이었다. 내 가슴을 떨리게 하는 리야가 언제나 상큼하고 좋았다.

언제인가 그녀가 쓰고 있다는 향수를 적어놓았었다. '랑방 잔느 오드퍼퓸'. 그녀가 사용하는 향수가 내 곁에서 그녀를 가까이 느끼게 했다. 시간이 지날수록 연인들만 나누는 대화를 망설임 없이 주고받았다. 리야는 내 마음을 진심으로 받아주었다. 신체에 관한 이야기나 속옷에 관한 이야기도 다 들어주고 맞장구를 쳐주었다.

리야의 취향과 성격 모두 편안하고 좋았다. 그녀의 아주 작은 흔적까지 놓치지 않았다. 그녀는 나의 진심을 알고 있다고 하지만 나는 그녀가 알고 있는 것보다 훨씬 더 진지했고 진실했다.

때로는 문자를 통해서 야한 말도 주고받았다. 내가 만지고 싶고 입 맞추고 싶은 마음을 구체적으로 묘사하기도 했는데, 리야는 당황하지 않고 맞장구를 쳐주었다. 때로는 그러다가 그녀도 참지 못하고 사랑의 감정을 쏟아내기도 했다.

"나 사랑에 빠진 거 같아. 사랑에 빠져서 어디로 튀게 될지 몰라. 우린 서로 만나지도 못하잖아. 사랑의 감정은 충만한데 만날 수가 없잖아."

내가 진지하게 말했다.

"내가 한국에 가게 되면 리야가 경비를 내고, 리야가 멕시코에 오면 내가 경비를 모두 낼게. 어때?"

"좋아."

그녀와 나는 웃었다. 함께 있는 시간이 흐르고 있다는 사실을 잊었다. 감미로운 음악과 사랑하는 연인과… 내 인생 최고의 시간이었다. 내 영혼에 사랑으로 충만한 인생의 한때를 보내고 있었다.

나는 우리가 정말로 만날 수 있을 거라는 생각을 했다. 그녀가 생각하는 것보다 훨씬 더 진심이었고 내 마음에 충실했다. 하지만 나의 진심을 그녀는 전부 다 알지 못했다.

"너무 보고 싶은데 만나지 못해서 어쩌지?"

"뭐, 이렇게 살아야 할 팔자라고 생각해."

"안타깝다. 그곳에서 진짜 애인 구해봐. 나하고 백 번, 천 번 말로 키스하고 사랑해도 모두 현실이 아니잖아. 단지 글을 쓴 것뿐이잖아. 이루어지지 않는 사랑이잖아. 눈에 안 보이고 손에 잡히지도 않는."

그녀의 말처럼 만져지는 것은 아무것도 없었다. 얼굴을 마주하고 눈을 볼 수가 없었다. 입 맞추고 싶지만 할 수 없고 손을 잡고 싶지만 잡을 수 없었다. 그저 컴퓨터 화면을 앞에 두고 사랑의 감정을 나눌 따름이었다.

생각을 달리하기로 하면서 조금 좋아지긴 했다. 보이는 것이 전부가 아니라는 사실에 집중했다. 보이지 않는 마음의 움직임이 더 중요하다고 생각했다. 그러다 보니 정신적 교감이 더 좋다는 걸 알게 됐다. 나는 한국인 남자이고 한국인인 그녀는 내 영혼을 달래주는 안식처였다. 원주민 여자들과 잠시 황홀함을 경험하는 것으로는 정신적 안락함을 얻지 못했다. 오히려 이방인이라는 숙명적인 낙인만 깊은 흔적으로 남았다.

한국에서 멀리 떠나와 사는 나는 정신적 허기를 심하게 느꼈다. 이방인이 되어 뿌리 깊은 마음속 허기와 그리움이 덧내는 외로움을 채워야 했다. 된장찌개와 산나물이 먹고 싶었다. 나는 부인하려야 할 수 없는 한국 남자였다.

리야는 내 마음을 이해할 수 있을 거라는 믿음이 생겼다. 무엇보다 편안하게 내 이야기를 들어주었으니까. 마치 오래된 청바지를 입었을 때처럼 그녀는 편안했다.

인터넷 가상 공간이지만 인간의 본성은 그대로 노출되었다. 가상 공간은 오히려 현실에서 드러내놓을 수 없는 사람의 감정을 극대화할 수 있는 공간이었다. 내가 원하는 이미지를 만들고 이미지의 느낌을 따라 감정이 흘러갔다.

문득 가상 공간이 만들어낸 이미지가 현실로 이어졌을 때 한순간 모래성처럼 무너질 수 있다는 위기감이 들었다. 그런 이유 때문이었을까. 완벽성을 생각해 보았다. 보이지 않는 정신적 사랑을 탄탄하게 더 다지고 싶었다. 그녀와 가상이 아닌 현실적 만남이 이어졌을 때 더 깊은 사랑으로 발전될 가능성에 무게를 두었다. 나는 그녀에게 정신적 교감으로 매우 깊이 있게 열중하며 다가갔다.

이제는 음악보다 만남이 더 뜨거웠다. 음악을 듣지 않아도 사랑의 감정이 달아올랐다. 리야와 마주하고 있는 네이트 대화는 더욱 불타올랐다.

나는 그녀에게 내 발 사진으로 찍어서 보냈다. 순간 그녀가 반응했다.

"깜짝이야!"

"내 발 이렇게 생겼어. 리야의 발도 보고 싶어. 사진 찍어서 보내줘."

"안 해."

나는 다시 내 종아리를 찍어서 보냈다. 말없이 지켜보던 그녀가 말했다.

"덥다. 더워. 얼굴이 빨개졌어."

"사랑해."

그녀에게 가슴 뜨거운 내 진심을 마음으로 표현했다.

　그녀 음악 방에 오래전부터 보았던 다른 남자가 있었다. 조나단. 리야가 나를 위한 방송 멘트를 할 때도 조나단은 그녀 방송을 클릭하고 나와 함께 들었다. 긴장한 듯 리야의 목소리가 사무적으로 들렸던 이유는 나 혼자 듣는 방송이 아니기 때문이었다. 삼각관계처럼 리야와 나 조나단이 야릇하게 엮이고 있었다.
　다른 남자와 함께 있는 리야 음악 방에 일부러 들어가지 않고 지켜보기만 했다. 3시간이 훌쩍 지나갔다. 내 안에서 가상 인물이 꿈틀거리면서 나오려고 했다. 나는 내 의식 속에 맴돌던 가장무도회에 대한 환상을 게임처럼 즐기고 있었다. 온라인 세상의 또 다른 내가 가상 인물을 만들어내기 시작했다. 그는 또 다른 나의 모습이었다. 내가 만든 인물이 그녀에게 나의 메시지를 효과적으로 전달해주기를 바랐다.
　가장무도회는 세상에서 가장 스릴 있는 놀이라는 생각이 들었다. 무엇보다 다른 사람들의 눈을 가리고 숨겨진 마음을 파헤치는 신비한 매력이 있었다. 가면을 쓰면 나도 몰랐던 내 본성이 활활 타올랐다.
　모나리사라는 이름의 여자 캐릭터를 만들어 변장한 내가 그녀 방에 들어갔다. 그녀와 조나단이 나의 분신 모나리사에게 인사했다.

"어서 오세요. 모나리사 님."

"반갑습니다. 모나리사 님."

가면 쓴 내가 말했다.

"반겨주셔서 감사합니다. 저쪽 귀퉁이에 찌그러져서 조용히 음악이나 듣겠습니다."

모나리사와 인사를 나눈 조나단이 말했다.

"저는 나가볼게요."

조나단이 나가고 침묵이 흘렀다.

"즐감하고 갑니다."

나의 아바타 모나리사가 그녀 방에 적응하지 못하고 벗어났다. 변장한 내가 대화 도중에 나를 드러낼까 봐 뭐라고 말을 해야 할지 조심스러웠다.

리야가 다른 남자와 어울리는 것이 싫었지만 지켜보았다. 그러나 질투라는 감정이 내 안에서 가면을 쓰게 했다. 내 안의 또 다른 내가 가면을 쓰고 모나리사라는 가공의 인물을 창조했다. 내 입맛에 맞는 캐릭터를 만들고 그녀 마음을 확인하려고 했다. 어쩌면 그녀가 좋아할 만한 빅 데이터를 찾고 내가 원하는 모습을 보여주고 싶었을 터였다. 그녀에 대한 나의 사랑이 크고 깊어질수록 가장무도회를 떠올렸고, 몰입했고, 집중했다.

내 감정의 회오리바람이 휘몰아쳐 감당할 수 없을 때면 가면을 쓰고 연극 무대에 올라갔다. 나는 무대 위 배우처럼 감정을 드러냈고 감정은 사건 자체가 되었다. 연극 무대의 대본은 나에게 휘몰아친 심각한 상황이었다. 무대를 내려온 후 밀려드는 허무함은 고스란히 내 몫이었다.

그녀와 달콤한 밀어를 나누며 봄, 여름, 가을, 겨울을 보내고 또다시 해가 바뀌었다. 만날 수 없는 거리감은 복잡한 상황으로 이어졌고 가상 공간을 벗어난 그녀가 나를 얼마나 생각하고 있을지 늘 궁금했다. 가상이 아닌 현실에서 그녀 마음이 어디쯤 가고 있는지 궁금했다.
네이트온에서 매일 만나고 사랑이 깊어질수록 나의 외로움도 깊어졌다. 술에 의지하지 않으면 견딜 수가 없었다. 취한 내가 그녀에게 말했다.
"리야가 나를 너무 많이 기다리게 하고 나 혼자 외롭게 하고 있어."
내 말에 그녀가 기분이 언짢은 듯 말했다.
"그럼 내가 어떻게 하라고? 아무것도 할 수가 없잖아. 당신이 한국에 있었다면 만났을 거야. 나 사랑해?"
그녀가 내게 묻는다.
"말이라고 묻는 거야?"
"나도 사랑해. 사랑해도 만날 수가 없고 안 보이잖아… 나 지금 울고 있어."

가장무도회(This masquerade)

울고 있다고 말하는 리야에게 아무 말도 하지 못했다. 술에 취한 나는 그만 화가 났다.

"컴퓨터를 확 부숴버릴까 보다."

나도 울었다. 술에 흠뻑 취한 나는 그대로 잠이 들었다. 다음 날 아침까지 컴퓨터 화면이 그대로 켜져 있었다. 다음 날 리야가 말했다.

"말이 없길래 화난 줄 알았어."

"술 취해서 그대로 잠들었어. 컴퓨터도 아침까지 켜져 있었어."

예전보다 말이 줄어든 나를 보며 그녀가 조심스럽게 물었다.

"힘들면 이제 그만하자."

그녀의 말에 나는 정말로 화가 났다. 말없이 침묵했다. 무거운 침묵이 오래도록 이어졌다. 나의 침묵에 어쩔 줄 몰라 하며 리야가 계속 물었다.

"왜 말이 없어? 화났어?"

나는 아무 말도 하지 않았다. 나의 침묵을 바라보는 그녀가 한참이 지나서 조심스럽게 말했다.

"무서워."

화면을 사이에 두고 신경전을 벌였다. 마치 옆에 있는 듯 착각을 했다. 섬세한 그녀의 감정이 고스란히 마음으로 전달되었다.

조나단이 그녀 옆에 머무르는 시간이 많을수록 나는 변장을 하고 그녀를 만났다.

"반갑습니다. 카리스마 님."

"누구를 기다리고 있나 봐요?"

"음악 듣는 거 좋아해요."

"음악 좋아하면 혼자 조용히 들으면 되는데 애인이 필요하군요. 애써 감출 필요 없어요. 님도 그저 그런 사람 같네요."

가면 쓴 내 안에서 거름 장치 없는 감정이 회오리치고 리야에게 아픔이 될 말을 남기고 말았다. 변장한 나의 말에 그녀는 아무 말도 하지 않았다.

침묵과 정적이 흐르는 그녀의 방을 나왔다. 내 사랑의 집착과 갈등으로부터 시작된 가장무도회가 혼란을 줄 것이라고는 생각하지 못했다. 가상에서 일어나는 일이 그녀에게 상처가 될 것이라고도 예상하지 못했다. 다만 그녀가 휩쓸리지 않기를 바랄 뿐이었다. 컴퓨터 화면 속에 있는 그녀를 화면 밖으로 꺼낼 것인가 하는 고민은 언제나 나의 몫이었다.

어떤 애착의 끝에서 길을 잃게 될 것인지, 그녀와 나의 사랑이 결실을 만들어 가면을 벗고 나설 수 있는 때가 올 것인지 헷갈렸다. 영원이란 존재하지 않고 사라지는 것이라고 했던가. 바람이 몰고 간 이야기들은 허무함이 되어 가끔은 울 것이다. 뜨겁고도 차가운 사랑의 가장무도회에서 감정의 변화가 드러나지 않는 내 가면은 세상에서 제일 단단히 붙어있어야 할 것이다.

가장무도회(This masquerade)

가면 뒤에서 흔들리고 있는 내 감정을 지탱할 수 있는 건 오로지 두꺼운 가면이 있기 때문일 따름이었다.

외로운 게임 안에서 가면 없이 맞이할 그날까지 내 가슴을 뛰게 한 나의 가면을 자주 어루만질 것이다. 뜨겁고도 차가운 손끝을 부들부들 떨면서….

격렬함 뒤에 남는 허무함이 찾아왔다. 뜨겁게 사랑의 감정을 불태웠던 리야와 나는 겉돌았다. 그녀는 조나단과 다른 남자들과 어울렸다. 나도 다른 여자들과 시간을 보냈다.

"Coffee 여자 방에 자주 가던데 그 여자하고 어떤 사이야?"

리야에게 메시지가 왔다. 나는 감정을 빼고 건조하게 대답했다.

"아무 사이도 아니야. 모르는 사람이야."

리야가 나를 의심의 눈길로 지켜보고 있음이 분명했다. 그리고 점점 나의 시야에서 벗어나더니 얼마가 지났을까, 그녀가 사라졌다. 함께 있던 조나단도 보이지 않았다.

내 가슴속 두근거림과 머릿속 의심이 잦아들고 열망으로 집중되었던 시간이 안녕을 고했다. 이제 나만의 가장무도회는 끝이 났고 나의 마음속 그림자가 되어 잊을 수 없는 시간으로 남았다.

리야가 빠져나간 자리에는 비어있는 아픔이랄까, 깊이를 알 수 없는 고독이 밀물이 되어 밀려들었다. 그 누구도 대신할 수 없는 존재의 흔적, 말로 설명할 수 없는 허전함으로 한동안 깊은 몸살을 앓았다.

리야에게 집중했던 지나간 수년 동안 나는 언제나 한자리에서 기다리고 기다리는 사람이었다. 그리고 아주 느리게 예열이 되었고 잘 식지 않는 사람이었다. 리야를 영영 잊지 못할 것을 예감했다.

ZZ TOP 「Blue jean blues」를 다른 음악 방 여자에게 신청곡으로 주문했다.

> 나는 내 사랑에 무작정 뛰어들었어.
> 마침내 내 오래된 청바지를 찾았어.
> 내가 진작에 내 청바지를 찾았다면,
> 나는 얼마나 행복했을까….
> 왜냐하면, 내가 청바지를 얻었다면
> 그래, 그녀가 그걸 집으로 내게 가져올 거야…

음악을 들으며 허전한 내 마음을 달래보았다. 한동안 정리되지 못한 가슴속 공허함이 끈질기게 나를 따라다녔다.

나의 가장무도회 제목은 '뜨겁고도 차가운 사랑'이었다. 환상을 동경하고 현실을 살아가는 그런 맛이었다. 가상 캐릭터는 어디까지나 현실이 아닌 가상 공간에서 일어나고 사라지는 존재였다.

 가상 공간에 있는, 완벽해 보이는 사람들의 삶과 현실을 사는 사람들의 삶이 오버랩 되었다. 결국, 가상현실이 일상으로 다가오는 영향은 거부할 수가 없다. 그러면서도 여전히 제한된 현실에 살고 있음을 깨닫고 있어야만 한다.

 리아에게 보내는 나의 메시지가 전달되었을까? 끝을 알 수 없는 외로운 게임 속에서 무엇이 남게 될 것인지. 그녀를 사랑하고부터 그녀를 향한 나의 메시지는 끝내 답을 찾지 못했다.

> 이 외로운 우리의 게임이
> 정말 행복한가요,
> 해야 할 말을 찾고 있지만
> 보이지 않네요.
> 그래도 이해는 해요.
> 가장무도회에서 길을 잃었어요.
> 우리는 둘 다 멀어졌다는 말을
> 두려워하죠.
> 출발할 때는 서로 가까웠는데,
> 끝났다고 말하려고 하지만
> 말문이 막혔네요…

리야로부터 전화가 걸려왔다. 그녀가 사라지고 나서 1년이 지난 후였다.

"나, 멕시코 가서 살고 싶어."

짧은 순간 많은 생각을 했다. 그렇지만 나는 침착하게 대답했다.

"여기 오면 관광은 시켜줄 수 있어."

그 순간 서로 아무 말이 없었다. 잠시 후 울먹이는 목소리로 리야가 다시 물었다.

"거기 가서 살면 안 될까?"

"사는 것은 안 돼."

내 말에 실망한 리야가 짧게 대답했다.

"알았어."

전화가 끊어졌다. 그녀의 목소리는 불안하고 어딘지 쓸쓸한 분위기였다. 울먹이는 리야 목소리가 길고 오래도록 아픈 여운으로 가슴에 남았다.

선택해야 하는 순간은 짧았다. 리야는 내가 사는 멕시코에 와서 적응을 잘해줄 것인지, 한국에 사는 것이 옳은 것인지. 나는 단번에 답할 수가 없었다.

동인회 『소설작당』 자선 문제작 모음 – 08
퉁가리

읍내 시장에서 장을 봐서 저희들이 최고의 만찬을 만들겠으니
이별 파티를 한번 해보자는 제안이었다.
퉁가리는 호탕하게 웃으며 농을 던졌다.
"뭐 내가 예수도 아니고 누가 날 잡으러 오는 것도 아닌데,
느닷없이 무슨 최후의 만찬이냐?
누구 날 팔아먹을 작자가 이 중에 있나 보다.
감히 어느 누가 퉁가리의 존재를 부정하려고 하는 게냐?"
주위를 둘러보자 모두는 박장대소하며 뒤집어진다.

이성직 소설가

2007년 『시와 창작』 등단, 시와 창작 문
학상 · 한빛 문학상 수상, 동인 · 문예지
발표작 : 「묻지도 생각지도 말고」 외 다수

퉁가리

이성직

  한파가 쏟아진 들녘에는 며칠째 내린 눈이 수북이 쌓이고 간밤에 먹이를 찾아 내려온 산짐승 발자국들이 듬성듬성 찍혀있다. 무엇이 서러워 앵앵거리는지 양철 지붕 추녀 끝을 올려다보던 퉁가리는 허리춤을 다잡아 매며 긴 호흡을 내쉰다. 매서운 바람은 코끝을 스치고 아리도록 매운맛에 눈물이 핑 돌아 눈을 감았다가 뜨니 하얗게 덧칠한 밭 가운데 듬성듬성 박힌 배추가 솜사탕처럼 부풀어 올랐다. 지난가을 시세가 폭락해 팔지도 못하고 억장이 무너져 갈아엎지도 못한 채 그대로 굳어버린 모습들이 차츰 자연에 동화되어 이젠 농촌 들판의 친숙한 눈요깃거리가 되었다. 물끄러미 쳐다보던 시선이 어느 한 곳에 머무르자 갑자기 생기가 돈다. 성큼성큼 내딛는 발걸음이 가볍다. 조립식 패널로 지은 엉성한 창고에 들어서서 끄집어낸 마대 자루에 올망졸망 고구마가 가득하다.

드럼통을 반으로 잘라 만든 화덕을 창고 곁으로 끌어와 화톳불을 피우고 엉거주춤한 자세로 매캐한 연기를 피해 고개를 살살 돌린다. 어느 정도 불꽃이 일자 알루미늄 호일에 고구마를 싸서 입을 쩍쩍 벌리며 달려드는 불을 피해 장작 위에 주섬주섬 내려놓는다. 동작보다 생각은 언제나 빠른 법, 서둘러 부실한 사과 상자에 널빤지를 얹어 채비한 다음 김치를 내오고 제사 때 남겨둔 정종을 찾아내니 그럴듯한 소반이 되었다. 한시름 놓고 입맛을 다시며 내달리는 경주마처럼 코를 벌름거리고 불 곁을 지키는데 저 멀리 밭머리 한길 쪽에 때아닌 기척이 있다. 찌푸렸던 하늘에 서서히 흩어지는 눈발은 다시금 아우성치기 시작하는데 뭐가 그리 다급한 일이 있는지 스타렉스 승합차 한 대가 갈지자 행보로 지쳐나간다. 아앗! 저거, 저러다가…! 언제나 그렇듯이 눈앞에 그려진 그림보다 상상은 흥미롭다. 불길한 일이든 아니든 예견을 하고 그 예측이 적중할 때 희열은 배가 되는 법, 숨 가쁜 사태를 유심히 관찰하며 순간을 기다린다.

아니나 다를까, 미친 듯이 발작하던 승합차는 가로수를 들이받고 도로를 이탈해 도랑에 쑤셔 박힌다. 끼이익, 쿵, 바릉바릉, 푸르륵 푸르륵……. 드디어 단발마의 비명은 사라지고 혼비백산한 삼삼오오 무리가 양철 곽에서 쏟아져 나온다. 얄궂은 알록달록 차림새는 외지인이 분명한데 하필이면 산골 구석 쪽으로 어인 행장을 꾸렸는지 아리송하다. 생각을 보낼 겨를도 없이 서

너 명의 처자들이 길바닥에 주저앉는다. 안절부절못하는 몇몇 일행은 승합차의 앞뒤를 맴돌며 장탄식을 쏟아낸다. 이쪽에서 보고 있는 것을 알아채곤 고개를 들어 시선을 던지고 손짓을 하며 알아먹기 힘든 애매한 구원의 신호를 보낸다. 짐짓 모른 체할 수도 없어 손을 들어 흔드니 뛸 듯이 기뻐한다. 나대고 쌍수를 들어 흔드는 것이 그들이 세상 경험 부족한 아이들이란 것이 한눈에 들어찬다.

서둘러 고구마를 꺼내놓고 밭 가운데를 가로질러 내달린다. 쌓인 눈이 발에 채어 걸음은 더디고 황급한 마음에 사지를 뒤흔들며 지쳐나가자니 숨이 턱밑에 찬다. 매서운 바람에 흐트러지는 눈발 가쁜 호흡에 기차 화통처럼 허연 김을 내뿜으며 씨근덕거리니 엄동설한 동장군도 무색해 뒤로 나자빠질 지경이다.

우둑거리는 어깨를 추스르며 가까이 다가서 보니 충돌의 충격에 나뒹군 여자아이들은 반쯤 널브러져 있고 남아 있는 몇몇도 상태가 정상은 아니다. 쭈뼛거리며 서성이는 몇몇을 지목한다.

"이곳에 이러고 있으면 추위 때문에도 안 된다. 일단 저기 있는 우리 집으로 가자. 걸을 수 있는 사람은 아픈 사람을 부축하고 나를 따라 천천히 이동하자. 도저히 움직일 수 없는 사람은 교대로 업어서 데려갈 테니 먼저 얘기해라."

다급하지만 묵직한 소리로 물었더니 거듬거듬 일어나서는 하나같이 부축해주면 걸어가겠다고 대답한다.

패잔병처럼 뒤섞여 삼삼오오 절룩거리며 마당에 들어설 즈음 화톳불이 사그라지고 있다. 황급히 방문을 열어젖혀 아이들을 들어가라고 이르고는 화덕에 나무를 집어넣는다. 장작들이 금세 혀를 날름거리며 불길을 뿜기 시작한다. 어딘가 몸이 아프다는 몇몇을 방에 눕히고 화덕에서 고구마를 꺼내며 어디서 오는 길이며 어디로 가는 것이냐고 묻는다. 영덕 강구항으로 해돋이를 보러 가는 길이라고 한다. 서울에서 내려오다 속리산에서 머물렀고 상주를 거쳐서 내려가려고 한다는 것이다. 눈 쌓인 속리산에 뭘 볼 게 있다고 갔느냐고 하자 충북 알프스에 있는 콘도에 여장을 풀고 사진 촬영을 했으며 몇몇이 어울려 작품을 만들고 있다고 한다. 자동차 보험회사에 빨리 전화하라고 하자 벌써 했는데 눈 때문에 사고신고가 많아서 견인차가 출동하려면 두 시간 정도 기다려야 한댔다는 대답이다.

　일단 아픈 사람 상태를 봐서 응급치료라도 하고 추위를 녹인 후 경운기를 끌고 가서 차를 빼낸 후 다시 생각해 보자고 하니 몇몇이 고맙다는 말과 함께 방으로 들어간다. 화덕에서 꺼내놓았던 고구마와 김치를 쟁반에 올려 방문을 열고 건네준다. 아이들은 생글생글 웃으며 크게 다친 사람은 없는데 운전하던 아이가 발목이 약간 삐어서 거동이 불편하다고 한다. 그건 한약방에서 침 몇 번 맞으면 되므로 크게 걱정 안 해도 된다고 하자 서로 마주 보고 웃는다. 차를 꺼내러 가야 하니 몇 명만 따라오라고 하자 건장한 체구의 두 명이 선뜻 나선다. 창고에 걸어둔 와이어 로프를 풀어 경운기에 싣고 승합차 곁으로 다가선다. 처박힌 차는 앞바퀴 한쪽이 도랑으로 파묻혀 차 바닥이 지면에 닿아있다. 머뭇대는 일행을 둘러보며 소리친다.

"이건 그냥 끌어서는 안 나온다. 바퀴를 들어 신발을 신겨야 한다."

신발 이야기를 못 알아들은 아이들은 잠시 어리둥절한 표정이다. 걱정하지 말고 지켜보라며 안심시킨 후 경운기를 되돌려 마당에 들어선다. 창고에 들어가 유압잭을 챙기고 두툼한 널빤지와 통나무 토막 한 다발을 주워 싣고 재차 한길로 나선다. 그새 내린 눈발에 도로는 보이지 않고 하얗게 쌓인 눈만 솜이불처럼 여기저기서 펄럭거리고 있다. 준비해온 장비를 내린 후 유압잭으로 차량을 들어 올린다. 그리고는 바퀴 밑에 널빤지를 깔고 널빤지 밑의 벌어진 틈 사이에 통나무를 밀어 넣어 단단히 고정한다. 승합차에 들어가 브레이크를 풀고 기어를 중립에 놓은 다음 승합차 뒤꽁무니에 와이어로프를 걸어 경운기 적재함에 묶어 맨다. 경운기 시동을 걸고 천천히 잡아당기며 출발하자 강아지가 주인 따라오듯 수월하게 따라 나온다. 감탄을 연발하며 환호하는 일행을 멋쩍게 바라보다가 승합차에 올라 시동을 거니 별 탈 없이 엔진이 돌아간다.

경운기를 몰고 갈 테니 승합차를 끌고 살살 따라오라고 이르자 운전면허가 없다고 주춤댄다. 이런 낭패가 따로 없다. 12인승 승합차 운전자는 한 명인데 발을 삐어 운전을 할 수가 없고, 몇몇은 면허가 있긴 한데 하나같이 2종 오토면허라는 것이다. 하는 수 없이 걸어 나와 승합차를 마당에 끌어다 세우고, 보험회사에 전화를 걸어 사후 처리를 했으니 출동하지 말라 하라고 이른다.

일행 중 한 명이 오늘이 십이월 말일이라 지금 출발해야 내일 아침 새해 해돋이를 볼 수 있는데 무면허로 차를 운행할 수도 없고 무슨 방법이 없겠느냐고 물어온다. 이거야 원 물에 빠져 건져 놓으니 내 보따리 달라는 경우가 따로 없음이다. 그래도 그냥 개기고 있을 수만은 없어서 발 다친 운전기사를 일단 병원에 데리고 가기 위해 경운기에 태워 읍내로 향한다.

다행히 한의원이 문을 열고 있어서 침 맞고 뜸을 뜬 후 차도를 지켜본다. 환자는 아직 마음대로 움직일 만한 상태가 아니고 의사 역시 일주일 정도는 무리하지 말고 쉬라고 하면서 복용할 약을 처방해 준다. 혹 붙이고 오는 착잡한 심경으로 집에 돌아오니 낭패에 모두가 무릎에 고개를 처박고 시무룩해 있다. 간간이 실망의 소리만 흘러나오더니 그중 한 아이가 조심스레 묻는다.

"아저씨는 혼자서 여기 있는 건지요, 다른 가족은 여기 없나요?"

퉁가리는 멋쩍게 웃으며 대답한다.

"나도 아내와 자식 둘이 있다. 큰딸 아이가 스물일곱이니까 너희보다 많거나 동갑일 거다. 지금은 객지에 나가서 살고 있는데 몇 년째 소식이 없다. 아마도 내가 살갑게 대해주지 못한 데다가 먼저 집을 떠난 엄마와 함께 있다 보니 자연스레 거리감이 생긴 것이지. 나는 그런 것에 전혀 마음 쓰지 않고 있는데 아이들 생각이 뭔가 나하고 적잖이 다른 것 같기도 하고……."

퉁가리가 대충 얼버무려 가며 자신의 형편을 설명하자 아이들은 가만히 고개를 끄덕이며 서로의 얼굴을 쳐다본다.

"그런데 너희들은 앞으로 어떻게 할 것이냐, 저 자동차를 끌고 갈 수도 없고 여기서 난장 깔고 개길 수도 없고, 차를 놔두고 이 추운 날씨에 눈 속을 헤치며 어디로든 걸어갈 수도 없으니 큰일 아니냐? 해돋이는 고사하고 해질녘에 호박 터지게 생겼다. 껍대가리는 어디다 짱 박아두고 눈길에 후륜구동 승합차를 몰고 다니냐, 아주 죽여 달라고 지랄 옆차기에 난리 블루스를 추는구나! 집에서 허락들은 받고들 기어 나온 거냐?"

와지끈 쏟아지는 걸쭉한 험구에도 불구하고 일행은 분위기 파악 못 하고 뭐가 그리 재미있는지 박장대소를 하며 뒤집어진다.

"아저씨도 참, 말하는 솜씨가 여간 아니시네요, 연세가 많으시긴 한데 농촌에 사시는 분 같지가 않아요."

"연세는 무슨. 지금도 청춘이고 그 연세라는 것은 신촌 세브란스 옆에 던져둔 지 한참 되었다. 이래 뵈도 내가 왕년에 왕십리 마찌꼬바(작은 공장)를 주름잡던 악명 높은 퉁가리란다."

그러자 덩치 큰 사내가 반색을 한다.

"어? 거기 왕십리는 우리 사는 곳인데 지금은 아파트가 들어서고 재개발이 한창인데요. 옛날에 그곳에 계셨었나요?"

"그 얘기를 하자면 소설 몇 권 써야 하고 지금 세상에 볼 수 없는 구경거리가 많아서 돈을 받고 스토리를 팔아야 하는 지경이다. 가만 보니 너희는 딱히 돈도 없고 어느 한구석에 소용 있을 거리도 없으니 나는 그냥 아닥하는 게 좋을 것 같다. 그런데 조금 있으면 날 저물고 저녁 끼니도 해결해야 하는데 어떻게 했으면 좋겠니? 읍내에 전화해도 오늘은 배달의 기수도 여간해서 이곳까지 들어오지 않을 테니 짬뽕은 그림만 그리고 헛물만 켜야 한다. 그리고 내가 가지고 있는 차림표는 된장찌개에 두부조림 더덕장아찌에 멸치고추장볶음김치와 동치미가 전부다. 이것은 나 혼자 일주일 먹을 양식인데 너희가 일용하고 떠나면 내 입은 무엇으로 풀칠을 해야 하니? 이건 아주 심각한 얘기다. 모든 게 먹고살자고 하는 짓인데 생면부지 불청객인 너희에게 나름 어떻게 해보겠다는 것이 상식과 도덕에 적혀있는지 묻고 싶다."

그때 이불 속에서 얼굴만 내밀고 있던 여자아이가 벌떡 일어나 앉으며 살금살금 웃으며 말한다.

"아저씨 저희 돈 많아요, 카드 한도도 엄청 많아요. 원하시는 만큼 드릴 테니 밥 좀 주세요, 그리고 어려우시겠지만 간절한 부탁이 있는데 식사 후에 차분히 논의하도록 해요."

"좋다, 그럼 내가 주방을 내주고 반찬과 밥통을 줄 테니 밥은 너희가 해라. 나는 찌개와 반찬을 만들기로 하마. 졸지에 망그러진 인연이지만 섣불리 예단할 수 없는 게 세상일이다. 때에 따라서 위기가 기회도 될 수 있음이니 갈 데까지 가보는 거다. 어차피 내 인생에 브레이크는 없었으니까. 하하하!"

그러자 한 남자아이가 호들갑을 떤다.

"이야 우리 아저씨 정말 완빵이시다. 죽빵으로 털고 가시는군요."

그 말에 퉁가리는 짐짓 정색하고 말한다.

"조금 전 누군가 '우리 아저씨'라고 보따리 풀었는데 그렇게 되면 내가 우리에 갇힌 짐승이 되니 그건 쌀집 아저씨 이야기고 저희 아저씨라고 해야 순서에 맞는 것이다."

그렇게 말하며 퉁가리는 빙그레 웃는다.

어둠이 서걱서걱 밭머리를 걸어 다니기 시작했을 때 모두는 저녁상을 물리고 동그랗게 둘러앉았다. 나름대로 의사소통이 있었는지 덩치가 큰 좌장 격인 사내아이가 인사가 늦었다며 이름을 밝히자 앞다투어 차례로 본인 이름을 밝히고 인사를 하며 밝게 웃는다. 퉁가리는 고개를 끄덕이며 말한다.

"아저씨의 진짜 이름은 차차 알게 될 것이고 나를 아는 사람은 모두가 퉁가리라고 부르고 있으니 그게 더 편하다. 하는 일은 농부이고 틈틈이 농공단지에 나가 일당벌이도 하는데 주로 논농사 조금과 밭농사를 제법 크게 한다."

일행 중 한 아이가 부럽다는 표정까지 지으며 말한다.

"자연과 더불어 살아가니 노후에 참 좋으시겠네요."

퉁가리는 손사래를 치면서 말한다.

"창문 밖 넓은 밭을 가리키며 저기 불쑥불쑥 솟아 있는 것을 보았을 것이다. 작년 가을배추가 안 팔려 갈아엎지도 못하고 혼자 먹어 치울 수도 없어 그냥 놓아둬 버린 것이다. 농촌지도소에서 경기가 좋을 것이니 한사코 심으라던 배추는 결국 시세가 폭락해 앉은 채로 얼어 죽었지. 그 옆에 바들바들 떨고 있는 가녀린 나뭇가지는 고춧대가 말라비틀어져서 앙상한 뼈대만 남은 거야. 한여름 땡볕에 잠깐 한눈파는 사이에 탄저병이 돌아 고추 농사도 망쳐버리고 만 거지. 농부는 작물을 키울 때 가슴에도 품는다. 모두가 자식 같은 마음으로 가꾸며 보살피는데 기대에 부응하지 못하면 자식보다 부모 마음이 더 아픈 거란다. 언젠가 너희도 자식을 키워보면 내 말뜻에 공감이 갈 것이다."

잠시 분위기가 숙연해지고 퉁가리 눈자위에 이슬이 맺힌다. 그 모습을 본 일행들도 덩달아 눈시울이 붉어진다.

"올 한 해 농사지어 너무 큰 손실이 있었고 마음의 상처가 너무 커서 농사지을 엄두가 나지 않는구나. 내년에는 군청에 휴경지 신청을 넣었고 대신 보조금으로 600만 원을 배당받았다.

일 년 농사 안 짓고 쉬는 대신에 600만 원으로 365일을 버티고 살아야 한다. 이게 우리 농촌의 현실이다. 경쟁력을 키우라고 하지만 이렇게 하루하루 살아내기도 어려운 실정에 무슨 수로 경쟁력을 키우겠니? 설사 그렇게 했다고 쳐도 중국과 우리는 차원이 달라서 경쟁이 안 된다. 인건비도 그렇지만 토지의 크기부터 상상 이상이 아니냐. 한술 더 떠서 미국과 호주는 국가의 뒷받침 속에 무한 자본으로 농업에 달려들기 때문에 그들과도 도무지 가격 경쟁이 안 되지. 우리는 숨만 간신히 쉴 수 있을 정도로 버티어나가는 수밖에 없다. 재벌에 투자하는 비용을 조금만 농촌에 풀었어도 이 지경까지는 안 됐을 거다. 다 같은 국민인데 어찌하여 농부는 핍박을 감내하며 살아야 하는지 항상 궁금할 뿐이다. 정녕 이 땅에 농부를 위한 정치와 배려는 상실된 것인지 답답할 뿐이다. 이제는 젊은 너희들이 세상을 바꿔야 한다. 너희가 우리의 오롯한 희망이니 부디 넓은 혜안을 갖추길 부탁한다. (…)그건 그렇고 자꾸 얘기하다 보면 사설 길어지고 신세 한탄만 하게 되니 그만하자. 그런데 아까 진지한 용건이 있다는 말을 들은 것 같은데, 무슨 꿍꿍이가 있는 것이냐, 아니면 지금 처지를 해결할 묘책이 있는 것이냐?"

좀 전에 간절한 부탁이 있다고 말하던 여자아이가 생글거리며 대답한다.

"네, 아저씨 그게… 있긴 한데, 또 아저씨가 짊어지실 짐이라서 참 거시기합니다. 조금 전까지는 그럴듯했는데, 아저씨 얘길 듣다가 보니 차마 면목이 없고 너무나 양심에 반하는 일인지라 말씀드리기가 조심스러워지는군요."

"뭐 이젠 이판사판 구를 데까지 구른 것 같은데 더 이상 체면 차릴 필요가 무에 있겠니? 어차피 줄 바엔 홀딱 벗고 다 주라고 했듯이 아예 망가질 조짐도 가까워지는데 허심탄회하게 꺼내 놔 봐라."

여자아이가 그럴 줄 알았다는 표정으로 말을 받는다.

"네, 그럼 염치 불구하고 말씀드릴게요. 저희가 자력으로 위기를 벗어나려면 일주일 이상을 기다려야 합니다. 그런데 이 상태로 계속 버틸 수는 없고 어떻게든 저 차를 끌고 떠나야 하는데 딱히 방법이 없는 것은 아니지요. 그중 하나가 대리운전을 부르는 것인데 너무 먼 장거리 여행이라 망설여집니다. 또 한 가지는 죄송스럽게도 아저씨에게 부탁해서 차를 운행하는 방법입니다. 저희를 목적지까지 데려다주시면 평생 잊지 않고 반드시 은혜에 보답하겠습니다. 도착할 때까지의 비용과 수고비 등은 원하시는 대로 드릴게요. 어처구니없는 부탁인 줄 알지만 아까 말씀하셨듯이 '저희를 자식처럼 여기시고 많은 생각을 하도록 하셨으니 저희도 아저씨를 부모님처럼 생각하고 의지하고 싶어집니다.' 이렇게 얘기하면 죽일 년, 죽일 놈 되는 건가요?"

가만히 듣고 있던 퉁가리가 한바탕 웃고는 대답한다.

"상호 간 크게 원수진 일도 없는데 목숨을 논하는 건 그렇고 지금 경우에 비춰볼 때 단지 나쁜 년, 놈은 될 수 있겠구나. … 그래 행선지는 어디고, 도착까지의 소요 시간은 얼마고, 경로는 어떻게 설정하면 되겠냐?"

그러자 덩치 큰 남자아이가 자세를 반듯하게 세우며 말한다.

"고맙습니다. 일단 해돋이를 보기 위해 여기까지 왔으니 이곳에서 오늘 밤 출발해서 내일 새벽에 강구항에서 해돋이를 보고 간단하게 아침 식사를 한 후 곧장 서울로 올라가면 좋겠습니다."

퉁가리가 일행을 둘러보며 의견을 밝힌다.

"이곳 보은에서 상주까지 30분, 강구항까지 4시간 정도 걸리니까 휴식 시간까지 합쳐 5시간 정도 소요된다. 오전 7시 전후에 해가 뜨는 만큼 이곳에서 눈을 좀 붙이다가 자정에 출발하면 될 듯하다. 그곳에 도착해 주차하고 자리 잡은 후 해상공원 이곳저곳 둘러보면 얼추 시간이 맞을 것이다."

그러자 살살거리며 웃던 여자아이가 묻는다.

"아저씨는 어떻게 그렇게 잘 아세요? 그곳에 가본 적이 있나요?"

퉁가리는 조그맣게 웃으며 대답한다.

"내가 왜 시도 때도 없이 불거져 튀어 나가는 퉁가리가 되었겠니? 자꾸 알려고 하면 지게 다리 걸치는 싹수가 보이니까 그냥 그런가 보다 하고 넘어가는 게 신상에 좋을 거다."

일행은 잠시 눈을 붙이기로 하고, 남자아이 몇 명과 퉁가리는 꺼내놓은 정종 한 병을 비워가며 이야기꽃을 피운다. 사내들은 이번 여행은 참 뜻깊은 여행이 되었고 잊지 못할 추억의 한 편이라며 거듭 고맙다는 말을 한다. 퉁가리는 커다란 눈을 깜박이며 말한다.

"세상일이란 인연의 연속이다. 끊이지 않고 이어지는 인연의 생명력이 파생되어 또 다른 인연을 만들고, 우리는 그것에 다가서거나 돌아서며 생의 틈바구니를 찾아 스며드는 것이다. 누군가에게 마중물이 되기도 하고 누구에게는 하릴없는 시간 죽이기로 허무하게 끝나기도 하지만 우리는 진지하게 되돌아봐야 한다. 왜 인연이 우리에게 다가오는지, 한편으로 어떻게 인연에 다가가게 되는지를…. 더불어 살며 서로 마주하는 세상 모든 것에는 분명한 이유가 다 있으니까."

이런저런 얘기를 나누다 술병이 바닥나고, 밀려드는 취기에 모두는 스르르 눈을 감는다.

퉁가리가 주위의 기척에 눈을 뜨니 모두가 먼저 일어나 바다로 떠날 채비에 분주하다. 화장을 고치고 머리를 매만지고 옷매무새를 돌보며 한껏 부푼 마음에 누추한 농가에는 때아닌 상큼한 젊음의 기운이 요동친다. 깔깔대며 웃는 처녀들의 웃음을 언제 보았는지 기억이 가물가물한데 한때는 나도 저런 젊음이 있었다고 자위해 본다. 요동치는 격랑의 세월을 헤치며 살아온 지난날이 아득하다. 아직 살아야 할 머나먼 길이 남았는데, 푸르던 청춘은 간데없고 노구만 남아 달가닥거리니 덧없이 흘러간 세월이 얄궂기만 하다. 다 그런 것이다. 무한정 젊음을 누릴 수는 없는 것, 오는 게 있으면 가는 게 있는 것이 세상 이치 아니던가. 안타까워하지 말자. 아직 그러기엔 갈 길이 너무도 많이 남았다… 혼자서 중얼거리며 마당에 내려서니 누군가 벌써 자동차에 시동을 걸어 놓았다. 퉁가리는 창고에서 곡괭이 자루 하나를 빼내어 자동차 트렁크를 열고 작은 옷 가방과 함께 밀어 넣고는 재빠르게 돌아 운전석에 올라탄다.

자정이 넘은 시각 고속도로에 들어선다. 시야가 확 트이고 지나가는 차들도 별로 없어 한껏 신이 난 퉁가리는 큰소리로 외친다.
"지금 여러분은 물귀신도 잡아먹기를 포기한 신출귀몰한 어종 퉁가리와 함께 겨울 바다를 향하고 있습니다. 현재 기온은 영하 5도 시속 규정 속도 110킬로미터. 매우 적절하게 운행하고 있으나, 만약의 사태에 대비해 안전띠를 확인하시고 대충 퍼질러 개기는 자세로 여행을 즐겨주십시오. 본 차량은 화장실이 없고 일단 유사시 요강과 물병도 허용하지 않으니 용변이 급하신 분은 거리낌 없이 손을 들고 소리를 질러 표시해 주십시오. 가급적 휴게소를 들르겠으나 여의치 않을 시엔 적당한 갓길에 주차할 테니 근처 아무 데나 파고 들어가 얼굴만 가리고 볼일을 해결하십시오. 어차피 다 비슷한 모양일 테니까 목숨 걸고 숨길 필요도 없고 얼굴만 안 보여주시면 됩니다. 혹여 일부러 눈여겨 들여다보는 사람을 만나거든 가차 없이 귀싸대기 몇 대로 처리하시길 바라며, 기타 불필요한 송사는 제기하지 마십시오. 이상 안전 여행 수칙에 대해 한 말씀 드리며 가시고자 하는 목적지까지 부디 안녕히 가십시오."

 새벽바람을 가르며 강구항에 도착하니 해상공원에는 이미 나들이 인파로 불야성을 이루고 있다. 식당과 포장마차는 들고나는 인파에 몸살을 앓고 여기저기서 쏟아져 나오는 음악 소리는 흥분된 감정을 요동치게 만든다. 어둠을 삼켜버린 밤바다가 검은 파도를 몰고 다니며 갯바위에 올라탔다가 되돌리는 몸짓을 반복하고 있다. 파도가 부서진 자리에 물거품이 솟아나 용틀임을 한다. 일찍감치 잠이 깬 갈매기는 뱃머리를 찾아 날갯짓하고, 저 멀리 희미한 불빛의 고깃배를 기다리는 어시장 가로등은 새벽이 가까웠음을 알린다. 한껏 흥에 겨워 신이 난 일행은 연신 탄성을 질러대며 마주 보고 웃다가 요깃거리를 찾아 포장마차 안으로 들어선다. 동동주와 파전 주꾸미구이를 시켜놓고 건배를 하는데, 바깥이 갑자기 소란해진다. 이리저리로 고갯짓을 하며 둘러보니 건너편에서 엿장수가 판을 벌이기 시작한다. 앙증맞은 몸빼바지에 날라리 스커트를 걸친 각설이 풍경은 묘한 조화를 이뤄 재치 있는 웃음과 재미를 더한다.

퉁가리와 사내아이들이 엿장수 주위로 모여들어 굿판을 구경한다. 덩그러니 탁자에 놓인 장구는 주인이 없고 노래방 기기에서 흘러나오는 반주에 지나간 트로트 유행가로 구색을 맞추고 있다. 퉁가리가 슬며시 다가가 장구채를 만지작거리며 탁탁 건드리자 굿패들이 의외로 반기며 한번 쳐보라고 한다. 멋쩍게 웃으며 장구를 둘러메자 사내아이들과 주위 구경꾼들은 박수를 치며 환호하고, 엿장수 두 명도 대북과 꽹과리를 두들기며 흥을 돋운다. 퉁가리가 신명 나게 장구를 두들기고 나비처럼 날며 뱅뱅 돌아 나가자 여기저기서 호응이 대단하다. 포장마차에 있는 여자아이들도 신기한 듯 두 눈을 동그랗게 뜨고 차마 벌어진 입을 다물지 못한다. 신명 난 춤판에 빨려들어 퉁가리는 인사불성이 되어간다. 시골 동네 농악패가 사라진 후 그는 장단을 버렸다. 어려서부터 리듬에 익숙했던 퉁가리는 한때 을지로 6가 룸살롱에서 드럼을 쳤었다. 귀향 후 농악단에서 장구채를 잡기도 했으나 나이 드신 어른들이 하나둘 떠나고 뒤를 이을 사람이 없어 타고난 재주와 끼는 그만 사그라져 버렸다.

신명 난 춤사위에 혼이 빠져 설상가상 내림굿이라도 할 듯싶은데, 갑자기 닥친 머쓱해지는 한기에 동작을 멈추고 숨을 몰아쉰다. 이마에 흘러내리는 땀을 훔치며 실눈을 지긋이 뜨고 주위를 살피는데 인파가 썰물 빠지듯 사라지고 포장마차 주위가 소란하다. 아차 하고, 장구를 벗어 제자리에 얹어놓고 포장마차 안으로 들어서니 기어이 얄궂은 사단이 터졌다.

항구를 배회하던 건달 하나가 객기를 부리고 있는데 하필이면 여자아이들 근처에서 저고리를 벗어 던지고 푸짐한 고깃덩이에 한층 멋을 낸 작자 미상의 그림책을 보여주고 있다. 그치의 입에서 연발로 터져 나오는 욕지거리에 여자아이들은 얼굴을 파묻고 있는데, 함께 온 사내아이들은 어쩔 줄 몰라 서성이는 중이다. 사내아이 중 덩치가 건장한 두 명은 여차하면 한바탕 붙어볼 듯이 기회를 엿보며 슬금슬금 주위를 맴돌고 있다. 퉁가리는 잽싸게 포장마차 안으로 들어가 남자아이들부터 불러낸 후 단단히 이른다.

"잘 생각해봐라. 상대는 한 명이다. 또 누군가 거들고 들어올지 모르지만, 지금은 혼자이니 행여 너희와 시비가 붙는다면 무조건 불리하다. 경거망동하지 말고 앞으로 무슨 일이 있어도 나서지 마라. 그리고 나하고 아는 체도 하지 말고 쥐 죽은 듯이 멀찌감치 떨어져 있어라."

그러고 나서 퉁가리는 포장마차 안으로 다시 들어선다.

한참 진행 중인 건달의 원맨쇼 연극 무대를 멀찌감치 돌아 여자아이들 곁으로 다가간 퉁가리는 등을 툭툭 쳐 기척을 알린 후 손짓으로 따라오라고 신호하고 가만히 옷소매를 잡아끈다. 겁에 질려 부들부들 떠는 여자아이들을 차례로 돌려세워 놓고, 멀찌감치 포장마차 무대를 돌아 나오는데 험한 쌍욕과 함께 소주병이 날아온다. 퉁가리는 순간적으로 탁자 위로 뛰어오르며 무릎을 꺾어 날아오는 소주병을 제압한다. 혼비백산한 여자아이들은 재빠르게 밖으로 빠져나가고 퉁가리와 선수의 간격에는 긴장이 탱탱하게 피어오른다. 입가에 조그만 미소를 지으며 탁자에서 내려선 퉁가리는 손을 살짝 흔들며 고개를 끄덕이는데, 인사도 아니고 아는 체도 아닌 어정쩡한 표현이다. 조심스럽게 상대를 훑어보며 상황을 파악하는데, 아니나 다를까 고깃덩어리 건달이 순식간 달려들며 손찌검을 시도한다. 퉁가리는 재빠른 동작으로 옆으로 돌며 고개를 좌우로 흔들고 상체를 젖혀 좁은 공간에서 기막히게 재치 있는 자세로 몸싸움을 피해 나간다. 잡힐 듯 잡히지 않고 맞을 듯 맞지 않는 퉁가리의 동작에 구경하는 사람들도 뜻밖이라는 듯 눈이 휘둥그레진다.

약이 오를 대로 오른 상대는 거친 숨소리와 함께 체중이 잔뜩 실린 주먹을 휘둘러 승부수를 띄운다. 날아오는 주먹을 순식간에 피하며 상대 턱밑에 달라붙은 퉁가리는 자세를 한껏 낮춰 무릎을 구부린 자세로 팔을 움직여 주먹으로 옆구리와 턱밑을 교묘하게 돌려 찍고 올려 찍으며 구석으로 몰고 간다. 균형을 잃은 상대는 대책 없이 밀려나며 흔들리는데 매미처럼 달라붙은 퉁가리는 같은 자세를 유지하며 이마를 상대 가슴에 밀착시키고 위, 아래 옆으로 팔을 돌려 신체 곳곳을 타격하며 들락거린다. 마침내 상대는 무릎이 꺾여 상체가 기울기 시작한다. 곧바로 거리를 두고 떨어진 퉁가리는 직선으로 팔을 길게 뻗으며 상대의 눈덩이를 가격하고 콧잔등을 두들기며 고통을 준다. 한마디 비명조차 지르지 못한 채 괴로움에 몸부림치는 상대는 연신 항복의 신호로 팔을 휘젓지만 매서운 주먹은 잠시도 쉴 틈 없이 들고 난다. 마침내 바닥에 누워버린 상대는 무기력하게 꿈틀대며 가쁜 숨을 몰아쉬는데, 포장마차 주인이 달려 나와 이리저리 마구 걷어차며 분풀이를 한다. 쓰러진 상대를 구경하는 사람들이 주위에 웅성웅성 몰려들자 잠시 혼잡한 틈을 타 퉁가리는 재빠르게 포장마차를 빠져나와 어둠 속으로 사라진다.

사람들 눈을 피해 봉고차로 돌아온 퉁가리는 준비해온 가방에서 옷을 꺼내 갈아입고 벙거지를 푹 눌러쓰니 얼굴도 보이지 않아 분간하기 어렵다. 간단한 차림으로 감쪽같이 변장한 후 근처 슈퍼로 들어가 캔 커피 하나를 사서 마시고 있는데, 아이들이 하나둘 곁으로 다가온다. 퉁가리는 짐짓 모른 체 외면하고 봉고차로 돌아가 뒷좌석을 젖히고 드러눕는다. 아이들은 빙그레 웃으며 자리를 떠난다. 그때 여기저기 소란스러워지기 시작한 것으로 봐서 동트는 시간이 다가오고 있음이다.

어느새 경찰 병력이 투입돼 해안가에 방어선을 치고 사람들의 통행을 막고 있다. 시간이 잠깐 흘렀다 싶은데, 커다란 함성과 함께 수평선에서는 붉은 태양이 구름을 젖히고 빠져나온다.

별반 놀라울 것도 없는 모습을 왜 그리 유난 떨며 보려고 하는지 인간의 심사가 야릇하다. 오늘도 내일도 태양은 그 자리에 있고 아마 영원불멸의 자세로 제자리를 지킬 것이다. 다만 오가는 인간만이 자세가 바뀌어 제자리를 지키지 못한 채 시나브로 떠나가겠지. 당연한 원리를 뭐 신기한 것이라고 어느 방송사에서는 아나운서가 쌍쌍으로 와서 한참을 지껄이며 시간을 죽이고 있다. 다른 것은 시간의 흐름에 맞춰 주어지는 저들의 시간당 임금과 우리네 임금의 현저한 차이뿐일 터.

아이들이 돌아와 속닥거리는 소리가 들리자 퉁가리는 몸을 일으켜 운전석으로 넘어가 앉는다. 일행 모두가 자리한 것을 확인한 퉁가리가 말한다.

"여기서 어물어물하다가는 빠져나가기 힘들다. 차가 입구로 몰리기 전에 신속히 자리를 뜨자. 밥은 올라가다가 먹기로 하고 일단 이곳에서 얼른 빠져나가는 게 시간 버는 것이다."

말을 끝낸 퉁가리는 일행의 대답도 나오기 전에 차를 움직이기 시작한다. 아이들 표정에서 이따금씩 아쉬움이 배어 나오기도 하지만 대체로 만족한 모습이다.

퉁가리가 고속도로 휴게소에 잠깐 들러 한숨 돌리고 쉬는데 아이들은 이대로 집에 간다면 너무 속상할 것 같다고 한다. 퉁가리가 그럼 어떻게 하면 좋겠느냐고 묻자 여기서 아저씨네 집까지 가면 점심때인데 기왕에 식사하고 갈 거면 그곳에서 하자고 한다. 읍내 시장에서 장을 봐서 저희들이 최고의 만찬을 만들겠으니 이별 파티를 한번 해보자는 제안이었다. 퉁가리는 호탕하게 웃으며 농을 던졌다.

"뭐 내가 예수도 아니고 누가 날 잡으러 오는 것도 아닌데, 느닷없이 무슨 최후의 만찬이냐? 누구 날 팔아먹을 작자가 이 중에 있나 보다. 감히 어느 누가 퉁가리의 존재를 부정하려고 하는 게냐?"

주위를 둘러보자 모두는 박장대소하며 뒤집어진다.

서둘러 집에 들어와 여장을 풀고 식사 준비를 하는 동안 소란한 사정이 궁금한 동네 사람 몇몇이 주위를 살피며 지나간다. 한동안 지지고 볶아 먹을 것을 만들었는데, 대충 훑어보니 그게 그것인 걸 보니 아마도 자기들끼리 요리 실습을 해본 셈이리라. 그러나 기특한 마음 씀씀이가 고맙고 허물없이 주고받는 정이 가득하므로 허름한 농가의 점심치고는 과분한 밥상이 차려진다.

왁자지껄 소란스러운 시간이 지나가고 이제 모두는 서울로 올라가야 한다. 그리고 퉁가리는 홀로 내려와야만 한다. 퉁가리는 승합차 트렁크에 넣어 둔 곡괭이 자루와 옷 가방을 꺼내 창고에 다시 넣어두고 조그만 마대 자루를 들고나온다.

"얘들아 이건 아저씨가 기른 더덕이다. 너희는 잘 모르겠지만 부모님께 갖다 드리면 참 좋아할 것이다. 아저씨가 줄 것은 이것밖에 없으니 부디 사이좋게 나누어 가지도록 해라. …자 그럼 모두 탑승하도록 해라. 나 역시 늦지 않은 시간에 다시 내려와야 하니 그다지 여유 있는 형편이 아니다."

퉁가리가 봉고차의 시동을 걸자 일행은 앞다투어 차에 오른다.

"참 그런데 행선지를 어디로 해야 하는지 모르겠다. 서울 전체가 너희들 집도 아닐 테고 차를 세우기 좋은 곳으로 가야 하지 않겠니?"

"아, 네 아저씨 압구정동으로 가시면 돼요. 동호대교 옆에 현대아파트가 있는데 그곳 주차장에 주차하시면 됩니다. 저기 커다란 아이 집이 그곳이고 이 차도 쟤네 차거든요."

"음 알았다. 거기라면 눈 감고도 가지. 경부 고속도로 종점에서 한남대교 가기 전에 올림픽대로 종합운동장 방면으로 들어서면 되잖아."

"와, 아저씨 대단하시네요. 어떻게 시골 분이 서울지리를 그리도 잘 아세요?"

"아, 그건 내가 바로 퉁가리여서 아니겠니? 목적지 바로 옆에 한강이 있잖니. 그곳 도움으로 물귀신 표 어류 내비게이션을 활용하면 바로 답이 나오는 거지. 누군가 로봇 물고기로 우리 종족을 확인한다고 삽질했었는데, 그건 다 뻥이고 오로지 물귀신만이 정답이다. 한번 걸리면 절대 놓치지 않고 물속으로 끌고 들어가 확실히 쇼부를 본다. 앞으로 너희들도 살다 보면 어려운 일이 많을 게다. 그때마다 아저씨를 떠올리고 아주 잘 이용하는 물귀신 작전으로 끌고 늘어져 승부수를 던지는 거야. 한번 물면 놓지 않는 악착같은 근성으로 말이다."

"아저씨 얘기를 듣다 보면 황당하기도 하고 어느 한 편으로 수긍이 가기도 하고 암튼 뭔가 아리송해요. 어떨 땐 소설 쓰듯 재미난 장면이 생각나기도 하고 가끔은 이 세상 사람이 아닌 듯한 착각이 들기도 해요."

"음 그건 나도 마찬가지다. 내가 제정신으로 사는 건지 절반쯤은 정신 줄을 팽개치고 사는 건지 나도 내가 때로는 무섭기도 하단다. 그래도 하루하루 지내다 보면 아, 내가 지금 살아있구나 하며 요동치는 삶의 재발견을 하기도 하지. 때로는 어느 정도 정신 줄을 놓아 보는 것도 삶의 활력소가 되기도 한단다. 모두가 두 눈 똑바로 뜨고 빈틈없이 살아간다면 조금 모자라거나 어수룩한 사람은 얼마나 세상 살기가 힘들어지겠니? 제각각 삶의 이유가 있고 생의 현장에서 몸부림치는데 조금도 파고 들어갈 여유가 없다면 너무 삭막한 세상 아니겠니. 우리는 조금 서툴러도 서로가 배려하는 마음으로 상대를 아끼며 살아보자…."

어느새 저 앞에 한남대교 이정표가 보인다. 이제 곧 압구정동이 나오는데 오늘은 바람도 불지 않아 조금 분위기가 썰렁하다. 누군가 바람 부는 날엔 압구정동으로 가라고 했는데 하필이면 오늘따라 바람이 잔잔하네. 그랬거나 말았거나 여기까지 왔으니 이제 이판사판 들이대야겠지.

퉁가리는 승합차를 아파트 주차장에 들여놓고 간단한 이별인사를 한 후 전철역으로 발길을 옮긴다. 강남터미널에서 버스표를 손에 쥔 퉁가리는 고속버스 안에서 깊은 잠에 빠진다.

짧은 시간에 머나먼 여행을 한 그가 어둑어둑한 밭머리를 돌아 집으로 들어선다. 시장기를 느낀 그가 주방에 들어서니 냉장고 문 앞에 빼곡한 글씨로 쓴 인사말이 붙어 있다. 탁자 한쪽 편지 봉투에는 작년 가을 이후 근동에서 자취를 감춘 배춧잎과 인자하신 신사임당이 조심스레 얼굴을 내민다.

지난번 여행 떠나기 전날처럼 하늘이 오만 인상을 찡그리더니 기어이 비가 내린다. 사래 긴 밭에는 눈이 다 녹고 빼곡했던 배추는 사그라져 지천에 널브러져 있는데 추적추적 내리는 봄비를 바라보던 퉁가리가 중얼거리며 방문을 열어젖힌다. 아, 날씨 한번 지랄이야 지랄. 한참 동안 가물었는데 와장창 쏟아지지 않고 왜 오락가락하는 게야. 이 불쌍한 농부에게 뭘 더 욕보일 게 있다고 날씨마저 염병할 지랄이냐!

동인회 『소설작당』 자선 문제작 모음 – 09
이솝을 찾아서

"사람을 잠시 양심적으로 바뀌도록 한 행위가 범죄라면,
경찰서에서 피의자로부터 자백을 받아내는 행위도
범죄가 될 수 있겠군요.
아니, 소주를 마시고 취하여 잠시 자신의 허물을 고백했다면
그 소주를 사준 사람이나 소주를 만든 회사도
죄를 지은 셈이 되네요?"
나는 밀도 있는 논리로 반박하는 그의 반론에
다시 한번 숨이 막혔다.

안 휘 소설가

2003년 월간 『문학21』 등단, 스토리문학상 대상(소설) 수상, 단편소설집 『광어와 도다리』 외 1, 장편소설 『동해영웅 이사부』 외 2, 동인·문예지 발표작 : 「겨울 해바라기」 외 다수, 계간 『문학의봄』 주필

이솝을 찾아서

안 휘

"계장님! 시교육청 윤 국장 건 말입니다. 이제는 낚아채야 하지 않겠습니까?"

또 시작이다. 박 경장의 고질병이 도지고 있다. 하기야, '그 사건은 서장의 특별 관리 사항'이라고 미리 말해주지 못한 내 불찰도 있을 것이다. 매번 까탈지게 구는 일이란 기왕에 길들여진 그만의 버릇이라 여겼더랬다. 그런데 알고 보니 슬며시 내가 그에게 적응해가고 있다. 때때로 걸고 드는 그가 은근히 귀찮게 느껴진 탓에 이번에는 말해주지 않고 그냥 넘어갈 방법을 나도 모르게 찾고 있었던 셈이다.

"이봐, 박 경장. 그 사건 유보하라고 했잖아. 보강수사나 수사 재개 지시 떨어질 때까지 잠시 대기야. 일단 묶어둬요."

나는 눈까지 찡긋해 보이면서 그에게 신호를 보냈다. 그는 내 말을 일단 알아듣기는 하는 눈치였으나, 그렇다고 흔쾌한 것 같지도 않다. 이미 수차례 부딪쳤고, 그러면서 어느 정도는 말귀 알아듣는 이골이 조금은 생겼으리라 믿고 싶다. 그는 표정에 뭔가 할 말을 가득 담았다가 삼키기를 두어 차례 하더니 이내 수그러들었다.

 박 경장은 자기가 맡아서 오랫동안 내사를 해오던 시교육청 윤 국장 비리의 단서를 찾아냈다. 그러나 내사 보고를 받은 서장은 '수사 보류'를 지시했다. 아주 흔한 일은 아니라 해도, 경찰 조직 내에서 이루어지는 수사 업무의 상당수 강약 리듬 조절은 알고 보면 대략 파워 게임의 산물이다. 물고 물리는 일이 왕왕 있기는 하지만, 대부분 경우 위계 질서가 강한 조직의 특성을 그대로 드러낸다. 윗선에서의 판단은 엄중하고, 대개의 경우 그 배경에는 드러내고 말하지 못할 은밀한 사유가 있다.

 기실 지난 연말 인사에서 박 경장을 형사과에서 빼버리려고 하는 과장을 극구 말린 사람은 나였다. 미운 정이 더 무섭다더니 그 말 그르지 않다. 마음에 드는 구석이 많지 않은 부하 직원이었음에도, 번번이 부딪치면서 오히려 슬금슬금 정이 들었다고 해야 할까. 어쩌면 겉보기와 다른, 투박하나마 진실한 구석이 그에게 아직 살아있음을 은연중에 알아차린 경험이 미련을 만들고 있는지도 모른다.

 휴대폰이 울린다. 정 박사다.
 "응, 나야. 무슨 일로 전화를 다 주시고?"

그는 동백시(冬栢市)의 유일한 정신건강의학과 의원 원장이다.

"보고 싶어서 걸었다. 그러면 안 되나?"

나와는 고등학교 동기이자 막역지우다. 단지 고향에서 살고 싶다는 이유 하나로 대도시를 마다하고 이곳 외진 소도시에 병원을 차린 순정파이기도 하다.

"허…이 친구 이제 철 좀 드는 모양이네. 드디어 내가 보고 싶다고 전화를 다 넣으시고…흐흐…자네 내게 뭔가 용무 있지?"

"사람 참……. 순사 나리 아니랄까 봐서 눈치 하나는 빠르네."

"그래 무슨 일이야?"

"만나서 이야기하자. 이따가 저녁때 병원으로 좀 와라. 밥은 내가 살 테니까."

그러고 보니 그를 본 지 벌써 보름이 넘은 것 같다. 오다가다 수시로 병원을 들락거렸는데, 요즘은 일이 바쁘다 보니 한동안 못 들렀다.

"그래. 이따가 그리로 갈게."

"오우 케이. 이따가 보자고."

무슨 일일까. 아마도 동창회 일일 것이다. 정 박사는 수년째 동백고등학교 동창회 사무국장 일을 맡고 있다. 전에도 동창회 행사 관련 일을 상의하기 위해서 나를 급히 찾곤 했었다.

창밖으로 내다보이는 쪽빛 바닷물 색깔이 오늘따라 유난히 곱다. 하늘은 맑고 바다 저 너머 수평선 가까이에 보이는 크고 작은 섬들이 새삼 정겹다. 한때 다랑이 밭이 모자이크처럼 펼쳐져 당근과 양파가 흐드러지던 해변 언덕에는 새로 지은 콘크리트 집들이 빼곡하다. 도시화가 급격히 진행되면서 동백시에도 외지인 비율이 7할에 육박하고 있다던가. 이래저래, 이젠 이 도시에서 온전한 고향 정취를 느껴보기란 힘들게 됐다.

"계장님! 수사과장님께서 찾으시는데요."

잠시 의자를 돌려 창밖 풍경에 눈이 팔려있는 사이에 형사과 말석 김 순경이 조심스러운 몸짓으로 다가와 내가 정 박사와 통화하는 중에 온 호출을 전했다.

*

응접 의자에 깊숙이 몸을 기댄 과장의 얼굴에 피곤기가 짙다. 필경 머릿속에 골치 아픈 일들을 나보다 열 배는 더 많이 담고 살 과장의 표정에 납덩이 같은 번뇌가 가득하다.

"아, 오 계장. 내사해온 교육청 윤 국장 건 아직 잘 홀딩하고 있지?"

"예. 아직까지는 그렇습니다. 혹시 무슨 일이라도……?"

"일이 엉뚱한 데서 터지고 있어. 윤 국장 그 친구 사흘 전에 잠깐 정신이 어떻게 됐는지, 범죄 사실을 스스로 고백했다는 거야."

"고백하다니요?"

"뒤늦게 정보과에 사건이 인지됐어. 교육청에서 직원들과 회의를 여는 중에 느닷없이 뇌물 받은 일을 다 털어놓는 바람에 한바탕 난리가 났다지 아마."

"정신병 이력이 있나요?"

"전혀 그렇지도 않고…그런데 자기의 일만 이야기한 게 아니라 교육장이 받아먹은 것까지 모두 구체적으로 떠들어댄 모양이야."

"양심선언을 한 건가요?"

"양심선언이라면 기자들을 불러서 하는 건데, 그것도 아니고…우발적인 행동이었던 모양이야. 다행히 아직 언론에는 안 새 나간 상태라, 교육청에서 총력을 다 해서 싸바르고 있는 중인가 봐."

"거참… 대체 무슨 일이지요?"

"그러게 말이야. 뭐가 뭔지 통 모르겠어. 더 이상한 것은 그 사람 그러고 난 뒤 '내가 왜 그랬는지 모르겠다.'면서 스스로 더 어이가 없어 한다는 거야."

"자기가 한 말을 기억하긴 하나요?"

"다 기억하긴 하는데, 왜 그랬는지 자기도 모르겠다는 말만 반복하고 있다나. 도무지 앞뒤 아귀가 맞도록 상황 설명이 되지 않으니 기가 찰 노릇이지."

"교육장 입장이 난처하겠군요."

"난처한 정도가 아니지. 아마도 엄청난 충격에 빠져 있을 거야."

과장은 오른손으로 자기의 코를 쓰다듬듯이 잡았다가 놓기를 반복했다. 난감할 때나 고민스러울 때 나오는 그만의 버릇이었다.

"어떻게 처리해야 할까요?"

"글쎄, 판단이 잘 서질 않아. 내사 자료도 있고 인지된 것도 있으니 조만간 터지게 될 것은 뻔한데, 서장께서는 아직 좀 더 두고 보자고만 하시니…이 일을 어째야 옳은가?…나 참."

예감이 좋지 않다. 무슨 일이든 마구 틀어막고 눌러 넘어가기에는 이제 세상이 너무 열려 버렸다. 교육장이라는 위치가 지역사회에서 막강한 자리이고, 사회적으로 미칠 파장이 만만치 않아서 일단 터지고 나면 대형 사건으로 비화할 가능성이 높아 보이는 사안이었다.

"교육장 꺼 규모가 얼마나 됩니까?"

"윤 국장이 털어놓은 것으로는 오천이 넘는 모양이야. 학교 신·증축 공사 리베이트 형식으로 받은 모양인데, 엊그제 윤 국장이 잠시 미쳐서 떠들어댄 그 이야기가 너무나 구체적이어서 일단 수사만 시작하면 바로 바닥까지 다 뒤집어 볼 수 있는 수준이라지 아마?"

"서장께서 아직 보류해두라고 하신다니 일단 이삼일만 더 묻어놓고 살펴보시죠, 뭐."

"그래야겠지?"

"'내사 중'으로 만들어놓겠습니다."

"그래. 그러자고."

그쯤에서 과장은 자기 앞에 놓여있던 정보과 파일을 내게 넘겼다. 그리고 나서는 또다시 눈을 껌벅거리며 오른손 엄지와 검지로 잇달아 서너 차례 코를 만졌다.

*

"싫어요! 난 안경 낀 사람 무섭단 말이에요! 저 아줌마 빨리 여기에서 나가라고 해요!"

진료실 안이 소란하다. 병원 문을 열고 들어서자마자 접수대에 앉아있는 낯익은 간호사가 '어서 오세요.' 하고 인사를 했다. 고개를 끄덕하며 인사를 받는 동안 진료실 문틈을 비집고 비명에 가까운 여성의 새된 목청이 또 터져 나왔다. 목소리로 봐서 어린아이는 아닌 것 같은데……. 안경 낀 사람이 무섭다?

이윽고 정 박사의 다급한 목소리가 들려왔다.

"아, 김 간호사! 빨리 나가세요. …환자분! 괜찮습니다. 바로 내보낼게요. 걱정하지 마십시오. 진정하세요."

진료실 문이 펄쩍 열리고 안경을 쓴 간호사가 당혹스러운 얼굴로 도망치듯 밖으로 나왔다. 진료실 안에서는 환자를 달래는 중년 여성의 소리가 들려오고 있었다.

"애야! 이제 괜찮아. 이제 안경 낀 사람 없잖니?"

정 박사의 말이 다시 들려왔다.

"환자분! 염려 마세요. 편안하게 마음을 가라앉히세요."

접수대에 앉아있던 간호사가 내게 '원장님은 지금 진료 중이세요.'라고 말하는 동안 진료실에서 나온 간호사가 쓰고 있던 안경을 벗어서 접수대 위에 던지듯 올려놓고 있었다.

"무슨 일이야?"

접수대 간호사가 묻자, 진료실에서 나온 간호사가 대답했다.

"트라우마인가 봐요."

접수대 간호사가 다시 시선을 내게 돌렸다. 그녀는 '의자에 잠시 앉아서 기다리세요.'라고 말하고는 임무를 교대하여 진료실 안으로 들어갔다.

접수대 맞은편에 놓인 연두색 응접 의자에 엉덩이를 붙이고 앉았다. 진료를 기다리는 다른 환자는 없었다.

진료실 문은 곧바로 열리지 않았다. '트라우마'에 대해 궁금증을 갖게 된 나는 귀를 쫑긋 세웠으나, 주로 정 박사와 환자 보호자 사이의 대화인 듯한 말소리는 뜻을 알아먹을 수 있도록 크게 들려오지 않았다.

진료실 문이 열린 건 그로부터 이십여 분을 더 기다린 뒤였다. 중년 여인이 부축하여 데리고 나온 여자 환자는 스무 살 남짓 돼 보였다. 환자는 피로에 지친 모습이었고, 공포가 가득한 퀭한 눈으로 흘기듯 자꾸만 나를 경계했다. 슬쩍 본 느낌으로도 눈빛이 정상이 아닌 듯했다.

"전에는 자주 들르더니 요즘은 왜 뜸한 거냐?"

진료실 의자에 마주 앉으면서 정 박사는 섭섭하다는 표정을 지었다. 세월을 타는지, 그의 얼굴도 이젠 예전만큼 맑지 않았다.

"경찰서 일이 늘고 있어. 사람들이 잘 먹고 잘살면 일이 줄어들 줄 알았더니 그건 순진한 희망이었나 봐."

"그렇게 사건이 많아졌어?"

"늘기만 한 것이 아니라 범죄가 점점 지능화하고 있다는 게 문제야. 예전엔 몸만 튼실하면 해 먹을 수 있던 순사 노릇도 이젠 영 딴판이 됐지. 몸 고생보다도 마음고생이 훨씬 더 심해지고 있어."

그러자 그가 짐짓 정색하고 내 말을 되받았다.

"그럼 오늘 온 김에 상담 치료 좀 받고 갈래?"

"허허 이 친구야. 아무리 파리 날리는 정신과 의원이라고 해도 이건 좀 심하다고 생각하지 않나? 어째서 놀러 온 죽마고우마저 사이코로 만들어서 수입 올리려고 하는 거냐? 그것도 경찰서 형사 나리를?"

우리는 한바탕 킥킥대고 웃었다. 정 박사는 병원 운영뿐 아니라, 대학 강의도 나가고, 책도 쓰고 하면서 나름대로 분주하게 살고 있는 친구였다. 오후에 그가 전화를 걸어왔던 일이 떠올랐다.

"그건 그렇고… 웬일로 오늘 전화를 다 했어?"

"응. 그게 말이야. 좀 이상한 일이 연거푸 일어나서 아무래도 형사님의 추리 능력을 좀 빌려 써볼까 싶은 마음에 전화를 넣었지."

"이상한 일이라니?"

정 박사는 테이블에 놓인 메모지에 습관처럼 뭔가를 휘갈겨 쓰면서 이야기를 시작했다. 입으로는 분명히 한국말을 하고 있는데, 그가 잡은 펜 끝에서는 알아먹기 힘든 꼬부랑글자가 초서처럼 쏟아지고 있었다.

"엊그저께 특별한 환자가 진찰 받으러 왔다가 갔는데 말이야, 회의 도중에 갑자기 자신의 비리와 상관의 비리를, 그것도 아주 구체적으로 고백하는 바람에 법석이 났다는 거지. 그리고 두어 시간 뒤 아주 멀쩡해졌다는 거야. 본인이 했던 행위와 쏟아낸 말까지 정확하게 기억하지만, 자신이 왜 그랬는지 스스로 영문을 몰라 하고 있어. 이것저것 테스트를 해봤는데 치매나 정신착란증을 앓고 있는 것도 전혀 아니고, 아무 문제가 없더라고."

교육청 윤 국장이구나… 그런 생각이 곧바로 들었다. 하지만 아무리 상대방이 막역한 친구라 해도, 수사 내용을 내놓고 말할 수는 없었다.

"조현병 아냐?"

"그렇게 볼 수도 있겠는데, 조현병은 병증이 워낙 다양하게 나타나기 때문에 좀 더 지켜봐야 할 것 같아."

"그럴 수도 있겠네. 그런데 그것 때문에 날 보자고 한 거야?"

"아냐. 문제는 유사한 환자들이 잇따르고 있다는 거야. 어제 오후에 비슷한 일을 겪었다는 환자가 또 찾아왔고, 오늘 낮에도 또 한 사람 다녀갔어."

순간적으로, 매우 복잡한 일이 벌어지고 있다는 직감이 들었다. 수사에서 육감이란 상당히 정확한 길잡이다. 경험에 비춰보면, 대개의 사건이 수사 초기에 떠오른 어떤 직감의 범주를 벗어나는 일이 거의 없다는 것이 나의 믿음이다. 하지만, 이 도시의 사람들이 잇달아 양심고백을 한다는데 무슨 범의(犯意)가 따로 있을까. 낙서하듯 움직이는 정 박사의 펜 놀림이 빨라지고 있었다.

"어제 오후에 온 환자는 은행 지점장이었어. 그 친구도 직원들 앞에서 술에 취한 듯 자신의 부정행위를 죄다 털어놓았다는 거야. 물론 시간이 지난 다음에는 도대체 왜 그랬는지 알 수가 없어서 스스로 경악과 혼돈에 빠져들었고."

"오늘은 또 누구였어?"

"오늘 왔다 간 사람은 시청 간부야. 이 사람 역시 퇴근 후에 동료들과 만찬 회식을 하다가 한참 동안 자신의 비리를 중얼거리듯 쏟아 놓았대."

"그럼… 이거 이 도시에 무슨 전염병 같은 괴질이 돌고 있는 거 아냐?"

"그래, 맞아. 마치 전염병처럼 번지고 있는 느낌인데, 종교 의식을 치르는 장소에서 일어나는 집단 최면 현상 말고는 정신병적인 증상이 돌림병으로 나타난 사례는 없어. 이 사람들 모두 의학적 검사소견상으로는 지극히 정상이거든. 뇌파도 전혀 이상이 없고."

"재발할 가능성은 어떤가?"

"사람들이 일종의 발작을 일으킨 원인을 찾아야 재발 가능성이 가늠되는데, 현재로서는 그마저도 파악이 쉽지 않아."

"그런데 그럴 수 있는 건가? 아무 까닭도 없이 그렇게 고해성사를 하듯 자신의 치부를 겉으로 드러낼 수 있는 건가 이 말이지."

"이론적으로는 그럴 수 있어. 프로이드의 이론대로 말하면 인간의 정신은 원초적 이드(id), 에고(ego), 슈퍼에고(superego)… 그러니까 본능, 자아, 초자아의 세 체계로 구성되어 있지. 초자아를 이루고 있는 것은 양심(conscience)과 이상적 자아(ego-ideal) 두 가지인데, 억지로 가설을 만든다면 두 가지 중 양심이 잠시 인간의 기억을 지키는 모든 요소를 뚫고 나와 돌발 행동을 일으키는 현상일 수는 있어."

"소위 갑자기 기자들을 불러놓고 양심선언을 하는 행위 같은 것인가?"

"그렇지. 그런데 그런 행동은 어떤 경우라도 자신의 의지와 연결이 되어 있어서 자신의 행동을 인지하지 못하고 혼란스러워 하지는 않는데, 최근 나타난 케이스들은 좀처럼 설명이 안 되는 거야. 게다가 지금처럼 연쇄적으로 일어나는 현상은 더욱 불가사의한 일이고."

"그들에게 혹시 공통분모 같은 무엇이 있지는 않을까? 털어놓았다는 비리 부정 사건의 연결 고리가 있다든가……."

"글쎄. 그거야 네가 전문이지만, 진료 상담 중 나온 것으로 봐서는 연결되는 부분이 전혀 없어 보이거든."

답답한 노릇이었다. 정신건강의학과 전문의인 정 박사조차 분석하지 못하는 유행성 정신증과 비슷한 사태에 대해서 심상치 않은 느낌이 자꾸만 깊어지고 있었다.

"그건 그렇고… 모처럼 만났는데, 우리 소주나 한잔하자. 새로 개업한 기막힌 낙지탕 전문점이 있다. 내가 모실게."

자신의 이야기를 들으며 복잡한 생각에 빠져드는 나를 향해 정 박사가 소리치듯 말했다. 날이 저물고 있었다.

*

아침 출근이 평소보다 좀 늦었다.

지난밤 정 박사의 안내로 찾아간 식당의 낙지탕은 맛이 일품이었다. 거기에서 우리는 주로 동창회 일을 놓고 오랫동안 대화를 나눴다. 신임회장이 학교에 기금을 만들어주는 일을 시작했는데, 그게 만만치 않을 것 같다는 이야기가 주요 화제였다.

나는 사무실에 들어서자마자 박 경장을 불렀다. 그도 간밤에 술을 마셨는지 얼굴이 부스스해 보였다.

"박 경장. 교육청 윤 국장 건 추가 정보 있나?"

"예. 있습니다. 간부회의 도중에 본인이 이것저것 막 떠들었대요."

"어떻게 생각해?"

"글쎄요. 일종의 정신 착란 증세겠지요. 업무 스트레스 같은 게 일으키는……."

나는 그쯤에서 잠시, 정 박사에게서 들은 이야기를 들려줄까 망설이다가 그만뒀다. 괜히 일만 복잡하게 되고, 박 경장이 혼란스러워할 수도 있을 것 같았다.

아침 업무 회의를 간단히 마치고 나서 과장과 마주 앉았다. 과장은 아주 진지한 목소리로 말을 시작했다.

"오 계장. 문제가 점점 커지고 있어. 며칠 사이 교육청에서 벌어진 일과 비슷한 해프닝이 잇달아 터지고 있는 모양이야."

"저도 두어 가지 이야기를 더 들었습니다. 마치 돌림병 비슷한 것이 번지고 있는 느낌인데요. 도무지 설명이 안 된다더군요."

"그러게 말이야. 나도 경찰 생활 삼십여 년 만에 이런 경우는 처음이야. 어째서 사람들이 정신을 놓고 스스로 저지른 범죄행각을 막 떠들어대는 건지……."

"어쨌든 드러난 사건을 중심으로 내사 범위를 넓혀보겠습니다."
"그래. 아무래도 그래야 할 것 같아."
그러고서 나는 과장실을 나섰다.

사무실에는 뜻밖으로 동백신문의 손 부장이 기다리고 있었다.
"아니! 손 대감께서 어인 일로 납시었소?"
그는 이력이 화려한 사건 전문기자다. 그에 의해서 세상에 알려진 굵직한 사건이 한둘이 아니다.
"지나가는 길에 그냥 들렀습니다. 차나 한잔 얻어 마실까 해서요."
눈치를 보니, 말처럼 그냥 일없이 나타난 것 같지는 않았다. 무슨 냄새를 맡은 게 틀림없을 텐데……. 어디까지 알고 온 것일까.
"차 한 잔 내는 게 뭐가 어려울까. 우리 오랜만인데, 사무실 말고 요 앞 찻집으로 갑시다."
나는 들고 있던 서류를 책상 위에 던지듯 내려놓고 손 부장의 소매를 잡아끌었다. 그는 못 이기는 체하면서 따라나섰다.
경찰서 앞 '파도야 어쩌란 말이냐'라는 긴 이름의 단골 커피 전문점에는 손님이 많지 않았다. 구석 쪽에 자리를 잡았다. 나는 카페라테를, 손 부장은 아메리카노를 주문했다.
"한참만이지? 그래 요즘은 주로 데스크를 보느라고 밖에 잘 나오지 못한다며?"

"글쎄 말입니다. 아시다시피, 종일 책상 앞에 앉아서 이것저것 신경 쓰는 거, 제 체질에 도무지 맞지 않는다는 거 아시지 않습니까? 진짜 죽을 맛입니다."

그는 예리하고 집요하지만, 거칠지 않고 생각도 깊어 내가 평소에 괜찮게 여기는 기자 중 한 사람이었다.

"퇴근 시간에 더러 전화하셔. 이따금 소주라도 한잔 걸치고 스트레스 푸는 것도 좋은 거 아냐?"

"말씀은 고맙지만, 쉬운 일이 아니더라고요. 신문사 데스크라는 자리가 신경 써야 할 사무가 한둘이 아니라서, 우선 정신적인 여유가 너무 없어요."

주문한 커피가 나왔다. 우리는 잠시 말을 끊고 커피를 마셨다. 손 부장은 잔을 들고 뜨거운 커피를 후후 불어가면서 홀짝거렸다.

"정말 용건 없이 그냥 지나다가 들른 건 아닐 테고……. 할 얘기가 뭐야?"

그가 들고 있던 커피잔을 테이블에 내려놓았다.

"계장님 눈치 빠른 건 감당할 수가 없네요."

"그럴 줄 알았어. 무슨 얘깃거리가 있는데?"

"요즘 교육청 쪽 고장이 좀 난 거 있죠?"

순간, 이 친구가 어디까지 알고 있는 것일까 궁금했다. 하지만 함부로 내색하는 것은 아마추어들이나 할 일이다.

"교육청?"

"왜 있잖아요. 교육장까지 연루된 윤 국장 건."

나는 잠시 뜸을 들이며, 찻잔을 물고 커피를 한 모금 마셨다. 프로인 그에 대한 어설픈 발뺌은 피차 부끄러운 일이 될 것이다.

"금시초문이라고 하면 섭섭하겠지?"

"그렇죠. 매듭 잡고 왔으니까, 스토리 좀 나눠주시죠."

"솔직히 말해서 내사 단계에 있지만, 아직 진도가 미진해. 의혹의 줄기를 당겨보고는 있는데 이거다 하고 내놓을 처지가 아니야."

그렇게 말하면서도 나는 내심 역시 이 친구가 참 **빠르긴 빠르**구나 하는 생각을 했다. 교육청이 전력을 다해 유출을 차단하고 있는 일을 어떻게 알아냈을까…. 나는 한편으로 손 부장의 입에서 동백시에 돌고 있는 이상한 돌림병 이야기까지 나오지나 않을까 조바심을 내고 있었다.

그와 나는 한동안 마주 앉아서 말없이 남은 커피를 마셨다. 그 사이에 커피는 마시기에 알맞도록 식어 있었다.

"이 집 커피 참 맛있네요. 아니, 계장님께서 모처럼 사주시는 거라 더 맛있나?"

손 부장은 그렇게 너스레를 떨면서 키득키득 웃었다. 초년기자 시절 경찰서와 현장을 뻔질나게 나돌며 취재에 열을 올리던 그의 풋풋했던 모습이 떠올랐다.

"맛있다고 말해 주니 고맙군. 그래. 이렇게라도 종종 보자고."

"그렇게 하시지요. 어쨌든, 오늘은 시간도 없고 하니 이만 가 보겠습니다. 교육청 건 뭐라도 나오면 바로 연락 좀 주세요. 커피 잘 마셨습니다."

손 부장이 먼저 자리에서 일어났다. 찻집 앞에서 악수로 인사를 한 다음 그와 헤어졌다.

*

"계장님! 정 박사님한테서 전화 왔었습니다. 들어오시면 연락 달라고 하시던데요?"

사무실에 들어서는데, 김 순경이 말했다. 전화를 걸었다.

"나야. 전화했다면서?"

"음. 했지."

정 박사의 목소리는 여전히 차분하다.

"무슨 좋은 소식 있어?"

"좋은 소식은 아니고, 아무래도 식품 쪽으로 조사를 좀 해보면 어떨까 하는 생각이 들어서 말이야."

"식품?"

"환자들이 무슨 음식을 먹었는지 조사를 해봤는데, 공통적인 것이 한 가지 발견됐어."

"먹은 음식이 따로 있단 말이지?"

순간 뭔지 모르게 내 직감을 강력하게 자극하는 것이 있었다. 그래⋯ 그거야. 음식물에 들어간 어떤 특정한 물질을 섭취하고 발작을 일으켜 어떤 증세를 보이는 일일 수도 있어.

"그게 뭐던가?"

마음이 조급해졌다. 뭔가 실마리를 잡을 수 있을지도 모른다는 생각이 스쳤다.

"카스텔라."

"카스텔라? 빵?"

"응. 환자 세 사람에게 일이 벌어진 날 먹은 음식 기록을 모두 대조해봤는데, 공통으로 나온 것이 배달돼온 빵이더라고."

"제과점 이름도 나오나?"

"'이솝제과'라고 하는 것 같던데."

"그래? 이솝제과?"

"하지만 친구야. 음식물이 매개체일 수 있다는 것은 어디까지나 가설에 지나지 않아. 논란이 돼 온 물질이 있긴 하지만, 아직 과학적으로 확실하게 입증된 바가 없고⋯ 사람의 양심을 선택적으로 자극하여 그렇게 자신의 비리 사실을 쏟아내도록 하는 특수 물질이 쓰였다는 것은 아직은 현실적인 추리가 못 돼."

맥이 빠지게 하는 소리였다.

"그래도 이솝제과를 찾아서 조사해볼 필요는 있지 않을까?"

"세 명의 환자가 먹은 음식을 살펴봤을 때 일단 그렇다는 이야기야. 얼핏 생각이 나서 그냥 알려주는 거니까, 생사람 잡지는 마시라고… 알았지?"

"무슨 말인지 알아들었네. 좌우지간 고마워."

"그럼 다시 연락하자고."

전화를 끊자마자 나는 박 경장을 찾았다. 막 외근을 나가려던 그가 다시 들어왔다.

"어디로 가나?"

"시 교육청 쪽으로 가볼까 합니다."

"그래? 그렇다면 나하고 같이 움직이세."

"예? 계장님이 직접 나가신다고요?"

"그래. 시 교육청 윤 국장을 만나서 좀 살펴봐야 할 일이 있어."

"예 알겠습니다. 가시지요."

박 경사가 운전하는 지프에 몸을 실었다. 차는 교육청사가 있는 언덕길을 달려 올라갔다. 멀리 보이는 바다가 눈부시게 아름다웠다.

"윤 국장 만나서 어떻게 하시려고요?"

"박 경장. 이상한 고백 잔치를 벌인 사람들이 공통적으로 먹은 음식이 있어."

"그게 뭔데요?"

"빵."

"예에? 빵이라고요?"

박 경장이 어이없다는 표정으로 키득키득 웃었다.

"아직 아무것도 확실한 것은 없지만, 그 빵에 어떤 특별한 물질이 들어가 발작을 일으켰을 수 있다는 가정이야."

"계장님 지금 농담하는 거 아니시죠?"

"농담도 아니고, 아주 말이 된다고 생각하는 것도 아니야. 어쨌든 나는 윤 국장을 만나볼 테니까, 박 경장은 시내에 이솝제과라는 제과점이 있는지 좀 알아봐."

"이솝제과요?"

"그래. 그런 제과점 들어봤나?"

"못 들어본 것 같은데요?"

"어쨌든 한번 알아봐."

"예. 알겠습니다."

*

"이솝제과에서 보낸 빵이요?"

자신의 느닷없는 양심 고백으로 교육청 안이 발칵 뒤집힌 사건 때문에 전전긍긍하고 있는 윤 국장은 얼굴이 말이 아니었다. 그는 놀란 모습으로 나를 어색하게 맞았다. 찻잔을 기울이는 손이 미세하게 떨렸다.

"그날 오전 회의 직전에 드신 카스텔라 있지 않습니까?"

"아, 예. 달걀 크기만 할까요. 작고 예쁘장한 빵이 배달돼 아이들의 장난인가 보다 하고 먹은 적이 있습니다. 그런데 그 빵에 무슨 문제가 있습니까?"

"아직 확실한 것은 아무것도 없습니다. 이것저것 추적해 들어가는 중입니다. 그런데 그날 받은 제과점 빵 봉지 같은 것 혹시 남아있지 않나요?"

윤 국장이 뭔가 떠오른 듯 눈을 반짝거렸다.

"이제야 생각이 났습니다. 그날 빵 봉지는 버렸습니다만, 이상한 메시지가 담긴 카드가 하나 있었습니다."

그는 자기 책상 서랍을 열고 한참을 뒤적거린 끝에 뭔가를 찾아냈다. 작은 메시지 카드였다. 카드 전면에 예쁜 글씨들이 담겨 있었다. 지문이 망가지지 않도록 조심하면서 메시지를 읽었.

'저희 이솝제과에서는 아주 특별한 분들만 골라서 세상에서 제일 맛있는 이 빵을 선물해드립니다. 선생께서는 이솝 위원회에서 선정한 훌륭한 분 중 한 분이십니다. 오래 두면 맛을 잃게 되니 곧바로 드십시오. 그럼, 오늘도 행복한 하루 되시길…. −이솝제과−'

"아닌 게 아니라, 아이들 장난처럼 여겨지는 메시지로군요."

"그렇습니다. 대수롭지 않게 여겼는데요."

"그 빵을 받으신 게 언제였습니까?"

"그날 아침 출근해보니 빵이 배달되어 책상 위에 놓여 있었습니다."

"그럼, 빵은 언제 드셨습니까?"

"바로 먹었지요. 메시지 때문이 아니라, 마침 아침밥을 먹지 못하고 나온 터에다가 구미가 당겨서 커피 한잔하면서 무심코 먹었습니다. 그런데 정말 그 빵에 무슨 문제가 있습니까?"

윤 국장은 조그만 빵 한 조각 먹은 것이 무슨 연관이 있을까 도무지 짐작이 가지 않는다는 표정이었다.

"저 역시 어떤 관련이 있을 것이라고 확신하지는 않습니다. 하지만, 하도 이상한 일이라서 모든 가능성을 열어놓고 원인을 찾아보는 중입니다. 이 메시지 카드는 제가 좀 가져가겠습니다."

"예."

자백한 수뢰 사실이 아니라 자신의 발작적인 고백 행위 자체가 더 중한 범죄가 되어버린, 윤 국장의 얼굴이 초췌해 보였다. 비닐봉지에 카드를 조심스럽게 담아 교육청을 나왔다.

박 경장이 지프에서 기다리고 있었다.

"이솝제과 있던가?"

"동백시에는 그런 이름을 가진 제과점이 있지 않습니다."

"그래? 그렇다면 좀 더 권역을 넓혀서 조사해봐."

"벌써 알아봤는데요. 인근 어느 도시에도 그런 이름을 가진 제과점은 없습니다."

"아무 데도 없다는 말이지?"

순간 한숨이 나왔다.

"박 경장. 서에다가 나 내려주고, 동백은행 지점장 그 친구 좀 만나고 와. 빵 봉지든 카드든 그 친구가 가지고 있는 증거물 모두 가지고 와 봐."

"예 알겠습니다, 계장님."

비탈길을 내려오는 동안 바라본 바다는 더욱 새뜻한 풍경을 펼쳐놓고 있었다. 하늘이 맑은 날은 바다가 유독 아름답다.

*

"찾아냈습니다."

과학 수사대를 다녀온 박 경장이 수사과 사무실을 들어서며 쾌재를 불렀다. 교육청에서 가져온 카드에서는 지문이 나오지 않았다. 그런데 박 경장이 동백은행 지점장에게서 받아 온 제과점 봉지에서 찾아낸 지문에서 뭔가 하나를 잡아냈다는 보고였다.

"어느 쪽이야?"

조급증을 느끼며 물었다.

"동백대학교입니다."

박 경장이 월척을 낚은 강태공인 양 회심의 미소를 지었다.

"동백대학교?"

"백명철. 스물일곱 살. 거기 생명공학과 조교입니다."

"생명공학과 조교?"

"바로 채어올까요?"

"아냐. 잠시 기다려. 그 전에 과장님하고 상의를 좀 해야겠어."

나는 과학 수사대로부터 넘어온 자료 파일을 들고 과장실로 갔다.

과장은 소파에 몸을 깊숙이 묻고 생각에 젖어 있었다. 여전히 피곤한 얼굴이었다.

"뭐 좀 나왔나?"

"예. 제과점 봉지에서 지문 하나 잡았습니다. 동백대학교 생명공학과 조교랍니다."

"그래? 거기 김찬호 박사라고 유명한 교수 한 사람 있는데, 그 제자인가?"

"그런 것 같습니다."

"하지만, 범죄 사실에 대한 소명부터 마땅치 않으니 어쩐다?"

"그래서 상의 드리러 왔습니다. 어쩌지요? 그 빵이 문제를 일으킨 것은 분명해 보이는데, 영장 만들기가 쉽지 않을 것 같습니다."

과장은 또다시 눈을 껌벅거리며 오른손으로 자기의 코를 쓰다듬듯이 잡았다가 놓기를 반복했다. 고민에 빠진 모습이었다.

"임의 동행 형식으로 한번 해보지. 참고인 조사를 좀 하겠다고 양해를 구해 봐. 일단 더 이상의 괴질 확산은 막아야 할 것 아닌가?"

"알겠습니다. 일단 부딪쳐 보겠습니다."

"그래. 그렇게 한번 시작해보자고. 아, 그런데 말이야. 이거 밖으로 새 나가면 골치 아프니까, 보안 유지에 각별 신경 써서 움직여야 해."

"알겠습니다."

수사과 사무실에서 대기하고 있던 박 경장과 함께 동백대학교로 향했다.

바닷가에 연접한 캠퍼스에는 갖가지 꽃들이 만발했다. 젊은 학생들의 싱그러운 웃음이 어우러진 캠퍼스는 깊은 봄 정취를 마음껏 풍기고 있었다.

생명공학과가 있는 이공계열 건물에 들어서면서 박 경장이 물었다.

"신병 확보합니까?"

"일단 참고인 자격으로 임의 동행."

"역시 영장이 쉽지 않군요."

"그래. 난해한 문제지."

학과 연구실 문을 노크하고 들어섰다. 안에서 분주히 워드 작업이나 프린팅을 하고 있던 젊은이 세 명이 일제히 우리를 쳐다봤다. 박 경장이 부드러운 목소리를 내려고 애쓰면서 말했다.

"동백경찰서에서 나왔습니다. 백명철 씨가 누구시죠?"

잠시 정적이 흐르고, 세 명의 청년들은 서로를 쳐다보며 말이 없었다. 그리고는 그중 키가 크고 얼굴이 하얀 청년이 자리에서 천천히 일어섰다. 곧은 머리에다가 굵고 검은 뿔테안경을 쓰고 있었다.

"제가 백명철입니다. 무슨 일이신가요?"

"아, 예. 뭐 좀 알아볼 게 있어서 그러는데, 서까지 동행을 좀 해주시지요."

얼굴이 금세 발그레 달아오른 백명철은 선뜻 대답을 내놓지 못했다. 그 사이에 옆자리에 앉아있던 몸이 통통한 청년이 몸을 일으키며 항의하듯 말했다.

"왜 그러시죠? 혹시 잘못 찾아오신 것 아닌가요?"

그때 백명철이 통통한 청년을 손짓으로 막으면서 말했다.

"알겠습니다. 동행하겠습니다."

백명철은 책상 위의 문서들을 잠시 정돈한 다음 의자 등받이에 걸려있던 하늘색 점퍼를 벗겨서 팔을 꿰었다.

*

백명철은 묵비권을 행사했다. 조사실에서 몇 시간을 어르고 달래봤지만, 그는 굳게 다문 입을 도무지 열려고 하지 않았다.

조사 과정에서 아무 말도 하지 않는 것은 혐의 사실을 시인하는 것과 같다. 수준의 차이는 있을망정 조사실에서 묻는 말에 전혀 대답하지 않는 것은 본인이 그 일에 적극적으로 관여했거나, 최소한 뭔가를 알고 있다는 의사 표시나 다름이 없다.

백명철의 경우도 일단 지문이 나온 만큼 문제의 빵과 관련된 사실에 대해서는 부인하기가 어려울 것이다. 그러나 그의 태도로 보아서는 뭔가 이야기를 하려면 누군가의 허락이 필요한 상황인 것으로 보였다. 그 존재는 누구일까? 최소한 백명철 혼자서 저지른 일은 분명히 아닐 것이다. 아니, 그런 기상천외한 물질을 만들어냈다면 그것은 필경 조교 신분인 백명철 혼자의 힘으로 된 게 아닐 게 분명했다.

나는 그에게 커피를 권했다.

"박사 과정을 밟고 있으신가요?"

내가 권한 커피로 마른 입술을 살짝 적신 그가 낮은 목소리로 대답했다.

"예."

"그렇다면 김찬호 박사님께서 지도 교수를 맡고 계시겠군요. 그렇죠?"

김찬호라는 이름을 듣는 순간 그의 눈빛이 희미하게 떨렸다.

"…그렇…습니다."

그렇다면 백명철은 김찬호 교수의 지시를 받지 않고는 아무 말도 하지 않을 것이었다. 난감했다. 김 교수를 출두시키는 일도 난제이지만, 그로부터 어떻게 이 복잡한 사건의 진술을 받아낸다는 말인가. 도대체 이 사건의 뿌리는 어디까지 뻗어있는 것인가. 머리가 지끈거렸다.

조사실에 백명철을 남겨두고 사무실로 돌아왔다. 창밖에는 어느새 어둠이 내려앉아 있었다. 불현듯 피로가 파도처럼 몰려와 온몸을 뻣뻣하게 만들었다. 의자에 등을 기대고 눈을 감았다. 그러다가 문득 정 박사 생각이 났다. 전화를 걸었다.

"병원에 찾아온 이상한 환자들 혹시 더 있지 않았어?"

"그 이후로는 없었는데? …그건 그렇고, 수사는 진전이 좀 있어?"

나는 잠시 망설였다. 어떻게 대답해야 옳을 것인지 선뜻 생각이 떠오르지 않았다. 망설이던 끝에 되물었다.

"한 번 더 물어보자. 카스텔라 같은 것을 먹고 잠시 정신이 잘못 돼서 횡설수설 자신의 치부를 읊으며 자백했다면, 그 빵에 있는 특정 물질이 그 사람의 정신 건강에 이상을 초래했다고 말할 수도 있는 건가?"

"법률적으로는 문외한이니 어떻게 말해야 하는지 잘 모르지만, 병리 검사 소견이나 정신건강의학적인 관점으로는 영향을 미쳤다고 설명할 수는 있지. 왜? 뭔가 더 알아낸 거 있어?"

"아냐. 그냥 궁금해서…."

나는 우선 시치미를 떼기로 했다.

전화를 끊고 나니 또다시 피로가 눈시울을 눌러왔다. 그새 어둠이 더욱 짙어졌는지 천정의 형광등이 더욱 밝아져 있었다. 잠깐 눈을 감고 피곤을 누르고 있는데 박 경장의 목소리가 들렸다.

"계장님!"

눈을 떴다. 박 경장이 노타이에 말쑥한 회색 양복을 차려입은 지긋한 남자와 함께 서 있었다. 누구지? 무척 낯익은 얼굴인데……. 잠시 노신사의 용모를 살피던 나는 깜짝 놀랐다. 김찬호 교수였다.

"아니? 김 교수님 아니십니까?"

나는 의자에서 벌떡 일어나 엉거주춤 인사를 했다. 김 교수도 머리를 약간 숙이며 이름을 밝혔다.

"김찬호라고 합니다."

박 경장을 바라보며 물었다.

"어찌 된 건가?"

"자진해서 나오셨습니다."

"어, 그래?"

김 교수를 조사실로 안내하면서 말했다.

"사실 교수님께 잠시 나와 주십사고 부탁드릴 참이었습니다."

"내가 시킨 일 때문에 제자가 여기 불려와 있다고 하니 와보지 않을 수가 없지요."

그렇게 말하는 김 교수의 입에서 술 냄새가 물씬 풍겼다. 왠지 상대하기가 만만치 않은 인물일 것 같다는 느낌이 먼저 들었다.

조사실에 앉아있던 백명철이 벌떡 일어나 공손하게 인사를 했다. 김 교수의 출현에 적잖이 놀라는 모습이었다. 김 교수는 박 경장이 빼준 백명철의 옆자리 의자에 앉았다.

"누추한 곳으로 모셔서 죄송합니다."

내가 김 교수의 신경을 건드리지 않으려고 애쓰면서 말했다.

"아닙니다. 괜찮습니다."

그의 발음 속에서 취기가 약간 느껴졌다. 그 사이에 조사실을 나간 박 경장이 커피를 한 잔 뽑아 와서 김 교수 앞에 놓았다.

나는 문제의 핵심으로 들어가기로 했다.

"단도직입적으로 묻겠습니다. 아주 위험한 물질을 만드셨던데요. 카스텔라에 들어간 약물, 그거 뭡니까?"

김 교수는 잠시 내 얼굴을 물끄러미 쳐다보더니 천천히 대답했다.

"일종의 독한 소주 같은 거지요."

"소주요?"

"예. 쉽게 말하자면 그렇다는 이야기입니다."

"쉽게 알아듣지 못하겠습니다만?"

그의 입술에 엷은 미소가 떠올라 있었다.

"제가 오늘 소주를 많이 마셨습니다."

"그러세요? 괜찮으시겠습니까?"

"물론 괜찮습니다. 하지만, 나중에는 괜찮지 않을 수도 있겠지요."

"예?"

도대체 김 교수는 무슨 말을 하려는 것일까? 음주 탓인지 이번에는 그의 말이 약간은 횡설수설하는 것처럼 들렸다.

"다 말씀드리지요. 이런 이야기입니다."

커피를 한 모금 홀짝거린 그가 갑자기 자세를 바로잡으며 정색을 했다.

"나는 사람들이 숨기고 사는 거짓말들을 털어놓게 할 방법을 찾아낼 목적으로 연구를 시작했지요. 수많은 시행착오 끝에 드디어 진실을 털어놓게 하는 새로운 물질을 만들어냈습니다."

"진실을 털어놓게 하는 물질이요?"

"이 물질을 흡입하면 양심이 본능, 자아, 초자아를 모두 뚫고 나와 비밀을 고백하게 되는 현상을 일으키지요."

프로이드 이론이라고 했던가, 정 박사가 하던 말이 떠올랐다.

"이름이 있습니까?"

"Conscience Activation Material-7, CAM-7(캠-세븐)이라고 명명했습니다. 양심을 발현하게 하는 물질이라는 뜻이지요."

"카스텔라를 먹은 사람이 이상증세를 보였다가 금세 그치는 것은 어떻게 설명됩니까?"

"CAM-7의 특성입니다. 그리고 이 물질은 생성 후 유효기간이 단 24시간이라는 특성도 있습니다. 생산한 지 만 하루가 지나면 유효성분이 사라져 효과가 없게 되지요."

"그래서 배달된 뒤 빨리 먹도록 유도하셨군요. 그런데, 이솝위원회는 또 무엇입니까?"

"CAM-7을 이용하여 세상을 바로 세우려는 일종의 비밀조직입니다."

나는 그의 계속되는 낯선 진술에 목이 탔다.

"그런 물질이라면 우리 경찰서 같은 사법 기관에서 용의자들을 조사할 때 쓰도록 제공하시면 더 좋지 않겠습니까?"

그러자, 그는 다시 입가에 비시시 쓴웃음을 물고는 말없이 나를 한참 바라보았다. 나는 조용히 기다렸다.

한참 만에 그가 다시 입을 열었다.

"미안하지만, 나는 아마도 세상을 이해하는 눈이 형사님과 좀 다른 모양입니다. 형사님은 경찰이시니까 사법 기관이 세상을 바로잡는 일을 다 할 수 있다고 생각하시겠지만, 저는 그렇게 믿지 않습니다."

"물론 생각이 다를 수는 있지요. 하지만 한동안이라도 세상에 경찰이나 검찰 같은 사법 조직이 없어졌다고 가정해보십시오. 그러면 그 가치를 부인할 수는 없으실 텐데요."

김 교수의 얼굴이 어느새 딱딱하게 굳어져 있었다.

"외람되지만, 우리는 세상이 부패와 불의에 너무 깊이 물들어 있다고 보고 있습니다. 당연히 사법기관도 거기에 포함됩니다. 칸막이를 뚫고 퍼져나가는 진실 바이러스를 막기 위해 만들어놓은 형식적인 정의는 효력을 발휘할 수 없다는 게 제 결론입니다. 우리는 부정부패를 막기 위해서 모든 칸막이를 넘나드는 새로운 청소 바이러스가 필요하다고 판단했던 것이고, 그래서 CAM-7을 발명하고 이솝 위원회를 결성했지요."

숨이 막혔다. 그의 말을 이해하기 어려워서가 아니라, 그가 만들어낸 그만의 논리가 그물처럼 너무 촘촘해서 뚫고 나가기가 쉽지 않을 것 같았기 때문이었다. 나는 법을 꺼내 들었다.

"아무리 그 뜻이 좋다고 하더라도 범법 행위는 안 되는 것 아닌가요? 교수님과 이솝 위원회인가 뭔가 하는 조직이 해온 일은 명백히 실정법에 위반되는 행위입니다. 심신의 건강을 해칠 우려가 있는 물질이 첨가된 음식을 사람에게 먹인 행위는 중대한 범죄 행위가 될 수 있습니다."

김 교수는 그 대목에서 다시 비시시 웃음을 지었다.

"사람을 잠시 양심적으로 바뀌도록 한 행위가 범죄라면, 경찰서에서 피의자로부터 자백을 받아내는 행위도 범죄가 될 수 있겠군요. 아니, 소주를 마시고 취하여 잠시 자신의 허물을 고백했다면 그 소주를 사준 사람이나 소주를 만든 회사도 죄를 지은 셈이 되네요?"

나는 밀도 있는 논리로 반박하는 그의 반론에 다시 한번 숨이 막혔다.

"교수님! 본인의 의사를 확인하지 않은 채, 그러니까 동의를 받지 않고 몰래 이상한 물질을 섭취하게 하지 않으셨습니까? 그 물질이 만약 독극물이었다면 어떻게 되었겠습니까?"

"그건 그렇지 않지요. 독극물은 생명을 위협하는 물질이지만, CAM-7은 그 사람을 개과천선하도록 도와주는 물질인데, 뭐가 문제가 되지요?"

"타의에 의해서 그 사람의 양심을 들춰내는 일은 때로는 목숨을 위협하는 일보다도 더 치명적일 수 있습니다."

그도 목이 타는지 식은 커피잔을 기울여 입술을 축였다. 잔을 든 그의 손이 파르르 떨렸다. 그가 다시 낮은 목소리로 말했다.

"법은 제가 잘 모릅니다. 만약에 저에게 죄가 있다면 벌을 받아야겠지요. 아니, 죄가 된다면 벌을 받겠습니다. 하지만, 최소한 이솝 위원회는 막지 못할 겁니다."

입씨름은 밤늦도록 계속됐다. 논쟁은 진전이 있지 않았다. 서장은 김 교수와 백명철을 일단 귀가시키라는 지시를 내렸다.

*

다음 날 오전에 나는 병원으로 찾아가 정 박사를 만났다. 그동안의 수사 과정과 전날 있었던 일을 모두 털어놓았다. 내 이야기를 듣는 정 박사의 얼굴이 심각해지고 있었다.

"그렇게 복잡한 문제였어? 아무래도 간단치 않겠다 싶긴 했지만, 그처럼 난해한 일인 줄은 짐작 못 했네."

"그런데 말이야."

"응."

"김 교수의 논리가 너무 빡빡해서 설득을 통해 협조를 얻어내기가 쉽지 않게 생겼어. 워낙 신념이 깊은 상태라 다른 이야기를 받아들이려고 하지 않아."

정 박사는 더욱 착잡한 표정을 지어 보였다. 문득 생각나는 게 있어서 내가 그에게 물었다.

"지난번에 논란이 돼 온 물질이 있다고 말하지 않았나?"

정 박사는 그제야 기억이 났다는 표정으로 말했다.

"진실을 말하게 하는 약이라고 알려진 펜토탈 나트륨(Sodium pentothal)이라는 게 있어. 바르비투르산염 유도체(Barbiturate derivative)라고도 하는데 치과에서 마취제로 쓰기도 해. 이 약물이 투여되면 뇌의 일부 영역에서 활동이 줄어들면서 긴장이 풀려 말을 많이 하게 되는 것으로 돼 있지. 복용 즉시 또는 의식이 회복되는 과정에서 무의식에 가까운 이완된 상태에 빠지게 되면, 이전에 감추었던 진실을 말하게 되는 과정이 나타나는 거야. 인도 경찰이 범죄 수사에 종종 이 약물을 사용해온 것으로 드러나기도 했지만, 약의 효능에 관해서는 아직 일치된 의견이 없는 상태이고…."

"CAM-7이라는 신물질에 대해서 어떻게 생각해? 김 교수가 펜토탈 나트륨을 사용한 건가?"

"아냐. 그렇지는 않은 것 같아. 카스텔라를 먹은 사람들이 나타낸 증세로 볼 때 CAM-7이라는 물질은 선택적으로 정확하게 효능을 보이고 있으니까. 같은 물질이라고 보기 어려울 거야. …그러나 마나, 김 교수가 이야기하는 이솝 위원회라는 단체의 활동은 제재가 가능한 거야?"

"아직 확실한 것은 없어. 일단 약품 관련법이나 식품위생법 같은 걸로 문제 삼을 수는 있는데, 공소 유지가 될지는 미지수야. 그런데 지금 당장 시급한 문제는 사법적 조치 여부가 아니라 사태의 확산이야."

정 박사가 복잡한 표정을 지었다. 그 역시 많은 생각이 드는 모양이었다.

"고귀한 가치를 가진 양심이 때로는 극심한 혼란의 화두가 될 수 있다는 역설이 드러나고 있는 셈이구면. 인간사회의 완전무결한 도덕성 구축을 주장해온 사람들이 미처 인지하지 못한 모순이 폭로되는 얄미운 반증인 건가?"

"글쎄 말이야. 숨겨진 허물을 드러내는 일을 직업으로 삼고 살아온 나 같은 사람으로서는 정말 곤혹스러운 사태가 터진 거지. 이솝 위원회라는 단체가 추구하는 이상을 그르다고 할 수 있는 논리를 마련하자니 우리가 내세워온 '정의'라는 게 너무도 옹색해진단 말이야. 아마도 저들은 궁극적으로 우리가 지켜야 한다고 주창해온 가치의 모순을 증명하기 위해 기어이 인간 사회를 발가벗겨 치부를 다 드러내려고 하는 것이 아닐까 싶어."

내 말을 듣고 있는 정 박사의 표정이 한결 더 심각해지고 있었다.

"우리가 중시하고 살아가는 질서란 그 자체가 모순을 내포하고 있는 것인데, 이솝 위원회의 신물질은 거대한 부조리만을 겨냥한 것이 아니라, 작은 모순마저도 모조리 드러내는 부작용을 빚고 있는 거야. 말하자면, 문제가 있지만 그냥 두어야 할 세포까지 망가뜨리는 너무 정직한 항생제가 등장한 꼴이라고나 할까. 하지만 지금 상황에서 그 어떤 주장도 초라하기는 마찬가지야. 우리는 그렇게 가르치고 내세우지 않았으니까."

숨이 막혀왔다.

"맞아. 도둑질은 무조건 안 된다고 가르쳐왔지, 이제 와서 무엇은 되고 무엇은 안 된다고 가르칠 수는 없는 노릇 아닌가. 그러니 어쩔 것인가. 지금 당장에는 이솝 위원회의 행위도 주장도, 심지어는 실체마저도 당장 불법으로 단정할 방법이 없으니······."

정 박사가 씁쓸한 웃음을 떠올리며 말했다.

"정신건강의학적으로 보면 인간이란 근본적으로 불완전한 존재야. 어떤 상태의 인간이 정상인지 기준을 세워놓고 그 안에 들어오는지, 아닌지를 따지는데, 그 기준이란 것도 엄격한 의미에서 보면 허술한 경계일 따름이지. 아무튼, 이거 이러다가는 숨기고 살아야 할 인류 사회의 프라이버시마저도 모두 파괴되게 생겼는데, 결코 작은 소동이 아닐 것 같은 예감이 드는구먼."

정 박사와의 긴 대화를 통해서도 길은 모색되지 않았다. 일단 김찬호 교수 일당을 연행해 와서 본격적으로 수사를 해보는 게 어때? 아침 회의가 끝난 뒤 과장은 내게 그렇게 말했다. 경찰의 일이란 그렇게 때로는 무리수인 줄 알면서도 무식한 방법을 동원할 때가 있다. 그리고 그런 방법이 뜻밖의 성과를 거두는 경우도 적지 않다.

휴대전화 벨이 울렸다. 경찰서였다. 박 경장의 숨찬 목소리가 들려왔다.

"계장님! 큰일 났습니다. 빨리 들어오셔야겠습니다."

"뭐야? 왜 그래?"

"서장님과 과장님께서 이상한 행동을 하고 계십니다."

순간, 뒷머리를 맞은 듯 핑하고 어지럼이 덮쳤다. 불길한 예감이 온몸을 엄습했다. 상상했던 일이 벌써 벌어지기 시작한 것인가? 병원을 막 뛰쳐나오는데 다시 전화벨이 울렸다. 동백신문 손 부장이었다.

"아, 손 대감이 웬일이시오?"

내가 부러 목소리를 높여 전화를 받았다.

"계장님 지금 경찰서에 계십니까?"

"아뇨. 동백정신건강의학과 의원에 있습니다."

그가 갑자기 키득키득 웃었다.

"오 계장님도 문제가 생기셨습니까? 진료 받는 중이세요?"

"아니, 그런 게 아니고, 여기 정 박사와 의논할 게 좀 있어서……."

"아, 예. 그러시군요. …그런데 계장님 지금 그러고 계실 때가 아닌 것 같은데요. 서장님과 수사과장님께서 잇달아 양심 고백을 하셨답니다. 교육장 수뢰 비리에 자기들도 연루돼 있다는 사실을 출입 기자들 앞에서 자백하셨다는데……. 이거 동백시 전체가 발칵 뒤집히겠는데요? 지금 저도 경찰서로 가고 있습니다. 서에서 뵙겠습니다."

손 부장은 그렇게 말하고는 먼저 전화를 딸깍 끊었다. 나는 주차장으로 향하던 발걸음을 멈췄다. 다리에 힘이 빠져서 더 이상 걸을 수가 없었다. 저 멀리 쪽빛 바다 짙푸른 풍경이 망막을 찔러왔다. 눈이 시렸다.